U0024407

有華人的地方就有

龍人的作品

笑破蒼穹

8 亂世真龍

龍人 策劃／易刀◎著

故事背景

大荒紀年。天鵬王朝。

大鵬王死後不到三年，古蘭叛亂。後五年，大荒群賊蜂起。

天泰帝繼位後，勵精圖治，平定大荒局勢。後來繼位數帝，窮奢極欲，民怨載道。

景河繼位，雖欲中興天鵬，但帝國積弱已久，又逢天災連連，盜王陳不風登高一呼，大荒亂賊四起。

大荒三六六一年，天鵬瑞吉十年，陳不風率奇兵攻破大都，天鵬帝國宣告滅亡。

次日，河東慕容無雙起兵，誓言復鵬，天下群雄紛起響應。

大荒史上，一個延綿兩百多年的戰國亂世就此拉開了序幕。

笑傲小辭典

***葵花寶典**——江湖中頗具盛名的一本武功秘笈。此寶典非至情至性不能練，非意志堅定不能練，稍一不慎就會走火入魔。其扉頁上所書之八字：「欲練神功，揮刀自宮」，常令男子不惜自殘以達功效。

***亂世同盟**——由糊糊真人、笨笨上人及公孫三娘等五人所組成。成立最初目的是想整頓亂世，做一番救國救民的大事業。後來卻倒行逆施，被人稱做亂魔盟。

***四大聖獸**——上古傳說中的四隻異獸，分別是青龍、白虎、金鵬與火鳳。

***「羽王的南北戰爭」**——陳國三皇子陳羽本想藉自己人馬陳過手中兵權在握之際，發起政變，準備奪位。卻不料最後失敗，不得不和陳過一起離開大都，退到北邊自己的封地，開始了持續數年之久的陳國內戰，史稱「羽王的南北戰爭」。

***乾坤袋**——上古一位異人所創的異寶，能將天地萬物納入其中而不增其重。爲青虛子送給李無憂的寶物。

人物簡介

◎驚世帝王榜

＊大鵬王忽必烈——

天鵬王朝開國之君。駕崩後，帝國即陷入動盪不安的局勢。

＊景河——

天鵬王朝亡國之君。本欲東山再起，卻時不我予，只能抱憾以終。

＊陳不風——

人稱「盜王」，義軍首領。亦爲造成天鵬王朝亡國之人。具有木水二性的金風玉露神功，打遍天下無敵手；與「大荒四奇」齊名。

＊慕容無雙——

風州王。天鵬瑞吉十年，陳不風率奇兵攻破大都，天鵬帝國宣告滅亡，慕容無雙起兵復鵬，率八十萬大軍與陳不風決戰於天河。

＊楚問——

新楚國當今皇帝，號稱「龍帝」。對李無憂青眼有加，屢屢賜封李無憂爵位及各種恩賞。

＊珉王——

新楚國四皇子。玉樹臨風，具有讓人臣服的帝王之相。文武雙全，一身武藝出自禪林無相禪師門下，一套般若神掌於京城罕逢敵手。

＊靈王——

新楚國大皇子。年約四十，身形粗壯，雙手過膝，環眼圓睜，狀似鄉下農夫，與珉王氣度截然不同。

＊蕭如故——

蕭國皇帝。統領煙雲十八州。弱冠之年即剷平叛亂，一統蕭國。絕世用兵天才。

＊蕭如舊——

蕭國南院大王。蕭如故的哥哥，又封攝政王，蕭如故南征其間，國內一切軍機國事都由他代理。

＊李鏡——

平羅國王。文采蓋世，但非治國之才。

＊陳羽——

人物簡介

＊楚九歌——陳國文帝之三皇子。吃喝嫖賭樣樣通，文武學識卻無一會。

＊靖王——新楚淮南王。楚問的親弟弟。

＊楚九夢——楚國九皇子。相貌清秀，仿如女子。

＊李鏡——耿雲天和秦清兒於柳州新立的幼帝。

＊李廬——平羅國平恭皇帝。

＊古風——平羅國兆帝。

古蘭的新帝。

◎異界英雄榜

＊李無憂——

如彗星般崛起的傳奇人物，五行齊備的千年奇才。號稱「大荒雷神」。原是市井無賴，絕處逢生時誤食五彩龍鯉，更得隱世高人傳藝，從此使他脫胎換骨，逐漸步上至尊之路。

＊龍吟霄——

禪林寺弟子。武術雙修，小仙級法術高手。正氣譜十大高手中排名第九。

＊柳隨風——

江南四大淫俠之首。身具江湖第一神偷柳逸塵的獨門絕技「如柳隨風」。與寒山碧爲生平摯友。

＊蘇慕白——

昔年江湖第一風流才俊，人稱「風流第一人」。十二歲就做到新楚宰相。著有膾炙人口、傳頌一時的《淫賊論》。與魔門古長天共稱絕代雙驕。《鶴沖天》爲其獨門內功心

人物簡介

法！

＊古長天——

百年前一統魔門的魔皇，燕狂人的傳人。爲魔道第一高手，曾經一日夜間盡屠十萬楚軍，讓黑白兩道聞名喪膽。當時唯一能與他抗衡的只有正道第一高手蘇慕白。

＊文治——

正氣盟盟主文九淵的獨子，年僅十九，官居平羅國的正氣侯。正氣譜排名第十九位。與李無憂比武後，甘願拜李爲師。

＊謝驚鴻——

人稱「劍神」。天下公認當世第一高手，胸懷俠義，重然諾，輕錢財。

＊慕容軒——

當世四大世家之一慕容世家的家主，慕容幽蘭之父。大荒三仙之一。十大高手排名第六。屬大仙級的法師。

＊司馬青衫——

新楚國右丞相，最大特點是好色如命。看似毫無鋒芒、才能平庸，卻被柳隨風認爲是心中第一英雄。

＊獨孤羽——

「邪羽」之稱，地獄門弟子。名列妖魔榜第十。冥神獨孤千秋的嫡傳弟子。

＊任獨行——

擁有「劍魔」之稱。天魔門弟子。名列妖魔榜第十一。

＊獨孤千秋——

三大魔門之一地獄門的門主，有「冥神」之稱。其兄獨孤百年爲蕭國國師。

＊宋子瞻——

妖魔榜排名第一的神秘人物。

＊吳明鏡——

有「大荒第一刀」之稱。

＊厲笑天——

有「刀狂」之稱。與劍神謝驚鴻齊名。正氣譜排名第二。

＊任冷——

人稱「天魔」，與冥神獨孤千秋，妖蝶柳青青並稱爲三大魔門宗主。

＊古圓——

文殊洞主持，人稱「封狼小活佛」。

＊夜夢書——

與王定、喬陽、寒士倫共稱「無憂四傑」。

＊王維——

軍神王天的孫子。年僅十六，但膽略非凡，隱有一代名將風采。王天逝後，由其繼任統兵大任。

＊司徒松——

昔為楚國通天監博士。與古長天同為魔門中人。

＊賀蘭缺——

賀蘭凝霜之父。

＊陳過——

平羅大將。曾匹馬戍梁州，一劍削下平羅十五將腦袋。

＊東海葉十一——

謝驚鴻唯一公開承認的入室弟子。其貌不揚，卻有驚人氣勢。

＊蕭天機——

蕭國的情報網路「天機」的領導人。

＊師蝶雲——

四大世家之一的師家的大少爺。

＊師蝶秋——

即左秋。師家的四少；蕭如舊麾下七羽大將。

＊文伯謙——

文載道之子。

＊謝長風——

謝驚鴻之父。有「劍聖」之稱。

＊唐輕愁——

「唐門」家主。

人物簡介

◎絕色美人榜

＊寒山碧——

風華絕代、國色天香。武術雙修，人稱「長髮流雲，白裙飄雪」。邪羅刹上官三娘的弟子，行事極爲狠辣。江湖十大美女中排名第三。妖魔榜排名第九。

＊程素衣——

菊齋傳人。人稱「素衣竹簫，仙子凌波」，江湖十大美女中排名第一。正氣譜排名第十。

＊諸葛小嫣——

玄宗門掌門諸葛瞻的獨女。人稱「一笑嫣然，萬花羞落」，江湖十大美女中排名第二。身懷玄宗法術之外，更自創獨門法術「彈指紅顏」。正氣譜上排名十五。

＊師蝶舞——

人稱「蝶舞翩翩，落霞秋水」，江湖十大美女中排名第五；正氣譜上排名第二十。一身「落霞秋水」劍法極是了得。

＊師蝶翼——

師蝶舞的妹妹，師家的三小姐。貌美無雙，傳言比師蝶舞還要美艷動人。素有「冰玉女」之稱。

＊慕容幽蘭——

十大美女排名第六。胭脂馬和火雲裳爲其獨門標誌。其父即正氣譜十大高手排名第六的慕容軒，法術獲其父真傳。與李無憂一見鍾情。

＊唐思——

大荒四大刺客組織之一「金風雨露樓」排名第一的刺客，從無失手的記錄。妖魔榜排名第十四。與慕容幽蘭互爲表姐妹。

＊朱盼盼——

人稱「羽衣煙霞，顧盼留香」；十大美女排名第七。

＊芸紫——

天鷹國的三公主，有「天鷹第一才女」之稱。性喜遊歷，常年輾轉於大荒諸國，豔名亦播於四海。

＊賀蘭凝霜——

人物簡介

西琦國女王。

＊柳青青——

妖魔榜排名第四。無情門門主。有「妖蝶」之稱。

＊石依依——

超萌正妹，石枯榮之妹。爲了行動方便，在無憂軍團中變身成粗聲粗氣的壯漢謝石。

＊秦江月——

絕世美女。憑欄關外庫巢的守將，有「玉燕子」之稱。

＊若蝶——

異界妖女，原被封印於溟池之中，意外被李無憂打開封印而出。前世與莊夢蝶有過一段驚天動地的孽緣。

＊陸可人——

四大宗門年輕一代最傑出的四人之一。與龍吟霄、諸葛小嫣、文治齊名。行蹤神秘，極少露面。

＊蘇容——

「捉月樓」頭牌美女，亦爲金風樓主的二弟子。

*朱如——

金風玉露樓樓主。朱盼盼的母親。

*上官三娘——

妖魔榜排名第五的邪羅剎；學究天人，武術雙修。寒山碧的師父。

*葉三娘——

馬大刀的老婆。雅州王王妃。

*秦清兒——

東海來的龍女，對夜夢書情有獨鍾。

*清姬——

獨孤千秋的寵妾。

*葉秋兒——

天資過人，爲十二天士之首。對藥草身負特殊靈識。

*燕飄飄——

天巫掌門。雖年已近百，卻風華絕代貌似妙齡女子。

*公孫三娘——

人物簡介

魔道中人。風姿綽約，擅「吸星大法」。

＊丹雪——

大楚皇后。高貴典雅，身形高挑。

＊公孫四娘——

公孫三娘的雙胞胎妹妹，普天之下唯一擁有換頭絕技的人。

◎超級仙人榜

＊諸葛浮雲——

道號青虛子。玄宗創始人。已兩百多歲。與禪僧菩葉、真儒文載道、倩女紅袖並稱「大荒四奇」，李無憂的結拜大哥。水滴石穿爲其獨門法術。

＊菩葉——

異界禪門的得道高僧。李無憂的結拜二哥。

＊文載道——

正氣門的創始人。也是李無憂的結拜三哥。獨門武功爲天雷神掌。

＊紅袖——

貌美無雙，聰慧過人。李無憂的結拜四姐。

＊劍仙李太白——

身懷五行之術，以一把倚天劍縱橫天下，世上罕有可與爭鋒之人。曾與藍破天爭奪當時的第一美女秦如煙。

人物簡介

＊藍破天——

刀神，使用的刀器爲「破穹刀」，藝通五行，是李太白生平唯一敵手。

＊莊夢蝶——

曾一人獨對三千高手，折劍而還，毫髮無損；與若蝶有過一段孽緣。

＊雲海、雲淺——

禪林寺高僧，年齡已在一百八九十歲之間，長年隱匿潛修，傳其功力已臻至白日飛升之境界。

＊太虛子——

人稱「太虛道人」。神光內斂，骨骼清奇，已達返老還童之境。

＊蚩尤——

上古魔神。曾造「誅魔箭」。後被金神軒轅殺死。

＊糊糊真人——

「亂魔盟」創始人之一。與公孫三娘原爲同道師兄妹。後改邪歸正。與大荒四奇成爲好友。

＊笨笨上人——

與糊糊真人同爲世外高人。

＊雲海、雲淺——

禪林寺高僧。

＊天外散人——

千年之前倚天劍的上任傳人；李無憂上一世的師父。人稱「千年劍仙」。

＊碧波仙子——

與天外散人爲神仙眷侶。

＊青萍長老——

秦清兒的師父，亦是龍族仙女。

＊風起——

創世神的相好。

人物簡介

◎奇人異士榜

＊楚誠——

景河的貼身護衛，身負景河交付的復國大任，卻因時空錯位，來到兩百年後的楚國。

＊王天——

憑欄關守關元帥。用兵如神。人稱「軍神」。

＊張龍、趙虎——

楚國斷州城大將。後爲李無憂吸收，納爲手下。

＊朱富——

既無資歷又不懂兵法、不會武功卻被李無憂任爲航州參將。

＊秦鳳雛——

楚軍梧州六品游擊將軍，卻幫助李無憂將百里溪殺死。

＊張承宗——

楚國斷州軍團最高統帥。

＊石枯榮——

潼關總督。其妹石依依爲絕色美女。

＊耿雲天——

楚國太師。以小氣出名，實則城府極深，爲靈王人馬。

＊王戰、王猛、王紳、王定——

結義兄弟，王門四大戰將。軍神王天手下。

＊蕭承、蕭未、哈赤——

蕭國鎮守庫巢城頭的大將。

＊谷風——

珊州總督。

＊唐鬼——

之前在崑崙山上將李無憂逼入懸崖、被李無憂暗自命名爲「天下第一醜」的男子。

＊玉蝴蝶、冷蝴蝶、青蝴蝶——

淫賊公會眾成員。對李無憂佩服的五體投地。

＊牧先生——

人物簡介

靖王手下的一名謀士。

＊黃公公——大內得勢太監，身分神秘，擁有不凡功力。

＊小三——李無憂落難時遇到的童子。天資聰穎。

＊馬翼空——玄宗太虛門下子弟。

＊勞署——珊州參將，後加入無憂軍團。

＊百里莫仁——航州城守軍統領。爲靖王舊部。

＊舟落霞——禁軍統領。也是大楚皇后舟雪的侄女，自幼聰慧，熟讀兵書。

＊胡瀶——楚國御史。

＊黃瞻——航州副總督。

＊陸子瞻——楚國禮部尚書。

＊孫仙——平羅國文相。

＊唐故遠——平素武功看似低微，飽受同門相欺，卻深懷唐門最高密學佛手之功。

＊百里天——黃州軍團統領。

＊趙飛——趙符智之子。崑崙軍團統領。

＊慕容無爭——慕容軒之子。慕容幽蘭之兄。化名「小黃」。

目錄

第一章　滴血認親

「別，別，皇上，您別一言難盡，咱們長話短說就好！」李無憂嚇了一跳。

「好吧！」楚問又嘆了口氣，看向他的眼神很是複雜，「無憂，你可知道你父親是誰？」

「李三德啊，我上報朝廷的戶籍表上有啊，你問這個做什麼？」

「那你可曾見過他？」

「沒見過啊！老頭子很早就掛了！你忽然問這個做什麼？」李無憂搞不明白老傢伙怎麼忽然要問這個。

「你父親就在眼前，你卻咒他死了，可說是大大的不孝了！」宋子瞻淡淡道。

「就在眼前……不……你別告訴我是……是他吧？」李無憂先本想指宋子瞻，卻忽然想起這廝是女扮男裝的，隨即指向了楚問的老臉。

「這也怪不得他！」楚問搖搖頭，對宋子瞻道：「三德死的時候，他還在襁褓之中呢！若非他陰差陽錯地跑到京城來，我這一輩子怕都沒有機會見到自己的親生骨肉了！無憂，說起來，還是為父害了你啊！」

李無憂怔了怔，隨即冷笑道：「老傢伙，為了保命也不用編這麼荒誕的故事吧？你千萬別告訴我，這件事和狸貓換太子一模一樣？」

「呵呵，孩子你可真聰明，連這也猜到了！我正不知道該怎麼和你說呢！」楚問拈鬚微笑。

宋子瞻在一旁冷冷看著，臉上也沒半點開玩笑的神色。

「靠！」李無憂覺得很鬱悶，但望著楚問的臉，他只覺得心頭似乎有什麼東西在滋長，他忽然手虛虛一抓，三丈外，那把龍椅立時離案飛了過來，直接落到了他身後，他一屁股坐了上去，再一把自御案上抓過一盤糕點，邊吃邊擺擺手，道：「好吧，反正也都翻臉了，以後見面的機會大概也沒有了，老子就洗耳恭聽，聽你將這個故事瞎扯完！」

楚問笑了笑，終於說出了一番讓李無憂目瞪口呆的話來：

「朕三十二歲登基，為修煉一門高深武功，雖可與女子交合，卻無法生下子女，繼位八年，依舊無子無女，為堵天下悠悠眾口，暗自讓宮中一侍衛替我與德妃過夜，終於得一子，便是靈王。此後十年，我用同一法子生下了其餘子女，當然那些侍衛事後都被朕滅口，而朕的妃子們因爲事先被我下了藥物，對此事也是一無所知！」

李無憂見這老傢伙一臉得意，不禁譏刺道：「你老人家自己給自己戴了那麼多頂綠帽子，還一副很過癮的樣子，真有你的！」

楚問卻只道他不信，忙道：「子瞻這百年來都隱居在我宮中，此事她再清楚不過，不信你可以問她啊！」

「不用了！我信你就是，您老繼續講吧。」李無憂見這廝一臉惶恐的樣子，心頭不知爲何竟是一酸，忙擺了擺手。

楚問似乎鬆了口氣，又道：「那好！這種情形一直持續到了十九年前，朕終於神功大成，終於有了自己的親生兒子，就是你了！」

「嗯！好，難得你這口水大王轉眼就說到正題了！」李無憂拍拍手以示鼓勵。

楚問道：「之後的事件就只能用峰迴路轉來形容了。你可知我爲何一直苦練武功，甚至連生兒子的權利都可暫時犧牲？那是因爲朕之前有一個極其厲害的死敵，出入皇宮如入無人之境！我此時雖然神功大成，已然不懼他，卻深怕他對你和你娘下手，於是安排了一個忠心耿耿的大內高手李三德，讓他帶你們娘倆出宮躲藏，誰知在出宮的時候，那仇家剛好趕來行刺朕，一場激戰，最後在我的掩護下，三德和你們娘倆成功逃走，只是可惜三德卻因此受了重傷，離開之後不到一年便死掉了，你娘帶著你搬到別處去過，此後便與我失去了聯繫，這一斷就是十八年……唉，可惜當時我不知道子瞻這樣的大高手就在朕的身邊，不然也不會出此下策了。」

「哼哼，當時即便認識你，我也不會幫你！」宋子瞻不屑。

楚問笑了笑，又道：「這十幾年來，朕一直在尋找你們母子，但一直沒有結果！上次你面聖的時候，朕就發現自己莫名其妙就很喜歡你，當時還不覺得什麼，事後才發現，原來是因爲你和你母親長得很像。於是朕一面派人去崑崙李家村調查，一面多次深夜潛入你的伯爵府，終於被朕取得了一點你的血，通過滴血驗親和調查結果相佐證，終於確定了你就是朕的兒子！」

李無憂想了想，道：「憑良心講，你這個故事編得基本上還算能自圓其說，但問題的關鍵是隔了這麼多年，你憑什麼認定老子就是你的便宜兒子？」

「這個再簡單不過了！」楚問淡淡一笑，「我楚家子弟，人人皆是反關脈，除開真靈氣能在經脈中逆行之外，血液也能逆行，你試試就知道了！」

「真的假的？」李無憂半信半疑，當即展開內視之術，暗自用意念控制血液流動，果然全身一陣氣血翻騰，血液當真逆流。

楚問問道：「怎樣？楚家逆龍血，斷斷假冒不了的！」

「這個……基本上是沒有錯的了，但關鍵是……我怎麼能知道別人的血不能逆行？」李無憂依舊很懷疑。

楚問似乎早料到他有此一招，微微笑道：「但有一件事是絕對改變不了的！」

「什麼？」

「滴血認親！」

「不是吧？都什麼時代了，還用這麼土的辦法？」

「有時候越是土的辦法越是可靠，是不是？」楚問自信滿滿，一把自御案上抓過一只玉碗，右手指甲輕輕在左手指上一劃，一股鮮血噴出，霎時將那玉碗裝滿了一大半。

「停，停，停！」李無憂嚇了一跳，「不用這麼誇張吧？你噴了這麼多血，想要老子的命啊？」

「嘿！差不多了！」楚問笑了笑，將杯子擲了過來。

李無憂看了看那杯子，終於將左手手指朝口裏一咬，鮮血滴了出來，落進杯子，在杯中血上方轉了一轉，最後終於和杯中之血融爲一體，再不分彼此。

李無憂頓時呆住，而楚問和宋子瞻相對一笑，似是同時鬆了口氣。

望著那杯中之血，三個人都是各懷心事，一時竟是誰也沒有說話，唯有殿中水晶燈光透徹通明，彷彿能洞悉一切的秘密。

誰也不知過了多久，李無憂終於嘆了口氣，神色複雜地看著楚問和宋子瞻，終於一步一頓地朝二人走了過來，宋子瞻不自覺地護在了楚問身邊，只待李無憂稍有異動，她便發動雷霆一擊，卻見李無憂走到二人身前，翻身跪倒在地，猛地磕頭，道：「孩兒叩見父皇！」

楚問大喜，上前攙扶。宋子瞻忽覺不對，忙大叫不要。

卻已經遲了！楚問已然走進李無憂七尺之內！這七尺，不過是一步之距，李無憂猛地立起，腳下一動，瞬間跨過這七尺，雙掌齊發，剛猛無匹的掌力猛地發了出來，猛擊向楚問的前胸，後者只覺胸前一窒，大駭下忙出掌相對。

四掌相抵，楚問忽覺入手之處空空蕩蕩全不著力，才覺詫異，李無憂卻已經倒飛了出去，而這個時候，宋子瞻為救楚問，攻出的刀也立時走空了。但李無憂再未出手，而是呆呆站在原地，楚問和宋子瞻誰也不知道他在想什麼，一時也忘了出手。

過了片刻，李無憂臉上露出了苦笑：「果然是葵花真氣！楚老兒，還真是有你的，什麼武功不好練，你偏去修煉葵花寶典！」

「你怎麼知道？」楚問和宋子瞻同時驚了一驚。

李無憂輕輕哼了一聲，道：「葵花寶典又不是什麼江湖密寶，我怎會不知道？我還知道葵花寶典的扉頁上所寫八個大字，乃是『欲練神功，揮刀自宮』，次頁上則是『即便自宮，未必成功』，再向後卻是『若不自宮，一定成功』，是與不是？」

楚問呆了一呆，隨即大叫：「啊！乖兒子，怎麼你也練了葵花寶典？這不是說我三十年內見不到朕的孫子了嗎？你……你……你這不孝子啊！」

「滾你奶奶個蛋吧！老子不過是正巧知道這邪門功夫的一些秘訣而已，才沒心情去練呢！」李無憂笑罵一聲，臉上卻露出佩服神色來，「這葵花寶典非至情至性不能練，非意志堅定不能練，稍一不慎就會走火入魔，嘿嘿，倒真是難爲你居然練成了，而且沒有失去男人的能力！」

「你怎麼知道他沒有失去……那個？」宋子瞻奇道。雖然是魔門第一高手，但她終究是女兒家，百多歲的人了，居然還有些害羞，真是匪夷所思。

「笨！剛才那一掌難道是白對的啊？對掌的時候我當然是乘機吸取了一點他的功力過來了，發現這老傢伙陰寒得足以讓草木枯萎的真氣中卻隱藏有一種勃勃生氣，正是葵花寶典一路順暢練成的徵兆！」

楚問大喜：「無憂，你既然知道得如此清楚，那現在總該認你老爹了吧？」

李無憂抓抓頭皮，皺眉道：「這個，那個，皇上啊，你看，今晚天氣這麼好，萬里無雲，十里有雪，月白風輕，和風送暖……總之，那個好得不能再好了，我本來是打算送你回來就去賞雪的，你看你忽然跟我說這麼一件大事，人家一點準備都沒有，這可如何是好？」

「準備？什麼準備？」楚問呆了一呆。

「這個……以後再說。哈，微臣還有要事要辦，改天聊！走了，別送啊！」李無憂說罷，身形一閃，已然跳出結界，出了大殿，迅疾消失在茫茫夜色裏。

楚問愁眉苦臉道：「子瞻，你……你看這如何是好？」

「哼哼，我們不是還有必殺技嗎？不愁他不就範！」宋子瞻一笑，笑容卻比外面的冰雪還要冰冷三分。

雪越發大了。大雪紛飛，如瓊池碎玉，灑落玉屑滿天地。雪色裏的航州城燈火輝煌，看來美麗而溫馨。李無憂著一襲單衣漫步在街頭，心頭寧靜而平和。

得聞大楚帝國的當今天子居然是自己的親生老爹，他雖然驚訝，卻無論是真是假，都

並沒有給他帶來什麼強烈的震撼——經歷了天界的脫胎換骨和三生石裏的夢回前世，世上已確實沒有太多的東西能讓他震驚了，而長久以來一直纏繞著他的一個疑團終於解開，心中一直以來的某種沒來由的擔憂也隨之消失，整個人自然是說不出的輕鬆，至於將來的路嘛，咱們走著瞧吧！

大街上不時有巡邏的城守軍士兵經過，見到他都先是喝問，待見到來者竟是李無憂後，少不得要倉皇失措，一通大禮。如是幾次，李無憂不厭其煩，終於在一個無人的角落隱去身形，展開御風之術，朝自己的無憂王府飛去。

此時他功力已臻至萬物歸原之境，除開能直接從天地吸取大量的元氣外，身周萬物更都能轉化為功力，是以再不用憂慮功力耗費的問題。只要他願意，從航州飛到古蘭，甚至橫渡東海卻也不再需要任何停留，也是直到此時，他才相信古人說列子飛翔三日不落的傳言竟是真的。

天眼展開，方圓兩里內的人物行動，建築布局，乃至每一片雪花的飄落都盡上心頭，李無憂心頭同時閃過了淡淡喜悅和一絲苦惱：原來天眼果然是體內另一種隱藏力量的產物，根本不以自己元氣的衰減增長而改變，只是，這種既不同於元氣又顯然和神氣無關的力量究竟是什麼？

正自苦思，驀然驚覺一道高速飛掠的淡淡人影闖入天眼範圍內來。那人影是如此之快，才一眨眼的功夫，竟已飛掠了百丈之距，到李無憂動念將他鎖定時，又已進了百丈。

驚覺於這人竟不遜於自己的高速，李無憂心頭劇震：京城中竟然還有如此高手？但下一刻，他的震驚更甚，可以洞徹天地萬物的天眼雖然鎖定了那人，卻根本看不清那人的真面目，這還可以解釋爲天眼的威力隨著距離的增長而減小而同時這人定然是在身周散發了真氣以混淆旁人的視線，並無甚稀奇之處，而讓李無憂震驚的卻是那人竟在自己鎖定他的剎那便有了覺察，猛地轉換方向，朝他這邊飛了過來。

此刻李無憂已經飛到了航州最有名的西湖邊上，正值隆冬，四岸寒梅怒放，與瑞雪爭白，他心念一動，身形一晃，鑽入梅林，顯出身形來。

那人果然跟著飛了進來，落到離李無憂三丈開外。

李無憂立時覺得周遭空氣一緊，身邊三丈內飄揚的雪花忽然化作了千萬柄利劍，自四面八方刺了過來，他冷笑一聲，默一動念，整個人立時化作了一團火焰，那千萬把利劍如流星一般逼近，卻一碰到那火焰立時便又被還原成雪，迅即地又化作了水。

李無憂不待那些水落地，猛地向前跨了一步，那漫天的水滴立時滯了一滯，隨即卻化作了千萬點細小的金光，朝那人射去，其速之快，只如電閃。

「塵歸塵，土歸土！」那人忽然高呼一聲，雙手緩緩合十。

那萬千金光在貼近他衣服的剎那陷入了靜止，隨即由直射的劍光化作了彎曲的游光，游入地面，消失無蹤。背對著的兩個人心頭都是劇震，卻都沒有再出手。也不知過了多久，兩個人同時轉過了身來，然後兩個人同時驚呼了一聲，緊接著卻又同時大笑了起來，而蓄積在兩人身上的殺氣也在剎那間被收斂起來。

那人卻是大楚當今丞相司馬青衫！

笑了一陣，兩個人慢慢住了聲，在身旁不遠處一張石桌邊坐了下來。

司馬青衫自懷裏摸出一個酒壺，笑道：「李賢侄，我估計著這會兒你該已回府，這正打算去貴府找你喝兩杯呢，可巧居然在這裏遇到，真是心有靈犀呢！」

李無憂心道：「找我喝兩杯？是去殺老子吧！老子又不是活得不耐煩了，怎麼會和你這烏龜王八心有靈犀？」卻微微一嗅那酒氣，一臉享受地笑道：「這可是最少珍藏了三百年的古蘭名酒雪腴香，前輩如此捨得，那晚輩可就卻之不恭了！」

說時便要伸手去抓酒壺，卻瞥見司馬青衫眉間隱有喜色，伸出去的手上立時便多了一團純紅的火焰，輕輕在壺上一抹，手收回時，那團火焰則已將整個壺包裏起來。

這團火焰是那麼的明亮，剎那間竟然照徹了整個梅林，一時間只見朦朧的火光裏，白雪漫天，梅花吐豔，林外湖水微波，嫩冰猶薄，端的是人間仙境，讓人心曠神怡。

「好見識，好手法！」司馬青衫豎起了拇指，「用三味真火來煮雪腴香，雖說是大材小用，但卻也只有如此方能煮出一壺好酒啊！」

三昧真火可說是天下一等一的神火，無堅不融，李無憂居然能拿它來煮酒，可說是對火的控制已達絕境，旁人見了少不得要驚嘆連連，驚爲天人，而司馬青衫卻一眼看出，並無驚訝之態，除開定力非凡之外，功力怕也已臻至絕境。

李無憂卻也不以爲意，只是聽他言中似乎另有所指，頓時心中一動，說什麼大材小用，難道這傢伙竟然不是說笑，剛才當真是想去我家裏殺我？當下淡淡試探道：「丞相這算是自況，還是勸慰本王？」

「唉！」司馬青衫難得地嘆了口氣，「你絕頂聰明，又怎麼會不明白？無憂，朝中鬥爭比起戰場來，其實有過之而無不及，你百戰功成，取得如今的地位並非容易，何苦進京攪局，將賭注一把都輸在這裏？」

李無憂想了想，起身施了一禮，道：「丞相，我知道朝中大事，你一直維持得很辛苦。我軍在前線能百戰百勝，其實也是你一直鼎力支持，這點無憂極承你的情，也對你很是佩服。只不過丞相可曾想過，這二十多年來，你、耿太師和皇上三人，極力地維持著朝

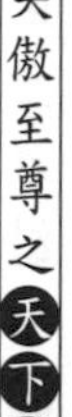

中勢力的三足鼎立，看來似是一個絕妙的平衡，但其中其實有絕大的隱患，一旦你們三角中的一角有事，便立刻是兩強相爭，朝中必定大亂。是以一直以來，皇上不遺餘力地栽培我，便是希望我能夠助他打破這個平衡，建立一個新的秩序。」

司馬青衫沒有說話，反是伸出右掌，隨即用左手食指在其中心虛畫起了圓，李無憂頓時覺察出空氣中有了風的流動，待他這個圓一畫完，那風便更加大了，並迅即在他掌心形成了一個漩渦，這道旋風甫一形成，四周的梅樹便跟著微微地顫抖起來，隨即便見落英繽紛，梅如雪落，紛紛射向他右掌，在掌心上方緩慢而輕盈地飛舞。

梅花在司馬青衫的掌心越聚越多，每一朵梅花都如一個美麗的白衣仙子，歡快地舞蹈，在風裏，在他掌心外，但漫天的飛雪卻沒有一片被這陣旋風給吸引過來的，而是依舊自在地按著它們既定的軌跡慢慢地飄下。即便高手如李無憂者，見此也是嘆爲觀止。

江湖中果然是臥虎藏龍，未來航州之前，誰又能料到楚問居然也是不遜色於宋子瞻的絕代高手，而看似武功平庸的司馬青衫居然還在宋子瞻之上。如非有三生石的奇遇，怕自己早該收拾包裹，回家種地去了。

這個時候，司馬青衫掌心上方飛旋的梅花已聚集了三丈餘高，他忽然輕輕笑了一聲，道：「李賢侄，世人都道冰火不能同爐，其實誰又知，煮雪腴香除了要好的火外，其實還需要上好的雪呢？」

說時他右手掌心猛地一震，上方梅花霎時四散飛落，而他左手卻同時猛然於空虛虛一抓，漫天的飛雪頓時如流星雨一般射到他左掌心，隨即他微微一揚手，那一掌的雪花全數覆蓋到了那個酒壺之上。

那個被三昧真火包圍的酒壺頓時在紅紅的火焰外，被覆上了一層厚厚的白色，但奇怪的卻是冰雪相觸並未見雪融和火滅，而是那三昧真火依舊燃燒，火光卻自雪的縫隙裏透了出來，使得那層雪彷彿是美人的嬌顏，白裏透紅，說不出的動人。

李無憂震了一震，喃喃道：「雪火同爐呵！丞相，我明白你的意思，只不過，你和皇上同爐了這麼多年，卻依舊不瞭解他的心意啊！」

「願聞其詳！」司馬青衫拱拱手。李無憂卻不答，雙手忽然虛虛抱至胸前，那漫天正自飛落的千萬瓣梅花彷彿受到千萬根無形絲線的牽引，復又飛了上來，落到他環抱中央，他輕輕道聲去，梅花如白瀑一般射到了石几的酒壺之上。

妙的卻是梅花並未黏在雪的周邊，而是透過雪和火，徑直射入了壺中，一點痕跡也未留下。司馬青衫倒吸了一口涼氣，那如此多的梅花居然能射過自己的千雪結界和李無憂的三昧真火，之後居然徑直入了壺中，這是何等樣的神功！

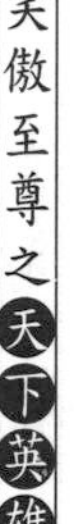

先前李無憂能在那麼遠的地方發現自己，無非是和自己一般仗著靈覺超人，但見面之後次第展現的實力，卻已在自己之上，自己隱忍二十多年，看來竟是白費了工夫。

李無憂卻無暇看他震驚神色，只是笑道：「丞相可知前人有句妙評，叫著『梅須遜雪三分白，雪卻輸梅一段香』，實是高見。小子先前觀丞相有意以寒梅煮酒，正感欣慰，卻不料竟是爲了替雪清路，如此棄梅用雪，不啻買櫝還珠，貽笑大方了！」

司馬青衫聞言又是一呆。須知二人自見面開始，便一直明爭暗鬥，希望對方能接受自己的政治主張。李無憂要接受楚問的意見三人同政，而司馬青衫卻要他放棄這一計畫，依舊去領兵，朝中之事由他爲李無憂作主。而司馬青衫剛才先取梅後取雪，不過是爲了造成李無憂心理上的錯覺，好使得接下來的冰火同爐之技能造成其心靈的震撼，卻不想李無憂非但完全不受影響，反而迅快地以子之矛攻子之盾，實是巧奪天工的一手。

竟然連一個乳臭未乾的小子都鬥不過，司馬青衫忽然覺得自己老了好幾十歲。他卻不知自己面前的李無憂早已非昔日吳下阿蒙。不說經歷江湖詭計和戰火洗禮的李無憂早已今非昔比，便是融合了千年前天下第一高手莊夢蝶的記憶、經驗和功力的李無憂，又豈能再以先前的眼光看待？更別說這兩個人的優點同時集中到一個人身上了！

李無憂灑然一笑，忽然雙手朝酒壺上又是一下虛抓，酒壺上的雪頓時如星河倒泄一般，全數落到了他兩手中。司馬青衫大惑不解之際，李無憂雙手忽然緊握，到下一刻他雙手攤開時候，手心早已沒了雪，而是兩個晶瑩剔透的玉杯。

「啊！」司馬青衫立時驚了一驚。將雪凝成冰杯還可以理解，但卻怎麼變作了玉杯？

李無憂笑了笑，將兩個杯子分別放到兩人面前，右手掌輕輕按在了酒壺之上，那三昧真火立時便也跟著熄滅。他提起酒壺，替司馬青衫面前的杯子裏斟上了一杯酒。

司馬青衫看那杯酒，淡淡的雪白上面浮著數片顏色稍重的白梅瓣，看來清雅之極，但他卻知道自己已經徹底地輸了，李無憂果然是透過了冰火，將梅花打入了酒壺。他舉起杯子，手指微微地顫抖了一下，終於咬咬牙，將玉杯湊到了嘴角，淡淡的幽香頓時撲鼻而來，直沁心脾，他的心裏卻湧上了淡淡的苦澀，因為他明白，自喝下這杯酒後，這個朝廷，這個天下，已然偷偷換了主角。

「且慢！」已經替自己斟完酒的李無憂忽然道。

司馬青衫不解的眼神裏，李無憂乾了自己面前的酒，淡淡笑道：「丞相，這杯酒，其實你可以不喝的。」說完這句話，李無憂長身而起，飄然遠去。

司馬青衫望著桌子上一空一滿的兩個酒杯，正自發呆，忽然發現那兩個玉杯竟已在瞬間變作了兩個冰杯，自己面前那杯酒裏彷彿有什麼東西在沸騰，他驚了一驚，剛朝後退了

一步，卻見杯裏忽有一道紅得像血一樣的火焰一騰而滅，再看時，杯子裏已經空空如也！

「三味真火！」司馬青衫倒吸了一口涼氣，頹然坐倒——如果一個人飲下一團三味真火，還有命嗎？

李無憂回到自己府第的時候，幾乎懷疑自己來錯了地方。原來的伯爵府就有上百畝，現在倒好，整條街都被盤了下來，使得新建成的無憂王府占地大概有四五千畝之多。之前的建築也給拆了，進行了重建，每一處建築都是巧奪天工，美輪美奐，說不出的精緻，但偏偏組合到一起，整個府邸看來氣勢恢弘，說不出的壯觀。看來楚老兒果然是下足了本錢，不愁老子不認他這個便宜老子。

他正自站在門口發愣，侍衛中卻有一人走了過來，細看卻是朱富。

朱富急道：「元帥，您才回來啊！諸位姑娘已經等了您好久了，廳裏已經來了一大堆官員，等著給您送禮呢！」

「一大堆？」李無憂吃了一驚。送禮這種事，即便是街知巷聞，也斷斷不能明目張膽，怎麼會出現一大堆人擠在自己家裏等自己的情況？

「是的！一大堆！」朱富詭異地笑了起來，放輕了聲音，「本來諸位大人見元帥你不在家，便都要告辭離開，慕容姑娘卻說，大家既然如此有誠意，就都留下等元帥回來吧，這一等就等了滿滿一屋子……」

李無憂啞然失笑。這小丫頭還真是……

跟著朱富進了客廳，果然看到慕容幽蘭正和一大堆金盔帶甲的傢伙糾纏不清，而旁邊一些蟒袍玉帶的人雖然一本正經地坐著，面上不動神色，互相還有一句沒一句地閒聊著，但李無憂卻看清這些傢伙其實早一個個如熱鍋上的螞蟻，早已坐不下去了。

見李無憂進來，眾人幾乎是轟的一聲跑了過來，一個個熱淚滿臉，那架勢就只差叫一聲爹，便可上演一幕父子久別重逢了。反正臉皮已經撕破，也不在乎別人知道自己來給無憂王送過禮了，眾文武大臣個個爭先恐後地送上自己的禮物，諛辭如潮。

李無憂不理慕容幽蘭朝他猛遞眼色，笑迷迷地命朱富來者不拒地一一收了，直氣得慕容幽蘭狠狠跺了跺腳，掉頭朝內堂去了。

寒暄一陣，李無憂當即在府裏大擺筵席。眾人本來個個海量，但不知為何竟然沒喝幾杯酒，便個個爛醉如泥，唯一一個沒有醉的是航州副總督黃瞻，見李無憂命朱富將喝醉的眾人一一安排客房住了下來，先是吃了一驚，隨即卻露出佩服神情，道：「數月不見，王爺的手段可是越來越高明了！」

李無憂笑道：「老黃，你的見識倒也越來越高明了！聽聖上說，你將航州管理得井井有條，很是不錯，很好，很好！」

「不敢！不敢！只不過上次得王爺的提拔做了京城的副總督後，生怕辜負王爺的知遇之恩，因此一直以王爺爲楷模，努力體悟王爺在航州時教我的種種法門，這些日子來，處理政事也是如履薄冰，托王爺的福，總算是一切平平安安。但比起王爺在前線守土開疆，那便是螢蟲與日月爭輝，比不得，比不得的！」

李無憂愣了愣，苦笑道：「他媽的，剛剛皇上還跟我誇你風骨不凡呢，怎麼才幾天不見，沒想到你這小子拍馬屁的本事竟然也有了長足的進步啊！官場果然是個大染缸啊！」

「王爺恕罪！」黃瞻誠惶誠恐地跪了下去，「其實小人剛才所說皆是肺腑之言，並無半句拍那個什麼之意！」

李無憂笑了笑，道：「起來吧，我和你開玩笑的。李無憂看人，向來錯不了的。當日我就是看上你的錚錚鐵骨，才破格提拔你當航州的副總督，這些日子我雖然不在航州，但你所做的每一件事，我還都是瞭若指掌的！你外表雖然變圓滑了些，但內心卻一直沒有改變過。外圓內方，本就是處世之道，你果然是進步多了。」

「謝王爺！」黃瞻語聲中已略帶哽咽。

李無憂問道：「今日來拜訪我的，除開你，雖然有些是不得志的官員，但卻也有像禮部尚書陸子瞻這樣身分顯赫之輩，怎麼大夥兒這麼不約而同？」

黃瞻愕然道：「王爺難道還不知道自己今時今日的身分嗎？不說你在黑白兩道都左右逢源的顯赫江湖地位，也不說你手握前線五十多萬精銳兵馬、三州重地，還手持金牌玉劍，光是你之前在城外那一聲巨喝竟然震得百官無色的威勢，也足以讓人三更半夜跑來給你送禮巴結了，更別提他們還剛剛得到從宮裏來的消息呢！」

「宮裏來的消息？」李無憂吃了一驚。

「是啊！王爺莫非還不知道嗎？宮裏剛剛有人傳出，你明日起，將和司馬大人和耿大人共同執掌朝政之事，幾乎來這裏的官員都知道了。」

李無憂呆了一呆，這件事知道的人僅限幾人，而能夠讓這些官員如此快就得到消息，怕是出自司馬青衫和耿雲天二人之一，或者是兩人聯手的手筆了。但無論是誰出的手，明日這個京城怕就要暗自改換局面了。

送走黃瞻，李無憂並未立即去找諸女，而是召來了秦鳳雛。

被問起京城的兵力控制情況，秦鳳雛皺眉道：「元帥，先前我們得到的情報有誤，目前京中總兵力其實已達十五萬之眾！城守軍四萬，由百里莫仁統率，而舟落霞統領的禁軍卻有十萬之眾，除開我們的三千人，還有七千人是王維帶來的嫡系部隊。」

「靠！有沒有搞錯？」李無憂重重一拍茶几，後者應聲碎成粉末，「怎麼會和先前得到的情報差這麼多？」

「屬下無能！」秦鳳雛臉上露出慚愧神色。

「罷了！鳳舞軍組建不久，這也怪不得你！」李無憂迅即恢復了冷靜，當即又問道：「你有沒有搞清楚，百里莫仁和舟落霞都是哪個方面的人？他們是什麼時候掌管這兩路兵馬的？王維進京又投靠了誰？」

秦鳳雛道：「百里莫仁三十九歲，是農夫出身，靖王舊部，原來是禁軍的一個四品游騎將軍。城防軍的參將本來是朱富，自他跟你一起到前線後，一直是黃提督負責統領航州防務，但自你殺了靖王的消息傳到京城之後，皇上就讓他和府尹駱志一起只負責處理政事，防務就交給了百里莫仁。至於舟落霞，是皇后舟雪的第二個哥哥的女兒，今年十八，自幼聰慧，熟讀兵書，向來得皇上和皇后的寵愛，靖王死訊傳來，禁軍無首，皇后便向皇上推薦了舟落霞，皇上念及皇后的喪子之痛，便應允了。兩個人掌握兵馬都應該不到四個月。至於他們背後的勢力，舟落霞不言自明，百里莫仁卻是倒向太師的……」

「倒向太師？」李無憂搖搖頭，「如果真是這樣，那就不足爲慮了，我看他是腳踏兩隻船，既在皇后這邊賣乖，又和耿雲天關係密切才對！」

「元帥所言有理！」秦鳳雛點頭附和，又道：「王維就很複雜了，情報顯示，他幾乎和所有的勢力都保持著親密的接觸，但看不出他究竟和誰更親密一些，只知道他進京的時候曾和耿太師發生過摩擦，不過之後因他的登門謝罪，二人非但冰釋前嫌，而且還好得如蜜裏調油！」

李無憂點點頭，笑道：「這小子上次被我挫了銳氣，這次終於學乖了。只不過嘛，他再怎麼學，也是比不上他爺爺王天的一半了！」

秦鳳雛也笑了笑，最後卻皺眉道：「元帥，有句話，屬下不知當不當說？」

李無憂淡淡看了他一眼，道：「你是想說王定和王維的關係吧？」

感覺到那兩道淡淡的眼光的威力，秦鳳雛忙點了點頭，心頭暗自卻是顫了一顫。自李無憂從那塊怪石頭出來之後，他只覺李無憂的眼神再沒有以前那麼犀利如劍，反而柔和得一如清水，但就是那淡淡的眼神，卻讓人生出一種萬事他都瞭然於心的無力感，讓你不敢對他有任何的隱瞞。卻不知這是因爲李無憂得到前世功力之後，玄心大法已然突破第一層的天心地心，而第二重的聖心佛心境界也已大成，眼神不經意的流露便如聖人仙佛一般，雖然有悲天憫人的大慈悲，卻也同時有著大威力，不可抗拒，讓你根本不願意說謊去欺瞞他。

李無憂見秦鳳雛誠惶誠恐，知道再運功的話，會對他的修爲產生不利的影響，忙收回聖心境，輕輕嘆了口氣，道：「鳳雛，你要知道，這個世上並不是所有的人都和你一樣崇拜力量，還有更多的人相信情義，所以，成大事者就該知道何爲恩威並施。用人不疑，疑人不用，我既然將王定從潼關帶到這裏來，自然是沒有再懷疑他。所以，你要暗自查他，我不反對，但千萬不要在沒任何證據的時候就質疑他，那就是枉做小人，知道嗎？」

秦鳳雛被訓得冷汗淋漓，點頭不迭。

李無憂自懷裏掏出一冊書，遞過去道：「你是鳳舞軍的頭領，但輕功未免有些太不盡人意，這是我針對你輕功的弱點所創的一種新的輕功身法，好好給老子練，希望早日能夠真的像鳳凰一樣飛起來，別丟了我的人。」

秦鳳雛滿懷感激地接了過來，揣入懷裏，忽道：「元帥，你剛才罵我，現在又送書給我提高武功，這算不算是恩威並施？」

話音才一落，身體便不由自主地飛了起來，以酷肖餓狗搶屎式落地時，身後傳來李無憂的笑罵聲：「切，知道就行了，還非要說出來，不是討打是什麼？」

秦鳳雛心有所悟，也不以爲意，拍拍屁股，哈哈大笑著，揚長出門而去。

搞得與他擦肩進來的朱富一臉詫異，問李無憂道：「元帥，小秦今天難道又在您這討到了陰陽合歡散？要不怎被你踹了一腳還滿臉的春意盎然？」

李無憂笑罵道：「滾你奶奶的蛋！不該你關心的事少問！客人都安排得如何了？」

朱富聞言，立時皺起了眉頭，道：「屬下正是爲這事而來的，幾乎所有的人都安排好了，家裏也都派人去通知今夜留宿了，只是還有一個七品的武官，似乎沒人知道他的來歷，只是老在那吵著還要喝酒，借酒發瘋，在院子裏亂闖，百十個近衛都不是他的對手，夜將軍聞訊趕來，雖然和那人打得不分勝負，卻拿他不下，我這正爲這事來稟報您呢。」

「哦？有這種事？」李無憂大感有趣，站起了身來。

百名近衛的實力已經非同小可，夜夢書的武功他更是知道的，這傢伙本身武功似乎是傳自天鷹唐門，這些日子裏被秦清兒一陣猛補，已臻至一流高手的境界，京城的廢物武將裏居然還有人能和他打成平手的？

用以待客的雲來軒其實是一處四面各有上百間廂房的巨大四合院，緊鄰四邊房子的邊上都是四季常開的花樹和一些珍希異草，而花草外圍是大理石鋪就的三丈長的平地，而平地過去，是一個約莫百丈方圓的巨大的人工湖。

李無憂遠遠地就聽見一陣兵器交擊聲和陣陣歡笑聲傳來，倒好似不在打架，反似有人

在唱戲一般地熱鬧，剛跨過入軒的月形門，便見前方燈火通明，那百丈湖面上方竟然掛了不下百盞的巨大燈籠，而七女正圍在湖邊的雕欄上嬉笑不絕，其中慕容幽蘭、葉秋兒和秦清兒三人更是振臂撩袖，手舞足蹈，嘴裏還念念有詞地吶喊助威，其餘四女雖然不是一般瘋狂，卻也各自嘴角含笑，眉目飛舞。

離七女不遠處，糊糊真人、笨笨上人、唐鬼和玉蝴蝶四個活寶也是振臂高呼不絕，四人附近地上血跡斑斑，顯然是朱富說的剛才那些負傷的士兵所留。

在正對七女的湖對面欄杆後面，王定正帶著數百人舉著弓箭虎視眈眈。李無憂看得暗自點頭，如此多的高手在側，依然沒有讓王定放鬆警惕，這個人，實在是可以託付之人。

李無憂帶著朱富悄悄走到欄杆邊上，只見湖中兩個人影正落足在相距三丈的兩片不敗荷的荷葉上，各自持劍對峙。其中一人正襟肅立，面上汗大如豆，顯然鬥得異常辛苦，正是夜夢書。而另一人金盔帶甲，站在荷葉上面喝醉了酒似的搖搖晃晃，只踏得荷葉四周水波蕩漾，仿似一陣風來隨時都會倒下，卻偏偏倒了良久卻怎麼也倒不下去。

李無憂看得明白，這傢伙表面雙足踏荷，其實兩隻腳都是虛踏在荷葉上，全憑著一口真氣懸在空中，不禁暗叫了聲高手。

但下一刻，李無憂天眼透過，看清楚這人真面目，當即大喝道：「夢書退下，且讓我來收拾這潛入我國的奸細！」

夜夢書聽得李無憂的聲音，頓時鬆了口氣，足尖在荷葉上用力一點，頓時如一縷輕煙般飛回岸上，才一落到秦清兒身邊，卻見李無憂早已落到方才自己立足之地，雙手背負，衣袂無風自飄，一如神仙中人。

眾人眼見李無憂出場，都是齊齊一陣噓聲。

本以為可以聽到更多喝彩聲的李無憂對此大大的不解，不禁叫道：「怎麼夜小子在下面，你們叫得人聲鼎沸，老子下場，你們一點掌聲沒有就算了，竟還給老子喝倒彩？」

夜夢書對此也是不解，露出詢問神色。

卻聽慕容幽蘭撇嘴道：「小夜子武功低微，對上這一般差勁的醉漢最是半斤八兩，那才叫好看嘛，你那麼大的本事，下去還不是兩三下就解決了，那還有什麼趣味？要是純粹為了抓住這傢伙，我們這麼多人隨便下去一個還不手到擒來，偏要你在這逞英雄幹嘛？」

實話最傷人，李無憂忙點頭認錯，夜夢書羞愧得卻只差沒找個洞鑽進去，方才自己打得那麼賣力，在這些傢伙眼裏原來比要猴並不強多少……

倒是湖心那金甲將軍聞言，卻是一洗醉態，不怒反笑道：「慕容姑娘言之有理！倒不知姑娘是否敢下來與在下切磋切磋？」

慕容幽蘭尚未接口，卻聽李無憂朗聲道：「任獨行，枉你也是魔門的成名人物，不敢和我動手，偏去激一個小姑娘，你羞也不羞？」

任獨行？知道這個名字的人都是驚了一驚。眼前這人居然是天魔任冷的徒弟劍魔任獨行假扮的？夜夢書想起自己方才居然和任獨行鬥了百餘招而未落敗，頓時一掃頹勢，隱隱有些得意了。

任獨行嘆了口氣，一把撕去臉上的人皮面具，憤憤丟到河裏，怒道：「老烏龜又騙老子！什麼魔法面具誰也認不出，全是狗屁！」

眾人愕然。

李無憂叫了起來：「喂喂，大家都看見了，這傢伙居然朝我的私人湖泊裏亂丟垃圾，以大楚律法，該罰款百倍等於此垃圾之金！你們都幫我記下了，一個魔法面具價值萬金，從今天起，任獨行欠我百萬金！哈哈！發財了！」

眾人更加愕然，面面相覷。

任獨行也是滿臉愕然，不解道：「李兄，既然這個魔法面具是真的，爲何你還能看穿我的真面目？」

李無憂當然不會告訴他天眼之秘，而是嘻嘻笑道：「這個還用說嗎？魔法面具將你這小子什麼都改了，但你的獨門標誌，那一雙眼睛裏色迷迷賊兮兮的眼光是永遠也改不了的，剛才你雖然在和夢書打鬥，眼光卻總是瞟向我幾位老婆，這我就猜了八九成是你，然後再留意到你舉手投足間的那股孤傲之氣，還猜不到是你那老子就該回家抱孩子去了！」

湖上眾人多是知道李無憂又在胡扯，聞言都是一陣大笑，偏是任獨行卻是佩服道：「李兄慧眼如炬，難怪大魔王要推你爲我聖門當世第一對手了！」

「大魔王？誰？我好像和他不是很熟吧？」李無憂愣了一愣。

任獨行一振長劍，朗聲道：「只要李兄能擊敗我手中長劍，我便將一切相告！」

李無憂想了想，道：「任兄，不怕得罪你，說句大實話吧，要我和你一對一地單挑，那實在太沒挑戰性了，不如這樣吧，我站在這裏不還手，讓你攻我百招，只要你能碰到我衣衫，便算你贏了，剛才那百萬兩黃金就一筆勾銷，但如果你碰不到，就請將這個大魔王詳細到三圍尺寸，牙口好壞都一一告訴我，你看如何？」

任獨行深吸了口氣，壓住內心的憤怒，淡淡說聲那再好不過，長劍猛地脫手而出，化作一道三尺長的電光直射李無憂眉心。後者嚇了一跳，慌忙展開龍鶴步輕輕閃開，但那電光落空之後，其勢未衰，便極不合常理地迅即折向，以一個詭異的斜角反刺回來，李無憂只得再次轉換身形，險險避過。

一時間，只見那三尺電光緊貼李無憂的衣衫飛舞，後者閃轉騰挪，時而矯若神龍，時而翔如羽鶴，總是在間不容髮之際躲過白刃加身之禍。

湖上眾人看到任獨行年紀輕輕的居然使出了江湖劍法至高的御劍術，都是先驚呼了一聲，隨即卻爲李無憂擔心起來，但見他避得雖然凶險，卻總是游白刃而無傷，都是嘆爲觀止。糊糊真人和笨笨上人這兩個武癡更是涎著臉，笑嘻嘻地拉著諸女問起這套身法的來歷。

諸女雖然多受過李無憂指點武術，卻只有慕容幽蘭在初逢李無憂的時候依稀見過這套身法，但也不知道來歷，自然都是無從相告。二人自然不信，當即死纏爛打，一副不打破砂鍋問到底絕不甘休的架勢，諸女不勝其煩。

秦清兒實在看不過去，正要出聲警告，一旁的玉蝴蝶忽然摺扇一拍手心，恍然大悟道：「我知道這套身法的來歷了！」

眾人半信半疑間，卻聽朱富和唐鬼同時歡聲道：「我也知道了！」

眾人更奇怪，當即便有葉秋兒道：「到底是什麼身法，快說！」

玉蝴蝶三人互望一眼，都是臉色尷尬，忙各自轉頭，假裝沒聽見。

但下一刻，三人頭上都被狠狠敲了一下，驀然回頭卻見慕容大小姐雙手扠腰，怒目圓睜。三人當即嚇得一哆嗦，忙異口同聲道：「採花身法！」

見眾女大怒，玉蝴蝶忙解釋道：「諸位姑娘且看，元帥這套身法閃轉騰挪之間，姿勢優雅自不必說，難得的是每一次出招，不是雙手如彩蝶張翼（鶴翔），便是十指怒張（龍爪），抱於胸前，不正是元帥將傳說中淫賊的最高輕功身法『蝶舞雙飛』和『抓奶龍爪手』集合到一起所創……哎喲，哪個渾蛋打……打老子？」

他吐出兩顆帶血的門牙，卻並不見暗器，張頭四望，只見諸人都是哈哈大笑，齊齊指向了湖心正在躲避御劍術的李無憂。

一旁的糊糊真人還不勝惋惜道：「李小子用一滴湖水打掉你兩顆門牙算是便宜你了，要是老子，該用尿！」

笨笨上人點頭道：「對對，是該用尿。不過二哥，您居然可以在御劍術的逼迫之下，在閃轉騰挪之際，躲過眾目睽睽，神不知鬼不覺地撒尿，功力看來又精進了啊！」

「切！我有說過要躲著大家嗎？」

「……」玉蝴蝶越聽越是膽戰心驚，想到隔了這麼遠，激鬥中的李無憂依然能分神聽自己說話，並且用一滴湖水打掉自己的門牙，真是鬼神之功，莫要元帥一時糊塗，真的用他的貴尿來對付自己那就慘了，忙撿起門牙，閉了嘴，再不敢發出一點聲息。

第二章　家國大事

湖心的爭鬥卻已越來越精彩。

御劍術本分無法御劍和有法御劍兩種，前者是初窺御劍門徑，每一次出劍雖然都是御劍脫手直擊要害，但轉折之間卻並無章法配合，後者卻是御劍術登堂入室，每一招每一式之間都和尋常劍法一樣有配合，一旦展開，便可如滔滔江水一般連綿不絕。

任獨行號稱劍魔，在劍上的修爲自然是出類拔萃，此時御劍之術已經是初窺有法御劍的門楣，雖然依舊難脫之前以手使劍時劍法的窠臼，但轉折之間卻已頗爲連貫，李無憂初時還躲得從容不迫，但任獨行每一道劍光刺過，便在他身周留下了一道淡淡的無形劍氣，那劍氣漸漸累積，只讓他如遭千鈞重壓，若是換了旁人，早已被這劍氣重壓避得墜入水中了。

但即便是李無憂，也不好受，他一直堅持不肯出手抵擋，只是一味躲閃，此刻便如背著千鈞重的山來躲閃電，那種滋味非局中人實是無法理解。但讓所有人奇怪的卻是，李無憂雖然躲得辛苦，卻時而微笑時而皺眉，嘴裏更是念念有詞，似乎在計算著什麼。

驀然，卻聽任獨行大聲道：「第九十八招了，李兄你還不還手嗎？我出殺招了！」

李無憂大笑：「儘管放馬過來吧！」

任獨行也不廢話，手指一指空中劍光，那道劍光忽然暴漲百倍，光華耀眼，直透霄漢，直讓天上的星辰也同時沒了顏色。

湖上功力稍差者不自覺地齊齊閉上了眼睛，寒山碧、糊糊真人和笨笨上人卻同時叫了起來：「當心！是流星劍光！」

二人話音才一落，那道劍光陡然分作了千萬道細小的劍光，彷彿一場華麗的流星雨，齊齊射向了李無憂。

萬道劍光才一射出，這個院子上空的星辰忽然間光華大盛，萬道微小的星光自天際落了下來，和劍光匯到一起，霎時再分不出劍光和星光，整個四合院彷彿在一刹那被激烈的強光所包圍，在這強光裏能睜開眼睛的人寥寥可數。

「停！」光華包裹裏，李無憂忽然大喝了一聲。

於是滿天的光華忽然消失得一乾二淨。眾人睜開眼時，漫天的星光已經明亮如昔，李無憂依舊傲立在原來的地方，面上掛著淡淡的微笑，而任獨行卻嘴角掛著血絲，雙足也再

未懸空而是實踩到了荷葉之上，並且身體微微有些搖晃，最醒目的卻是那一臉的不信。

眾人雖然已經看出勝敗，卻茫然不解。

只聽糊糊真人喃喃道：「這小子簡直是個魔鬼，他竟然一招未出，便破了流星劍光！」

笨笨上人亦道：「便是那人出手，怕也不能夠辦到，他究竟是怎麼做到的？」

「管他怎麼做到的！反正我老公贏了，耶，老公萬歲！」慕容幽蘭搶過話頭，叫了起來。

眾女雖然興奮，卻沒人和這沒大腦的丫頭一般亂鬧，都是苦苦思索，卻不明就裏。

唯有秦清兒嘆道：「李無憂啊李無憂，莫非你當真就是那個人嗎？」

卻聽任獨行苦笑道：「李無憂，你真是個天才！我自以爲得計，每一劍刺過都在你身邊布下了一道無形劍氣，卻沒有想到你每一步跨出其實都是在牽引我劍氣的軌跡，到最後一招我用流星劍光引來天上星光，卻反被我自己的劍氣所擋住，反而傷了我自己，由始至終你非但沒有出招反擊我，甚至連出手抵擋都沒有，佩服，佩服！」

眾人聞言都露出恍然神色。

李無憂淡淡笑道：「任兄客氣了，在下僥倖得勝而已！」

事實上這並非謙遜之詞，他確實勝得僥倖，若非在烈火情天時他學得了星羅天機陣，也不會一眼就看出任獨行的劍飛舞時隱隱和天上的星斗相合，才將計就計地按星斗的逆陣牽引他的劍氣，最後讓他自己引星光傷了他自己。

任獨行搖搖頭，伸手入懷，摸出一張帖子，飛擲向李無憂，同時道：「大魔王古諱長天陛下已於月前統一了我魔道，並定於除夕之夜在天柱峰舉辦魔盟成立大會，希望李大俠能夠大駕光臨，共襄盛舉！」

李無憂一把抓了過來，瞟了一眼，苦笑道：「謝驚鴻這老兒也真是迂腐得緊，我讓他將古老兒熬湯喝了，他倒好，非要將人放了，媽的，這下子玩大了吧？」

沉吟片刻，末了正色道：「替我告訴那老小子，就說，老王八，你這麼快就統一了魔門，算你狠，不過老子除夕夜要大婚，沒空來捧場，你自己小心點，別高興過頭了，搞個什麼腦溢血心臟病什麼的掛了就不好玩了，老子還等著他討幾筆債呢！」

任獨行愣了愣，失笑道：「好吧！我會轉達的！順便提早恭賀李兄大婚之喜，祝閣下早生貴子，百子千孫！」說罷沖霄而起，迅即消失在夜色裏。

寒山碧似乎想問什麼，發出半個音節，後面的話卻終於沒有出口。

李無憂飛上湖來，眾人正要問長問短，忽然發現眼前一暗，原來是懸在湖上空的百盞

燈籠竟在瞬間熄滅，顯是方才已被任獨行劍氣所破，卻被李無憂一直支撐至此，一時皆是驚嘆連連。

當下眾人圍了上來看那張古長天的請帖，糊糊真人和笨笨上人二人和大荒四奇本是同一輩人，只是最近才出江湖，自不知古長天是何方神聖，聽朱富等人一解釋，先是露出不屑神色，但隨即聽到這人非但是破穹刀的真正持有者，而且還學會了九魔滅天大法的時候，立時變了顏色，同時驚呼道：「難道那人竟然也還活在世上嗎？」眾人大奇。

李無憂問道：「九魔滅天大法很了不起嗎？那人又究竟是誰？」

糊糊和笨笨二人各自對望一眼，都是搖頭苦笑，任諸人怎麼追問，也不再出聲。

李無憂無奈，卻也不以為意，當自留下王定等人收拾殘局，其餘諸人各自散去，自己卻被諸女擁到了主臥室。

星光婆娑，幾縷風透過軒窗吹了進來，直吹得燭影搖紅，泛起一室溫柔。見六女一個個不是臉頰緋紅，就是神情淡然中隱隱透著喜悅，偏個個又都故作矜持不肯先開口，李無憂當即起身，促狹道：「諸位姑娘，若是沒什麼事，小生可就先告辭了！」

「喂喂，話還沒說怎麼就要走了呢？」慕容幽蘭果然最先站了起來，一把將李無憂抱住，不讓他走。

葉秋兒當即也撲了上來，嘻嘻道：「剛才拿我們姐妹做擋箭牌，現在雨過天晴了，莫非就想賴賬了嗎？」

其餘諸女各自笑著附和起來。李無憂露出恍然大悟的神情，笑道：「原來是各位妹妹耐不住春心寂寞，死皮賴臉想要哥哥我娶你們啊！」

這話自然引來慕容幽蘭和葉秋兒的粉拳無數，以及其餘諸女連聲大罵壞蛋之類的呸聲。

忽聽寒山碧冷笑道：「李大俠，你的意思是說姑娘我沒人要，還求著你娶我不成？」

李無憂最怕這丫頭，當即嚇了一跳，忙好言相慰道：「哎呀，阿碧，我的姑奶奶，我這不是開個玩笑嘛！別當真，別當真，我明兒就奏明皇上，咱們後天就完婚，成不？」

「哼！後天怎麼行！最晚也得明天晚上！姑娘我可等不急了！」慕容幽蘭一本正經地模仿著寒山碧的聲音道。

「小妮子，你找死哦！」寒山碧登時冰顏破水，笑著去抓慕容幽蘭，後者哈哈大笑，滿屋裏躲了起來，葉秋兒、朱盼盼和唐思也被殃及池魚，一時諸女鬧成一片，滿室皆春色。

李無憂置身其中，說不出的喜樂，看著唯一沒有加入戰團的若蝶對自己微笑點頭，也朝她點了點頭，心頭不禁感慨萬千。除開若蝶和自己有千年之約，其餘諸女也幾乎人人與自己共過生死患難，其中朱盼盼更有死別之痛，慕容幽蘭曾爲自己甘願受大鵬神的懲罰，葉秋兒和自己在懸崖上不離不棄，每次失去自己的消息，唐思是找得最辛苦的，而寒山碧，雖然多次騙自己，但最後還是爲自己背叛了師父，離開了她苦心救出的古長天，凡此種種，最難消受美人恩，投桃報李，自己唯一能做的怕也是娶她們，給她們畢生的幸福了。

次日凌晨，李無憂還在睡夢之中，便被慕容幽蘭和葉秋兒兩人齊發的兩個閃電劈醒過來。

自慕容幽蘭發現李無憂不懼閃電這個秘密後，似乎對找到了個沒有後患的練功靶子很滿意，三天兩頭都要從李無憂痛得齜牙咧嘴的程度來檢驗自己電系法術的精進情況。

天曉得，李無憂並不是不怕閃電，而是每次被閃電攻入體內後，因爲五彩龍鯉的緣故將閃電儲存了起來，依舊要辛苦地運功將其化解的。

曾經有一次，他受不了小丫頭的折磨，當即在睡床周圍布下了一個防禦結界，結界反擊後幾乎沒要掉全力出手的慕容幽蘭半條命，從此之後他再也不敢亂布結界了。

事情真的變得糟糕透頂，是在來京城的路上，葉秋兒被李無憂改造成武術雙修者之後，發現這個秘密的秋兒姑娘很快加入了慕容幽蘭的行列。這也算自作孽不可活吧。

但今天李無憂卻驚奇地發現自己雖然被二人的閃電擊中，卻並沒有任何痛楚感，而體內也並未有任何的不適之處，反是覺得說不出的舒坦。他一時不明所以，內視下，才發現那些電流居然全部被吸收到了骨骼之中，而骨骼本身在吸收了電流之後卻彷彿受到了按摩，說不出的舒暢。

奶奶的，原來天神之骨還有這樣的功效！難怪會名列上古九器了！當下，他自是說不出的開心，抓住兩個正茫然不解的小丫頭，狠狠在二人香臀上拍了兩記，揚長而去。

來到餐堂，昨夜留宿的諸位文武大臣都是殘酒方醒，正一個個哭喪著臉在用餐，見到李無憂到來，都如久旱逢甘雨，一個個哭著請李無憂收留，說以後願效犬馬之勞。

李無憂自然知道這些人未必全都是甘心歸附自己，很多以前還是司馬青衫和耿雲天的人，只不過現在滿城的人都知道他們昨夜在自己這裏留宿，司馬青衫和耿雲天對諸人的忠心少不得要打個大大的折扣，現在自己在外面放風離間，又恩威並施下，他們想不靠近自己都難啊！

當下他也不廢話，只笑道：「小子年輕識淺，忝居高位，還請諸位以後多多指教，當然小子也投桃報李，不會辜負各位的。」

眾人弄不清他葫蘆裏賣的什麼藥，只得唯唯應是。用過早餐，天剛放亮，便和李無憂一起去上早朝。

眾人眼見如此浩浩蕩蕩一支隊伍招搖過市，暗想若是被御史看見，少不得要參個營私結黨，正自暗暗叫苦，萬不料李無憂卻唯恐旁人不知，居然帶了一支百人的軍隊在左右敲鑼打鼓，引得滿街的百姓都探頭來看這位打退敵寇並一直攻到蕭國國都的大楚英雄，和他身後的一幫國之棟樑們。

眾人好容易衝破百姓們的包圍，慌慌張張來到通往正大光明殿的玄武門時，卻驚得不知何時棲到門上方的兩隻黑鳥振翅而去。

當即有人苦笑道：「烏鴉！烏鴉！遇烏不祥，完了！看來我們這麼多人早朝遲到，陛下一定會發雷霆之怒！」

李無憂瞟了一眼那兩隻棲上了正大光明殿的烏鴉，淡淡道：「是誰在哪裏胡言亂語？分明是兩隻喜鵲嘛！」

眾人愣了一愣，隨即便有禮部尚書陸子瞻賠笑道：「王爺慧眼如電，那確實是兩隻喜鵲，來恭賀王爺得勝歸來的喜鵲！你們說是不是啊？」

「是，是，是喜鵲！」眾人一齊反應過來。

李無憂看了看陸子瞻，又看了看眾臣，不禁哈哈大笑，暗想所謂指鹿為馬原來就是這麼回事，難怪古往今來那麼多人喜歡權力這東西。

眾人到達正大光明殿外時，眾大臣卻已是恭候多時，在扮成黃公公的宋子瞻和朱太監的簇擁下，楚問滿臉寒霜地高坐龍椅之上，剛剛還附和李無憂的眾大臣見此都是叫苦不迭，心想這次算是識人不明，被這小王八蛋給害死了，正想冒死一搏地解釋什麼，不想楚問卻哈哈大笑了起來：

「各位臣工真是消息靈通啊，你們這麼快就知道朕要立無憂為太子，這麼快就去和未來的皇上搞好了關係，真是了不起，哈哈，了不起啊！」

什麼?!所有人同時呆住！

這次連李無憂也驚得目瞪口呆，這老傢伙行事未免太誇張了吧！他就那麼肯定自己是他親生兒子？他呆了一呆，卻和諸人渾渾噩噩地一起進了殿。

在眾人茫然不解之際，卻有一人朗聲道：「啟奏陛下，無憂王功高蓋世，人所共知，但此人畢竟年紀太輕，難孚眾望，陛下若將皇位禪讓於他，怕是天下臣民難服，到時引來

社稷傾塌，實非大楚之福，請陛下三思！」

說話的正是李無憂的死對頭耿雲天，難得他居然如此快就自震驚中反應過來，並迅即砌詞反對。

李無憂之前見這廝一次就恨不得揍他一次，這次卻忍不住想上去親他一口，心道：「你這次總算是說了句人話！」

「請陛下三思！」所有的人在反應過來之後，都忍不住跟著奏了一句，心中均想：皇上雖然年內連喪三子，但其他幾位皇子儘管年幼，卻無病無痛地活著，怎麼也輪不到李無憂一個外人當太子吧？這裏面是不是有什麼內情，莫非李無憂暗自以武力或者詭異妖術挾持皇上？

唯有司馬青衫站在那裏無動於衷，似乎眼前一切已經和他沒有任何關係。

卻見楚問擺擺手，笑道：「各位都誤會了！無憂王其實是朕的親生骨肉！」

啊！眾臣大驚，下巴幾乎沒有掉下來，連司馬青衫也不禁動容。

於是楚問當即開始一把鼻涕一把淚地傾訴這個驚天的大秘密，故事和先前講給李無憂的大致相同，只是將自己某些年不能人道刪除，而是將李無憂說成了是靖王的弟弟，也就是他的第十個皇子，其間又自添油加醋地大肆渲染自己這些年是如何苦心尋找十皇子，幸好天可憐見，讓吾兒載譽歸來云云。

眾人聽罷都是面面相覷，再也沒有想到李無憂居然是楚問的親生兒子，細細觀看二人，果然眉目間依稀有些相似。有人頓時又想起在李無憂上次離開航州的時候，便被賜了一支皇族才能佩戴的碧玉小劍，立時恍然，原來皇上早有預謀啊！如此想來，就不難理解為何皇上對李無憂殺了靖王居然還如此寬容了。

當下楚問又叫太醫來驗血，李無憂見事已至此，也是無法，只得讓宋子瞻扮的黃公公幫忙採了血樣，做了試驗。

結果出來，果然是親生父子！眾臣都是大跌眼鏡，但這裏人人都是久經風浪的圓滑之輩，雖然心中疑惑，卻哪裏還不懂得見風使舵恭賀陛下父子重逢？

下一刻，耿雲天人逢喜事，替楚問放聲大笑，說皇上與失散多年的兒子相認真是蒼天眷顧，大家還不為皇上和太子高興嗎？隨即只見司馬青衫帶頭放聲大哭，說是自己今天太高興了，高興得亂七八糟因此喜極而泣，諸位臣工若不放聲大哭一場，怎麼對得起這件大美事？一時兩人都是應者如雲，大殿之上哭笑聲直沖雲霄，只震得大殿上方兩隻烏鴉以為這裏有人剛死了爹娘，即將有一場大戰，忙自振翅飛去。

李無憂看得哭笑不得，大嘆人心不古之餘，暗想等老子做了皇帝，少不得要將這些垃圾一一剔除。這個念頭才一閃過，卻將他自己嚇了一跳，難道老子內心居然是渴望做皇帝這苦差事的嗎？

鬧了一陣，楚問擺擺手，微笑道：「眾位臣工，現在，朕決定加封無憂王為太子，不知道還有沒有人反對啊？」

「沒有，沒有！」眾人忙不迭地搖頭，深怕搖得慢了，讓未來的皇帝陛下誤會自己對他登基有那麼小小的一點意見。

陸子瞻更是老淚縱橫，坐到地上，將四肢舉了起來，大聲道：「臣舉雙手雙足贊成無憂王繼任太子！」

眾人暗自大罵無恥，心道：「老子的創意居然被這廝搶了個先！」

「既然大家都沒有……」

「臣有意見！」卻是楚問話聲未落，便被一個聲音打斷。

眾臣大怒，回頭一看，卻是呆住——說話那人正是李無憂。

「臣有意見！」李無憂重新說了一次，大步走到白玉臺階上，一把抓住楚問的胳膊。

楚問嚇了一跳，眾臣也嚇了一跳，一個個滿臉怒色，指著李無憂想說什麼，一時卻找不到合適的詞。

李無憂回頭看了眾人一眼，怒道：「看什麼看？沒見過帥哥啊！都給我老老實實地待著！」

眾臣或者各懷鬼胎，或者懾於他的淫威，竟是作聲不得。

李無憂收回目光，低頭對楚問諂媚笑道：「老爹，有點私事，咱們到後面商量商量如何？」說時竟不管老頭同不同意，一把拽下龍椅，拖到後堂去了。

眾大臣面面相覷，各自攤手問旁邊的人：這樣也行？

內堂。

見四圍再也無人，李無憂忽然跪下，哭道：「皇上，不管您真是我爹還假是我爹，你饒了我吧，別要我繼承皇位，我天天給你燒高香，成不？」

楚問大訝：「無憂，你竟然不想做皇帝？要知道，為了這個位置，多少人打得頭破血流，骨肉相殘，你……你竟然不想做？」

「他們是他們，我是我！」

楚問為難道：「可我負你母子這麼多年，這是唯一可以補償你的方式了。你看你要不願意，這可如何是好？」

李無憂嘆了口氣，道：「你要真想補償我，就別讓我再陷入這征戰天下的泥潭之中，唉，那玩意兒累人啊，我最想過的其實還是悠遊天下的自由自在的生活。你也別拿什麼天下蒼生的來壓我，那些和我無關。」

李無憂想起的卻是前世的莊夢蝶一直爲天下著想，最後卻搞得與天下爲敵，這一輩子，他是再也不想重蹈覆轍了。

楚問笑了笑，道：「無憂啊，其實你一直不瞭解你自己。你一直想撇清自己和百姓的關係，你也一直想逃避自己注定要走的路，其實這正是因爲你自己怕走上爭霸的路，你怕你會喜歡這樣的生活，你怕你會變得和我一樣冷酷無情，你怕你會妻離子散，你怕的太多了……只是你可曾想過，歷史的河流並不是以人的意志而流動的，你我都只是河裏一滴水，終將要順流而動。上天既然選擇了你，你就該承擔你的責任。有時候，敢於承擔責任才是真英雄！」

「切！我又沒說自己是英雄，那都是你和那些什麼都不懂的百姓強加給我的！」李無憂聳聳肩，不屑一顧。

楚問想了想，又道：「其實你也不是真的不想當皇帝，只不過你是希望憑你的雙手打下一個江山，而不是希望這樣天下掉下來個餡餅，這讓你很沒有成就感，也很讓你所不齒，覺得自己和那些貴族子弟沒什麼兩樣，對不對？」

這次李無憂是真的呆了一呆，他捫心自問，自己確實不是沒有野心，但爲何一直拒絕楚問的好意呢？不得不承認，楚問這次可能說對了。

大雪初霽，冬天的陽光透過軒窗，射到正大光明殿的後堂，一屋的明亮。

「我還是不能答應。」李無憂皺著眉，踱著步，一臉的歉意，「我有太多的事要做，比統一大荒、統一縹緲都更重要的事。」

「切！不就是泡妞嗎？」楚問大大地鄙視，「你做了整個縹緲大陸的皇帝，難道還嫌沒機會泡妞嗎？」

「事情不是你想的那樣……」

「不要多說了！」楚問雙眉一緊，龍顏含怒，「你是朕的兒子！天命所歸的大楚皇帝！上天降下來一統大荒的天子！朕命你，楚無憂，從今日開始，你就是大楚國的太子！三日之後便繼承皇位，此後這個國家就是你的了，你願意怎麼玩都隨你的便！」

「你、這、是、逼、我、了？」李無憂一字一頓，手已然按到了劍柄之上，無憂劍在鞘裏龍吟不絕，彷彿隨時都會跳出來。

「就是逼你！你又能怎麼著？」楚問卻出人意料地大耍無賴，一副「老子不信你還敢殺了我」的模樣。

「鏘」的一聲，長劍出鞘，雪亮的劍光已經逼在了咽喉——李無憂的咽喉上。

李無憂哭喪著臉罵道：「老王八蛋，我就自刎！」

「別逗了！你坐擁如花美眷，背負天下無敵、救國英雄的聲名，又學得蓋世神功，愛情得意，事業豐收，豬都不會相信你會自殺！再說，即便你真的沒氣了，老子也會找人將你屍體封在五行不透的血玉棺裏——天曉得你是不是詐死！最近江湖上不是很流行玩死而復活嗎？」

「老烏龜，你……你不是要玩得這麼絕吧？」李無憂怒髮衝冠，滿臉悲壯，最後終於將長劍還鞘，恨聲道：「大不了老子不幹了！老子這就回家收拾細軟，躲到山裏隱居去！等你們打完了，天下太平了再出來！」

楚問一臉無所謂道：「好啊！你要這麼做，我是沒什麼意見啦！不過不知道慕容軒會不會願意讓他女兒和你一個大荒通緝犯躲躲藏藏見不得光，而宋子瞻女士和謝驚鴻先生又會不會願意自己的寶貝外孫女和一個懦夫窩窩囊囊一輩子？」

「慕容岳父那裏還好說，但這又關宋美女和謝老兒什麼事了？」李無憂覺得不可思議，並隱隱有了不好的預感。

「嘿嘿！」楚問老狐狸似的笑了起來，「你以爲天下當真有免費的午餐嗎？你想想，當日你初入航州，居然坐上了九門提督之職，如果沒有人在朕面前吹風，你覺得自己能夠嗎？那個時候，朕可還不知道你是朕的兒子呢！」

「對啊！」經楚問一提，李無憂立時想起這件心頭一直未解的疑團來，「你別告訴我，說這句話的是宋子瞻吧？」

「是我！」忽有一個怯怯的聲音接道。

話音落時，內堂的後門外走進一個淡雅若仙的少女來，卻正是風華絕代的朱盼盼。

「我似乎有些明白了！」見到朱盼盼，李無憂覺得自己的思緒一下子明朗起來，很多事情彷彿被一根線一下子串了起來，「事情應該是這樣的。盼盼，如果沒有猜錯，我們在丞相府上相見的那次，你就對我暗生情愫！對不對？」

朱盼盼臉頰微紅，卻輕輕頷首。

李無憂大受鼓舞，繼續道：「而你呢，身分異常尊崇，我要娶到你，必須有個顯赫的地位，於是你就要宋子瞻讓皇上提議封我個大官，碰巧呢，你娘如姨她正是謝驚鴻和宋子瞻的女兒，皇上這些年來一直和宋子瞻似乎有著某個密切的合作，既然是宋子瞻提的要求，自然沒有不答應的道理，是吧？」

楚問和朱盼盼齊齊點頭。

「這就對了！」李無憂一拍大腿，「難怪當日如姨去北溟前，曾經欲言又止地說『來日到航州，能不能……』，這話說了一半，又說『算了，這麼多年了，或者他早就將我忘了』，當時我還以爲這裏有她的情人呢，原來是她的老媽啊！不用說了，這母女間一定有什麼難以扯清的誤會或者恩怨。是吧？」

朱盼盼嘆了口氣，道：「事實確是如此。當日外祖母生下我娘還不足月，便躲到深山練功以求打敗我外公。唉！她們本是不打不相識結成的夫妻，最後居然爲了武學上的分歧，各自東西，此後數十年也是見面而不相認，母女反目，實是讓人嘆惋！」

李無憂點了點頭，道：「果然是這些無聊的意氣之爭！不過想來如姨表面不肯認宋子瞻，心裏其實還是很惦記她的。而宋子瞻卻一直覺得虧欠了如姨，自你出世之後，這份慈愛就轉嫁到了你身上是吧？」

朱盼盼嘆氣，點頭。

很多事，終於在剎那間豁然貫通。難怪金風玉露樓在江湖上所向披靡，幾乎是接了任務從來沒有失手過，原來暗地裏還有宋子瞻撐腰，而以朱盼盼先前的二流武功遊歷諸國居然平安無事，少不得是楚問暗地裏給各國透了氣，再加上她金風玉露樓的少樓主身分及謝宋二人的孫女的超然身分，自然是通行無阻，鬼神辟易。由此聯想開來，謝驚鴻將牧先生和葉十一這兩個得意弟子放到靖王身邊，倒並非如自己所想的那麼陰險，是爲蕭如故來顛覆大楚朝廷，而是用以制衡宋子瞻的勢力擴張，只不過葉十一太過理想主義，自以爲是地曲解了謝驚鴻的意思，死得可算是冤枉。

想到葉十一，李無憂忽然驚了一驚：「啊！葉十一豈不是朱如同父異母的同胞兄弟、老子的便宜舅舅？這個關係可是複雜了！而且謝驚鴻既然找到了驚鴻劍，很明顯地知道是我殺了他兒子，非但不殺我，反是先跑到京城來爲我和小蘭向慕容岳父說媒，接著又風塵僕僕地跑來月河村爲我療傷？要不是這老傢伙的胸懷寬廣得可怕，就是有什麼大陰謀！」

朱盼盼見他神思恍惚，淒然道：「無憂，你是怪我之前不告訴你真相嗎？」

李無憂回過神來，一把將她抱住，笑道：「怪你？我哪裏捨得啊？」

朱盼盼被他忽然抱住，先是一甜，隨即看見楚問正笑嘻嘻地看著自己二人，當即大羞，便要掙脫，忽聽一個要死不活的聲音道：「抱吧，抱吧，多抱一會兒是一會兒，以後也許就沒什麼機會了！」

隨著那聲音響起，一個人自後門走了進來。

那人果然就是宋子瞻。

李無憂輕輕放開朱盼盼的腰，無奈道：「好吧！老子認輸！哼，說出來都沒人信，別人都是不愛江山愛美人，老子卻是因爲美人才愛的江山，我靠！這都算怎麼回事嘛！」

楚問三人想了想，也不禁宛爾。

當下宋子瞻和朱盼盼退下，李無憂裝出滿臉笑容和楚問回到前殿，楚問當即宣布立李無憂爲太子，並定於三日之後便將皇位相傳，到時會舉行一個盛大的繼位大典。

眾臣先是呆若木雞，隨即卻都反應過來，大呼萬歲，各自領旨操辦相關事宜。

李無憂也是呆了一呆，暗道：「老傢伙果然是老而彌辣，行事雷厲風行，這麼急將皇位這燙手山芋扔給老子，讓老子連一點反應的時間都沒有！可憐這些白癡豬頭，被這老小子扔進了火坑而不自知啊！」

一念至此，忍不住放聲大笑，只惹得滿朝文武側目而視！

「初，先帝以社稷相傳，帝堅拒不敢從。後幸得朱妃以大義相說，云百姓深陷水火，汝豈當獨善其身乎？帝汗顏，於是大悟，終願繼大統，萬民至此終得曙光一線矣！」

——《大荒書・無憂本紀》

當下，楚問吩咐眾臣散去，獨獨留下司馬青衫、耿雲天和李無憂三人。

三人各自揣測之際，楚問笑迷迷道：「丞相、太師，無憂即將繼任大統，朕知道這事很有些突然，你們一時怕也有些接受不了，這是人之常情，可以理解。不過呢，朕希望兩位今後能一如既往地，像以前輔佐朕一樣地輔佐無憂王，讓我大楚真正地立於大荒之巔！」

「臣定當肝腦塗地，萬死不辭！」司馬青衫和耿雲天二人豪氣干雲地應道。

楚問滿意地點點頭，道：「無憂，你以後也要向兩位老臣多多請教才是啊！」

李無憂說是，以後還得兩位賢臣多多指教，兩人連道客氣，心中均想：「論及耍陰謀詭計，該你指點我們還差不多吧！」

楚問露出欣慰神色，笑道：「見你們如此投契，朕就放心多了！告訴你們一個好消息，昨天晚上王五已經服毒自殺，剩下的人都是一問三不知，朕想了想，便將那三萬人連夜遣散了。落霞山那件事，究竟是誰主使的已經不重要了，就此一筆抹過，你們以後有什麼分歧，大家不妨開誠布公地談，不要搞這種沒有意義背後動刀子的事，知道嗎？」

三人都是怔了一怔，隨即卻各懷心事地點了點頭，一件本來可能牽連極廣的謀逆大案就此化爲烏有也未必不是一件好事，在這個當口，實在沒必要再節外生枝。而既然楚問都說抹過了，李無憂將來也不會舊事重提，無論事情是不是牽連到司馬青衫和耿雲天，二人

也都可以大大地鬆口氣了。

司馬青衫和耿雲天告退之後，朱盼盼和宋子瞻才從後堂轉了出來。見再無外人，李無憂便問起了舟落霞和百里莫仁的事。

楚問道：「這點你可以放心，他二人都是以前朕安排到禁軍裏的心腹，不過是表面上聽命皇后罷了。而且皇后的事你也不用擔心，她目前正被軟禁著，不會對你造成什麼阻力，而一旦你得登大寶，朕就將帶著她和幾個心愛的妃子去崑崙隱居，再也不會管朝廷的事了！」

「去崑崙隱居？你還真會選地方！」李無憂微微有些黯然，卻是想到了大哥和四姐他們。

誰想楚問卻會錯了意：「呵呵，看你的樣子還真是捨不得我呢，好吧，朕決定這兩日什麼都不做，就到你那狗窩裏待個幾天。對了，你那幾位準夫人是否真的個個都如盼盼這麼漂亮？婢女們溫不溫柔？有沒有大大的軟床？園丁的兒子會不會猜謎？花園裏的魚是不是雌雄各半……」

隔了近一年之後重溫老楚的口水大法，李無憂只覺得腦袋裏裝了一堆蜜蜂，心想：原來這老傢伙才是老子命裏的剋星啊！

楚問和宋子瞻果然和李無憂回到了王府，二人每日裏輪流纏著他下棋喝茶和比武。

楚問還好，不過是狡猾一些再加上嘮叨過甚，除此之外，也就只有喜歡爲老不尊地拿色瞇瞇的眼光瞟七女還算是一個讓李無憂噁心的缺點，因爲眾女居然說楚問的眼光和他很像。天曉得這些丫頭是怎麼牽強聯想到一起的！

不過宋子瞻就讓人很鬱悶了，這傢伙基本上任何時候都依舊保持冷酷，並且喜怒無常，李無憂甚至懷疑別的女人是「每個月總有那麼幾天」，而她是「每個月只有那麼幾天」。不過李無憂心知肚明二人如此做是在監視自己，深怕自己忽然又改變主意，帶著眾美女跑了，到時候楚問就要繼續擔任皇帝這件苦差事了。

對此，李無憂更是鬱悶得暗自叫屈：「天地良心，不得不承認，我是詭詐了些，但詭者真的無信嗎？難道我李無憂居然會是一個毫無信用並且未經許可私自拐帶少女的人嗎？」

這個問題的答案其實也無須再描述，因爲楚宋二人是用行動作了解答。

這兩日裏，唐思和秦鳳雛調動金風玉露樓和鳳舞軍的人馬，留意京城內外的動向。得到的回報卻是各路反應一切如常，民間百姓聽說無憂王居然是皇帝遺失在民間的皇子，驚訝之後都是表示出幾近瘋狂的歡迎。在他們看來，此時的李無憂本來就是近乎於神的存在，幾可說是呼風喚雨無所不能，之所以殺到雲州卻沒有擒住蕭如故，那不過是因為朝中有奸臣阻撓陷害的緣故。

至於殺害靖王，那實在是太搞笑了，你見過一條龍會有閒情去殺一條小蛇嗎？這不，英明的龍帝陛下不是已經頒下聖旨，說那是魔道第一高手宋子瞻的陰謀陷害嗎？而李無憂班師回航州的當夜，便以三百兵馬橫掃了相當於他們數量二百倍的馬賊（**民間傳說總是越傳越離譜**），這樣的戰績更讓李無憂的聲名如日中天，人人都說，有了李無憂這樣英明神武的大帝領導，我們楚國統一大荒實在是指日可待。

更出乎李無憂意料的是，居然有人在航州最有名的靈隱寺前倡議，要請航州城裏有名的畫師集中起來，大家每人獻一筆，要給未來的帝君畫一條巨龍以賀他登基大典，一時應者如雲，聞訊趕來的畫師居然不下千位，另外還有過十萬的百姓也爭著要求添上自己的一筆。如果要評選大荒史上最有人氣的皇帝，本年度的李無憂實在是當之無愧。

李無憂對於百姓的這種淳樸的期望覺得有些好笑，人不自救而望人救之，偶像本來就是用來嘔吐的對象啊，他甚至惡毒地想，如果他們知道自己所寄希望的那個人居然是被別人硬趕鴨子上架的貨色，不知會作何感想？

在十二月初四黃昏的時候，李無憂的苦難日子終於結束了。因爲要準備明天的登基大典，楚問總算趕回了皇宮，而宋子瞻也本著人道主義精神，終於決定今晚放過李無憂，不再纏著他比武，讓他好好休息。

但李無憂卻輾轉難眠。在今天之前，從來沒有一刻，他會想到自己居然會當上皇帝，而且還來得如此的輕易。

最後，夜深人靜的時候，他決定要出去園子裏走一走。無憂王府的格局真是比以前大氣了太多，燈火輝煌，夜色靡麗。他信步而行，最後卻不由自主地來到那個巨大的人工湖前，而橫穿過湖對面的廂房，卻是諸女臥室所在的聽雨軒了。

他自嘲地笑了笑，心想原來李無憂果然是條色狼啊！

正要踱步離開，忽然靈覺感應，有人自聽雨軒出來，並緩緩朝湖這邊走了過來。他大爲驚訝，天眼透過房屋看去，卻見到那人竟是面帶輕愁的葉秋兒。

葉秋兒似乎漫無目的，走了好久，最後才走到這片湖前。

她似乎滿懷心事，望著那湖水清波癡癡呆呆，半天也不動一下她那美麗的睫毛。

「問女何所思?問女何所憶?」一個聲音忽然在她耳畔輕輕響起。

「女亦無所思……」她呆呆地想接下去，但下面一句那人卻又已接了：「女心念情郎！」

「你個大壞蛋！」她終於反應過來，一把揪住了身後李無憂的耳朵。

「姑奶奶，饒命啊！耳朵被揪軟了，人家會笑話你老公的！」李無憂本是故意讓她抓住，此時吃痛下卻慌忙討饒。

葉秋兒輕輕放開，又趴著欄杆望湖水，幽幽道：「相公，你真的明天登基後就會宣布娶我們嗎？」

「自然是真的！我幹嘛要騙你？」李無憂從後面攬住了她的腰，溫柔說道。

「能不能只娶我一個啊？」

「啊！」李無憂登時呆住。他從來沒有想過這個問題。

「呵呵！逗你玩的，那麼多好姐妹，我可怕她們嫁不了你來向我哭訴呢！」葉秋兒倒先笑了起來。但就在李無憂剛鬆了口氣的時候，這丫頭卻又轉過了身來，認真道：「不過你得答應我，從今往後，除了我們六個，你再也不能有別的女人了！」

「我老媽行不行？」

「找死啊！」葉秋兒立時被逗得咯咯笑了起來，伸手去撓李無憂的癢，後者慌忙反擊，兩人一時全不用武功地鬧成一團，最後的結果卻是兩個人越抱越緊。

這樣的溫存，已經好久沒有了。

也不知過了多久，葉秋兒忽正色道：「剛才的條件你到底答不答應？」

「有了你們六個國色天香的大美女，別的女人我又怎麼還看得上眼？」

「天曉得！反正我是當你答應了，哪，口說無憑，來簽個字畫個押！」葉秋兒忽然從身上拿出一塊白布和一盒水墨顏料來，打開顏料盒，取出畫筆蘸上紅墨，便要李無憂寫字。

李無憂雖然知道這丫頭平時喜歡畫畫，卻萬萬料不到竟然是隨身帶著畫布畫具的，當下抵賴不得，只得按葉秋兒所說，在那白布上寫下了一行紅字。

葉秋兒接過畫布，仔細觀看，甚是滿意，李無憂趁機道：「秋兒，今天晚上你就別回去了吧？」

哪知小丫頭忽然一撓他雙腋，趁他一縮臂，溜了出去，邊跑還邊叫道：「小蘭，小蘭，快來看，相公寫賣身契給我了哦！」

「真的假的？快拿來我看看！」院子的彼端，慕容幽蘭相和大叫。

有人慌忙溜之大吉……

第三章　眞龍天子

不管所有的人是如何想的，一切依舊還是有條不紊地進行著，歷史的黃曆眨眼之間便翻到了大荒三八六五年十二月初五這個黃道吉日。

天公作美，這是個大晴天，前幾日的雪早化了個一乾二淨，整個航州城看上去煥然一新。一大早李無憂便在眾女花團錦簇的地圍擁下，未來的便宜外婆宋子瞻地監視下，糊糊真人和笨笨上人以及王定眾將帶兵的保護下，騎著高頭大馬，從王府出發，直赴皇宮。

一路上都有百里莫仁的城守軍守護兩旁，百姓如潮水般圍在軍隊後面，見到李無憂的隊伍過來，都是大聲吶喊，歡聲震天，愛戴之情溢於言表。李無憂也是識趣之人，深知做戲做足的道理，也是微笑拱手和百姓打招呼，既不失威嚴又擺出了一副親民的姿態。

他本來就高大英俊，穿上金盔金甲更是英氣勃勃，神威凜凜，可說是賺足了八歲少女到八十歲老太太的人氣，而他身邊那七位各具風華的如花美女更是老少通吃，贏得了滿街男子的垂涎欲滴，要不是礙於城守軍和無憂軍的殺氣騰騰，早有人衝上來借親近之名大肆擦油了。

饒是如此，當日京城所有花店的鮮花都漲了百倍，並且供不應求，而這些鮮花除了有一大半灑在了街道上之外，另一小半被當即送到了無憂王府，糟糕的是，這些鮮花裏邊多半還夾有對李無憂和他身邊諸女的愛慕情書，此時已經升任王府總管的小翠姑娘在沒有得到李無憂的命令之前，只得命下人們將其分類收好。可憐王府上上下下數百人，人人搞得手抽筋也不過分出了十分之一，小翠無奈，這才命人悉數投入護城河。

這些花隨波逐流，被航州下游的一些村民拾得，居然世代供奉，據說幾百年後，還有人能拿出一些夾在花裏的信箋來，上面的情書不乏傳世佳作，有專家考證說，其實這些都是李無憂的手筆，它們從一個側面見證了當日無憂大帝的風流多情云云。

當然，無憂軍中的諸位將軍其實也是出盡風頭，王定、夜夢書和玉蝴蝶都是萬中挑一的美男子，受百姓歡迎自不待言，笨笨和糊糊二人造型滑稽逗人開懷，受到民眾追捧也不足奇，偏是那奇醜無比的唐鬼在俊男美女之中顯得特別的有個性，讓人不禁眼前一亮，沿途又做些搞怪表情逗百姓笑，除開李無憂，男人中居然數他人氣最高，讓兄弟們好不鬱悶。

因爲百姓的熱情，十里長街，李無憂足足走了兩個時辰，到達皇宮外時，已是日上三

竿，暖暖的冬陽照在眾人身上，說不出的暖意襲人，舒服之極。

大典被安排在玄武門和白玉橋之間的那個可容納萬人的大廣場上，因爲人數上的限制，能進入廣場的五千百姓都是昨夜事先拿到了御林軍派發的蓋有玉璽的大紅金帖的（**幾乎沒有累死蓋帖的豬太監**），只不過這種隨機派發的入場券才一派到民間，立即便被大肆炒賣，價格直線飆升，最後黑市價格甚至達到了千金一帖，相較貧窮的百姓都將帖子賣了以換取那天價酬金，是以能進入皇宮的不是士紳就是名流，衣著光鮮。

這讓一位深居簡出的世家子弟吃驚之餘大爲振奮，果斷地認爲在龍帝陛下的勵精圖治下，京城航州乃是人間天堂，再貧窮的百姓都能穿上綢緞了，於是洋洋灑灑地寫了一篇萬餘字的《天堂賦》，被時人引爲笑談，但後世卻也因此有了「上有天堂，下有楚航」之諺。

到達玄武門時，防衛已經全數轉交給了舟落霞的御林軍，王定和夜夢書等將自將無憂軍整齊列在門外，李無憂帶了六女、糊糊真人和笨笨上人等八人，在扮成太監黃公公的宋子瞻的指引下，朝廣場中央進發，秦清兒本也要前往觀禮，最後想了想，居然放棄了這一誘人想法，和夜夢書待在了門外。

李無憂問起緣由，秦清兒皺眉道：「廣場的氣氛很古怪，我不想進去了！」

李無憂當即大笑，道：「我看你是半刻也離不開你的情郎吧！」

小丫頭撅撅嘴，欲言又止。

見李無憂到達，早已到達的眾大臣忙迎了過來。

當先一人正是滿臉笑容的大楚丞相司馬青衫。但下一刻，他目光落到糊糊真人和笨笨上人二人臉上，卻是陡然凝滯了步伐，而糊糊二人看見司馬青衫也是在剎那間神色失常，幾乎要失聲叫出來，但迅疾的，在目光一陣激烈地碰撞後，三人都又恢復了正常，各自嬉笑如常，仿似無事人一般。

當然，這一切都被李無憂盡收眼底。

眾大臣迎上未來的天子，一時間自是說不盡的諛辭如潮，道不盡的強顏歡笑，李無憂見慣大場面，對此已經是駕輕就熟，遊刃有餘，難得的是身邊六位美女卻是個個大家風範，談吐得體，舉止適宜，對大臣們或真或假的讚美居然也是應付得滴水不漏，讓李無憂大增面子。

眾臣之中，李無憂終於又一次看到了王維。年輕的少年將軍經歷秦州一事後，果然是成熟了很多，看到李無憂居然也像什麼都沒發生過一樣，畢恭畢敬地向未來的帝君行禮。

李無憂微笑著點了點頭，卻不說話，故意給後者造成一副莫測高深的感觸。

最後，眾人一起走到廣場盡頭，金水河白玉橋前，靜等楚問的召喚。

楚國繼任皇位的儀式與大荒自古相傳的接位大典一脈相承。準皇帝帶著文武大臣和觀禮的百姓在金水橋下等待，等待正大光明殿裏即將卸任的皇帝和皇后的召喚，然後準皇帝單人進入大殿接受皇帝和皇后的加冕，然後新皇帝出來接受眾大臣的祝賀，最後帶領眾大臣進去朝拜舊皇帝，這一切做完之後，才算是權力交接大功告成。

當然，這之後還有讓人生厭的譬如祭天地拜祖宗、爲舊帝立碑頌德等一連串瑣碎之事，金朝的時候，曾有一次因爲這樣的一通大典忙下來，體力極差的病秧子皇帝因此而累得虛脫而死，不得不另立新帝，傳爲笑談。

見楚問一時半會兒是不會傳召出來，李無憂以最近才剛剛學會的心靈傳音術問身側的糊糊真人道：「五哥，你們認識司馬青衫？」

糊糊真人的神色立時變了，好容易平靜下來，道：「太認識了！無憂，可還記得上次我和你說過，兩百年前的時候，我和公孫三娘、笨笨其實是隸屬一個組織的？」

李無憂幾不可察地點了點頭。

糊糊真人又心靈傳音道：「這個組織最初叫亂世同盟，其核心的成員包括我、笨笨、三娘等五人。組織成立最初的目的其實是想整頓亂世，做一番救國救民的大事業，只是可惜，當時恰值你大哥青虛子和三哥文載道開派，四大宗門鼎盛，人心難以歸附我們，組織的首領，也就是我們五人的大哥，漸漸地偏離了自己最初的信仰，倒行逆施，被人稱做亂魔盟，我和笨笨不恥其作爲，先後退出了這個組織，後來傳說大哥被古蘭魔族第一高手燕狂人擊斃，組織也隨即煙消雲散。只是沒有想到，我此次出山不久居然先後遇到了三娘、笨笨，今天……今天……」

「今天又遇到了你們老大，而他居然化身成爲了司馬青衫是吧？」

「正是如此！」

李無憂點了點頭，心想這才合理吧，之前司馬青衫在梅林裏表現出來的功力雖然不及自己，但比糊糊真人卻要高上一籌，沒有兩百多年的修爲，這是無論如何不可能的。

他正自沉思，忽聽玄武門外一陣喧譁之聲，緊接著夜夢書跑了進來，報道：「稟告太子殿下，宮門外來了三十多個畫師，說要獻上京中畫師合畫的萬龍圖以賀殿下登基之喜！請殿下定奪。」

眾大臣一時都是極其亢奮，不管這件事是否是有人幕後策劃，民間百姓私下裏給新帝送一幅合畫的龍，實是一件大大的好事，必將傳爲美談，紛紛請李無憂准許。

李無憂之前已聽說過這件事，此時自然也不好逆了眾人的意思，命夜夢書連圖帶人放

了進來。

不時畫師們進來，呈上一幅長十三丈寬兩丈的巨大畫卷，畫上朔風呼嘯，流雲舒捲，正中一條橫貫首尾的青綠色巨龍栩栩如生，只差便要破畫而出，整幅畫筆法統一，風氣渾然，若非眾畫師先前聲名此爲眾人合作，少不得有很多人會認爲這是一人之作。

但奇的卻是，此龍眼珠處卻留了一片空白。

眾人正自奇怪，爲首一名畫師雙手捧上一隻蘸墨畫筆，笑著解釋道：「殿下乃真龍天子，由殿下親自來點睛，這條龍才算是真的活了！草民懇請殿下點睛。」

眾臣恍然，齊聲稱善。

李無憂不忍掃眾人的興頭，接過畫筆，便要動筆，忽覺乾坤袋內小白一陣亂顫，他心頭一動，笑道：「不急，不急，你們先護著此畫待在一旁，待本王得登大寶之後再點一條真龍不遲！」

眾人聽他如此說，大多叫好，只是眾畫師卻露出遺憾神色。

正自熱鬧，忽見朱太監自殿內跑出，以太監獨有的尖聲尖氣大聲道：「皇上有旨，宣太子殿下覲見！」一時場中的氣氛沸騰至頂點。

清風微拂，豔陽高照。李無憂看了看身邊諸女，各人都微笑著朝他點了點頭，示意無須顧念。他也點了點頭，傳音給糊糊、笨笨和宋子瞻三人，示意他們留意司馬青衫後，當即縱身掠起。

此時他有意賣弄，使前世所創的夢蝶心法將自己幻成一條金龍的形狀，飛過金水河時也並不直過白玉橋，而是先飛到橋下，然後貼波穿過橋底，再飛上橋頭，接著再落入橋下，如是九次，才越過白玉橋，之後便如經天長虹，直落到九十九重白玉階梯後的正大光明殿門前才現出真身。

眾大臣和百姓多不知道世上居然有幻龍之術，都是驚呼連連，只道真龍天子繼位之時終於現出真身，都是頂禮膜拜不止，而少數幾個有見識的人則是暗自佩服他善用輿論，心中各增信心或戒心。

大殿之上，楚問和皇后舟雪已經正襟而坐。

李無憂是第一次見到傳說中的國母。舟雪是一等一的美女自不待言，近五十的人看起來居然不足三十的樣子，瓊鼻鳳眼予人高貴典雅之感，配上一襲鳳袍，又說不出的雍容，而她最大的特色卻是身形高挑——李無憂終於明白楚問非到萬不得已不帶她參加活動了，試想帶個女人來，坐在那裏居然比你還高上半個頭，不是自己找麻煩嗎？

按說自己是第一次看到舟雪，但不知為何，李無憂卻奇怪地覺得好像在哪裏看到過她。另一點讓李無憂覺得奇怪的是，楚問這老傢伙今天似乎精神有些委靡，莫非因爲就要離開皇宮了，昨夜居然是連夜加班？

朱太監將李無憂領進大殿，便按照慣例出去了，並順手帶上了門。偌大一個大殿裏，只剩下了三個人，一時竟說不出的空空蕩蕩。

「大膽！」誰也沒有想到開場白居然是舟雪說的，而且還是如此的匪夷所思，「太子，你居然帶劍闖入殿來，莫非是想立帝后便要弒父弒母嗎？」

李無憂暗自罵了聲娘，原來新帝見舊帝果然是不能帶劍入宮的，只不過之前楚問爲彰其功，一直是准許他帶劍上殿，此刻一時疏忽，被對他不爽多時的舟雪抓住，這件事立時便可被誇大其詞，平生變數。

見李無憂一滯，楚問和舟雪卻都笑了起來。

楚問道：「傻孩子，皇后逗你玩的！之前皇后就跟朕說了，早聽說你屢立戰功，已超越軍神，多次要朕向你借劍一觀，說是要看看究竟是何等樣的神劍能創造出如此的豐功偉績來！還不把劍呈上來嗎？」

李無憂這才鬆了口氣，暗裏惡毒地想：「臭娘們要借劍，怕更多的是想看清楚究竟是哪一把劍殺了自己的兒子，牢記此仇罷了！只不過這仇怕你一輩子也是沒機會報了……」

心中念轉，口頭卻連聲稱謝，解下腰間無憂劍，緩步上前，雙手呈了上去。

舟雪接過劍，「鏘」的一聲拔出，劍身正好落在了軒窗陽光的入口上，一時間只見滿殿霞光璀璨，劍氣縱橫。

劍光正好掃過雙眼，李無憂微微瞇縫了一下眼睛，但在這一剎那之後，他立覺不好，想要做點什麼，卻已然遲了——劍光一閃間，無憂劍已然劃過了楚問的脖子，而後者竟然連閃避的意識都沒有便已倒了下去，只留下了眸子裏的驚訝和滿臉的不信——他驚訝和自己同床幾十年的枕邊人居然是個絕頂高手，而自己居然一無所覺，他不信登峰造極的葵花真氣居然在這一劍近體前毫無反應，他不信這一劍自己竟然避不開！

李無憂大驚，在楚問倒下那一刻，一種比當初朱盼盼自殺更巨大的悲痛剎那間充塞了他整個心靈，從來不知道，原來這個還不知真假的老爹居然已經在他內心占據了如此的地位，莫非這就是父子天性，血肉相連？

這個念頭還未閃過，他人卻已撲了上去，前世錘煉了千萬次的撲蝶手不假思索使出，一把躲過了無憂劍，同時另一隻手一招蘊涵十層勁道地融合了紅袖絕技「陽關三疊」和「心有千千結」的掌力已然遞出，在他和舟雪的咫尺之間，霎時竟彷彿是多了千萬隻手，後者雖然拚命想閃躲，卻哪裏能夠？

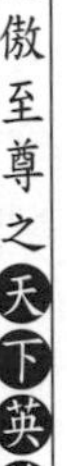

被一掌正中小腹，狂噴一口鮮血，飛落下龍椅，撞開了正大光明殿的大門。

「李無憂弒君了！快救駕！」被這一掌擊中的舟雪居然沒有死，而且站了起來，斜倚著門框，大聲地叫了起來，鮮血順著她淒慘的大叫聲不止地流了出來。

「保護皇上皇后！」舟落霞大驚，一面指揮附近的上萬御林軍包圍整個正大光明殿，一面飛身掠了上去。

同一時間，場中所有會武術的人，或施展輕功，或施展御風術，全數衝到了大殿之內，而百姓們卻驚慌失措，朝玄武門奔逃。

「經過哀家昨夜的勸導，皇上終於改變主意，不將皇位傳與李無憂這逆賊，誰……誰曉得這逆賊居然當即翻臉，弒君弒母，若非哀家見機得早……已……已經遭了他的毒手！」

被舟落霞攙扶著的舟雪雖然看上去臉色慘白，氣若游絲，但卻依然撐著將話說完才暈了過去。

她說這話的同時，所有的人都看見，大殿之上，龍椅之旁，李無憂手持一把染血的長劍，雙目赤紅，而楚問的屍體正倒在他的足下，滿臉的不信之色，這一切，正爲她的話作了完美的詮釋。

「皇上！」「皇后！」「無憂！」「老（相）公！」無數人的聲音同時響了起來，其中有眾大臣看見楚問的慘狀驚呼，有六女驚叫著什麼也不顧，和宋子瞻、糊糊真人和笨笨上人一起闖到了李無憂身邊，還有就是舟落霞搖著舟雪的脖子，大聲地哭，她身邊的文武大臣卻都看見舟雪腹部有一塊衣服忽然碎成粉末落了下來，而原來的地方露出一個連透三層衣服的手印，與之對應的雪白的肌膚竟已變作了火紅色。

那個手印的大小，正和李無憂未持劍的手掌大小一般無二。

「居然真的是無憂劍！」宋子瞻已經檢查過楚問的傷口，驀然叫了起來。

雖然她打死也不信李無憂會殺楚問，但事實就在眼前，讓她一時呆住。

「黃公公已經驗明傷口！來人啊！李無憂弒君奪位，給我拿下！」這一聲卻是司馬青衫和耿雲天一起說的，似乎宋子瞻的話就是聖旨，兩個人居然不約而同地下了一樣的命令。

在楚問頒布和取消對李無憂的通緝令之後，大楚國幾乎人人皆知黃公公是楚問最寵信的一個太監，並且武功高強，當日秦州事件，全靠他和李無憂聯手，才打退了擊殺靖王並想嫁禍給李無憂的惡徒宋子瞻，此時聽到他認定是無憂劍殺了皇上，而丞相和太師又同時下令，所有人便要蜂擁而上。

「各位且慢！」一個清脆的女聲忽然響起，彷彿是一道清泉在各人的心頭流過，霎時澆滅了眾人心頭的怒火，「無論怎麼說，太子殺害皇上都只是皇后一面之詞，大家也僅僅是從所見的各種痕跡來推斷，憑什麼就認定皇上是太子殺的？而不是皇后自己作惡嫁禍？畢竟皇上乃是一國之主，大統傳承，何等大事？豈會因爲婦人慫恿便朝令夕改？而眾所周知的是，皇后一直誤會太子殺了她兒子！若是你們沒有看見眼前這些假相，皇后和太子一起出來，你們更會相信是誰殺了皇上？」

說話的卻正是寒山碧。她平時看來總是溫柔帶笑，風情萬種，一旦認真起來，卻是話鋒咄咄，銳氣逼人。

眾人聞言都是一滯，暗想此事果然是疑點重重。

「大家不要聽她的！各位想必還不知道，這妖女就是江湖上有名的寒山碧！」耿雲天忽然叫了起來，「她和李無憂一直狼狽爲奸，此刻當然要爲他辯護了！」

「寒山碧！」所有人都叫了起來！

雖然江湖上早有傳聞說妖女寒山碧和李無憂有染，並且和古長天的脫困出世有千絲萬縷的關係，只是大家都不怎麼信，因爲這兩個人，一個是深通正道四大宗門的正道大英雄，另一個卻是聲名狼藉的魔道妖女，身分懸殊，誰也不信他們會走到一起，眾人聽了都只當是笑話，卻萬萬料不到原來她早已是李無憂身邊六個美人之一了。

「你們……你們怎麼不講道理啊？」葉秋兒忽然哭道：「碧姐姐哪有你們說的那麼壞？」

她話才一出口，李無憂和寒山碧都是暗自叫糟。本來這個時候，李無憂無論怎麼自我辯護，都遠遠不及旁人的話，而寒山碧是諸女之中最有頭腦的，見到她進來，李無憂便放棄了辯護，將一切都交到了她手上，此時即便耿雲天說她是妖女，只要後者不承認，那就不會影響她的話的力量，而只要她能將眾人鎮住，以李無憂的智慧再加以解釋，相信不難水落石出。現在被葉秋兒這麼一搞，頓時便是之前的努力都付諸東流。

這丫頭平時精靈透頂，怎麼一到關鍵時刻就老擺烏龍！

果然，場中眾人立時噓聲四起。妖女說的話，即便再有理，那都是妖言惑眾！場中的人都認定她的真實身分，慶幸自己又都恢復了「理智」，當即喊殺著就要撲上來。

「誰敢動我家元帥？」御林軍正要硬著頭皮上前，殿外忽有陣陣排山倒海的大喝，聲威之壯，直如千軍萬馬瘋狂咆哮，殿中所有的人氣勢頓時爲之一奪，再不敢上前。

卻是駐守在玄武門那三千無憂軍。之前舟雪喊出楚問遇刺，百姓們和一些沒有風骨的文臣受驚逃出廣場，王定和夜夢書等人立知不對勁，但那五千百姓從那小小的玄武門口奔出端的是如魚躍龍門，大大拖延了無憂軍的救援速度，以至直到此刻才趕到。

但他們才一近到殿前，卻立時落入了另一個圈套，緊鄰正大光明殿的清華宮和紫霄宮便有大批著金甲的御林軍衝了出來，持弓帶劍，將他們圍在當中——策劃這次陰謀的人並非不知兵貴神速，而是想一網打盡。

李無憂見外面金燦燦的一片，那些御林軍少說有三萬人之多，當即吸了口涼氣，終於開口喝道：「所有無憂軍原地待命，不可輕動！」

「御林軍不要輕動！」舟落霞也擺了擺手，難得的是，這個時候她居然還能保持冷靜。

「大家都看見了，李無憂的兵馬未經許可就擅自衝了進來，顯然是事先預謀好了的，原來他早料到皇上可能會改變主意，事先防了這麼一手！其心可誅啊！要不是舟將軍事先作了安排，今日大家都要葬生於此，各位還猶豫什麼？快殺了李無憂爲皇上報仇，替自己雪恨啊！」

這次說話的卻是王維。

由他這個統兵元帥來說這番話，再牽強的附會都立時變得有理有據，眾人胸口一熱，便撲了上來。

但才一上前，便見眼前綠光亂閃，聽得劈哩啪啦一陣亂響，慘叫不絕，好幾名有名的武將包括王維自己，竟然都摔得鼻青臉腫，餘者再不敢前。

「寒山碧的話不可信，難道我朱盼盼的話也不能信嗎？」人群裏，朱盼盼手持玉笛蒼引，緩緩走了出來。

她本來就風華絕代，此時美目流轉，其中暗含殺氣，卻又多了一種與眾不同的風貌，場中男女，一為之風華傾倒，二則懾於她剛才那一擊之威，都是不敢喘息。

卻聽司馬青衫冷笑道：「人以類聚，你明知寒山碧是妖女，卻依舊和她在一起，不是妖女是什麼？早傳聞你豔名播於四海，誰曉得你是不是想向她請教幾招伺候男人的招數呢？」

「竟然侮辱我孫女！找死！」這話說得極端下流，當即便惹怒了宋子瞻。

卻也不見她如何作勢，便已然越過了五丈之距，一刀砍到了司馬青衫胸前。

眾人都是失聲驚呼！一面驚的是宋子瞻在這一叫裏居然露出了字正腔圓的女聲，原來黃公公竟然是個不折不扣的女人！

另一方面，卻是誰都知道司馬青衫只學了禪林的二流功夫，實在難登大雅之堂，黃公公卻是幾可和宋子瞻抗衡的人物，這一劍如何能夠抵擋？

但除開糊糊、笨笨和李無憂三人外，所有的人都驚呆了，那劍快刺到司馬青衫衣服時，卻被他右手兩指夾住，同時喝道：「青梨刀！原來你就是宋子瞻！」

下一刻，眾人只覺得二人間似有光華一閃，只聽得喀嚓一聲，宋子瞻已經倒飛而回，手中刀已只剩下半截，而另一截斷刀卻已經插在了她心臟所在。

那兩截刀都是青光奪目，其上更有陰紋古篆，果然便是傳說中威震江湖近百年的魔道第一人宋子瞻的成名兵器青梨魔刀。難道黃公公竟然真的就是宋子瞻？

「外婆！」朱盼盼大驚失色，忙上前抱住了宋子瞻，李無憂和諸女也圍了上來。

司馬青衫得勢不饒人，眼見宋子瞻已是身負重傷，依舊一步一步走了上來，同時喝問道：「你可是那魔頭宋子瞻？」

宋子瞻眼前一片漆黑，覺得自己全身陡然間再找不到一絲力氣，但聽到司馬青衫問自己的名字，畢生的驕傲容許不得半點褻瀆，當即哈哈大笑道：「不錯！我就是讓你們這些可憐的人恐懼了一輩子的宋子瞻！哈哈，哈……」笑聲未絕，卻已是溘然長逝。

糊糊真人和笨笨上人對望一眼，都是臉色慘白，心道：「過了百年，老大的洞金指竟然到達了如此境界！」

圍攻的眾人也皆是呆住，隨即卻是歡呼如雷。

魔道第一高手宋子瞻居然被司馬丞相一招解決，那丞相的功力怕已通神！今日要除掉李無憂這逆賊實是易如反掌了。眾人卻不知司馬青衫的實力固然是要高出宋子瞻一籌，但真的交手，怕也要到千招開外，只是宋子瞻一時輕敵不察，才被司馬青衫有機可乘，而洞金指乃是世上幾種上乘武功之一，講究的就是一招便置敵於絕境，勝負之間其實玄妙得很。

司馬青衫一擊得手，心頭大定，當即朗聲道：「各位都聽見了！黃公公原來真的就是宋子瞻！不用說，當日秦州之事，本來就是宋子瞻和李無憂二人合謀殺了靖王殿下，居然還來矇騙皇上，安知當日驗血的時候，他們沒有作假欺瞞聖上？李無憂極有可能不是陛下的親子！」

此言一出，立時風雲變幻。

眾人想起當日大殿驗血的時候，採李無憂和楚問血樣的果然都是宋子瞻，以她高深莫測的武功，隨便玩個偷樑換柱，實在是易如反掌之事，一時間人人都對李無憂的太子身分產生了質疑。

「老匹夫，姑奶奶和你拚了！」平生不罵人的朱盼盼忽然吐出一句髒話，一動身形便要朝司馬青衫撲上去，卻被眼疾手快的李無憂一把從後制住，交給糊糊和笨笨二人看好。

只是他陡然經歷如此大的變故，心中也是亂成一團麻絮，他知道眼前所發生的一切都是司馬青衫和舟雪等人一起設置的圈套，但他怎麼也想不通司馬青衫爲何能得知宋子瞻的身分。

卻聽司馬青衫又道：「妖女寒山碧、魔頭宋子瞻的孫女，如我法眼無差的話，這位著綠衫的姑娘應該是千年蝶妖吧？而這位穿白綢的姑娘，就是金鳳玉露樓的當家殺手唐思姑娘吧！李無憂！你看看，你身邊的女人不是妖女魔女，就是殺人不眨眼滿手血腥的！乾坤朗朗，人心昭昭，試問，你叫我等如何能信如何敢信你不是欺世盜名之徒、萬惡奸邪之輩？」

「司馬青衫！諸位姐姐冰心玉骨，你什麼都不知道，在那裏胡說什麼？」慕容幽蘭一直被李無憂示意不要說話，此時終於再也忍不住，出口反駁。

「你又在那裏胡說什麼？還不到爹這裏來！」忽聽殿外一個聲音怒喝道，人群自後面分開，一名中年儒生走了進來。

李無憂看到這人正是失蹤多日的當今大楚國師慕容軒，頭立時又大了不少。自回京之後，他便多次派人去國師府，而慕容幽蘭也親自回去過幾次，卻每次都沒有見到慕容軒，問起下人說是雲遊未歸。李無憂當時心裏就存了一個大大的問號，今日卻忽然現身，斷然不會是雪中送炭，而是落井下石來了。

果然，見慕容幽蘭臉露喜色似要求他幫忙，慕容軒又喝道：「小蘭，你看看你所中意的人都和些什麼人爲伍？如今大是大非面前，你若再不迷途知返，我慕容軒今後就再沒有你這個女兒！」

慕容幽蘭頓時怔住，她顯然料不到自己離京之前還極力支持自己嫁給李無憂的爹，再次見到的時候卻又變了臉。而這一次是眾目睽睽之下。

她自幼喪母，慕容軒對她溺愛甚深，父女感情與別人又自不同。只是她對李無憂用情之深，卻也已非朝夕，磐石之堅，也不外如此。一邊是愛人，一邊是親人，叫那纖纖弱女如何選擇？淚水奪眶而出。

所有的人都在這一刹那屏住了呼吸。但那一猶豫卻只有千萬分之一刹那。

一抹淚水，慕容幽蘭再抬起頭的時候，已經是滿臉堅定，斬釘截鐵道：「好！咱們一刀兩斷吧！」

一片嘆息，卻夾雜著一陣低低地歡呼。

慕容軒臉色鐵青，卻沒有再說什麼。

司馬青衫也是一陣失望，他沒有想到慕容幽蘭居然如此的有決斷，如此的堅定不移。

但下一刻，卻有人站了出來，也是這樣的決斷，這樣的堅定不移，卻驚住了幾乎所有的人。

「小蘭，你實在太不孝了！」葉秋兒緩緩地說。意真情切的模樣，嚇傻了所有的人。她卻沒有理會，人海之中，卻彷彿只有自己一人在舞蹈：

「小蘭，到了今時今日，難道你還看不清楚李無憂的真面目嗎？他一心想做皇帝，不擇手段，最後甚至連一手提拔自己的皇上都忍心殺害！可昨天晚上……」

這個時候，她眉鋒黏上了寒冷，語速陡然快了起來，「他明明答應我即便今日有任何意外，也絕不會以武力解決問題，可現在，那把劍上流的又是誰的血？李無憂，你回答我，你爲什麼要殺人？爲什麼？」

「這是不是你寫的？永不相背，永不相背的啊？」葉秋兒掏出一張白布，大聲地叫，軟倒在地，淚下如雨。

李無憂看得分明，這正是昨晚他親手所書那八個血紅大字：丈夫一諾，永不相背。

以假作真時，遠比真更讓人信服。所有的人蠢蠢欲動。望著那人聲嘶力竭的模樣，那人義憤填膺的模樣，那人決絕冷漠的模樣，李無憂忽然想笑，但他笑不出來。

他想解釋，但他能告訴天下人，自己的女人說的都是假話？他能告訴天下人，那八個大字的意思，其實是說自己永遠不會再娶第七個女人？他能告訴天下人，自己其實不認識這個女人？不能！所以他只是張了張嘴，卻沒有發聲。

他身邊的女人們都或茫然或憤然地望著那個自己熟悉的姐妹，那個曾經嬌俏可人如今面目猙獰的姐妹。原來最大的痛不是源自敵人的劍刺在身上的感覺，而是有冷刀從你內心捅出來。

「是我寫的！」李無憂終於回答。

原來所謂的永不相背只在夢裏，而現實是，你要永不相背的人卻先背你而去。

葉秋兒驀地站了起來。從來沒有一刻，她如此的意氣風發，她指點著慕容幽蘭，她指點著李無憂，指點著整個大殿上所有的人，義正詞嚴地說：「從今天起！我，玄宗門下弟子葉秋兒，和這個叫李無憂的男人再沒有任何關係！」

所有人都驚住！

只有糊糊真人不禁冷笑，含糊不清地念道：「玄宗，呵，玄宗門下啊……」

「……而這一刻，我將指證他是謀殺大楚皇帝楚問陛下的真凶！其實昨天晚上他就已經知道皇上可能會改變主意的消息，於是預謀殺死皇上和皇后，造成他們二人自相殘殺的結局，他好名正言順地繼承皇位。在我規勸下，他終於答應順其自然，他寫下了這張憑

據，但是……但是你們都看到了！什麼丈夫一諾，全不過是狗屁，李無憂，憑你也配叫大丈夫嗎？」

葉秋兒激烈地叫著，將那張白布撕成了兩半，接著疊到一起再從中撕破，四片，八片……臨空拋向李無憂，一如千萬白蝶飛舞。

有時候，言語其實比刀劍能讓人創傷更重，因爲刀劍可以躲避，但言語卻讓你百口莫辯。因此白蝶飛舞裏，李無憂悲痛地望著葉秋兒，卻無法「狡辯」。

「大家都清楚了事實的真相，還猶豫什麼？殺了李無憂和他的附逆，爲皇上報仇！」司馬青衫大叫著，一馬當先朝李無憂和他身邊的五個女人衝了過去。

他身後，人潮湧動。殿外御林軍和無憂軍也開始了交戈，箭如雨下。

困獸猶鬥，所以世上沒有人會坐以待斃。李無憂雖然心痛如絞，幾要神銷魂融，但眼見司馬青衫攻近，他依然知道閃避，同時出劍抵擋，反擊。

糊糊真人和笨笨上人乃是和司馬青衫、李無憂同一級別的高手，眼見李無憂抵住了司馬青衫，且並無敗相，都是同時鬆了口氣，二人身法閃動，一動念間便將上百名攻進來的大內高手和武將制伏，一時心情很是愉快，想要上前幫慕容幽蘭諸女，隨即卻發現這些丫頭居然人人厲害非常，不是遠遠便用法術將想近身的人搞定，就是劍氣縱橫，將所有的圍攻者都控制在了丈許之外，一時並無能近身之人。二人皆是嘖嘖稱奇。

卻不知朱盼盼的蒼引是神器，寒山碧手持的風華刀是仙器，若蝶的情絲不懼五行之物，而慕容幽蘭手裏拿的也是李無憂得自府內密穴的上古神兵之一的盤子劍，即便身無重寶的唐思也本是名列正氣譜前十幾名的高手，這些日子眾女經李無憂指點，個個突飛猛進，而此刻更因李無憂的受冤，各含怨憤，出手間哪裏還會留情？

一時間，只見場內各種顏色的法術光華亂飛，各種有形無形的劍氣四處飛散，本來包圍著殿口的上萬御林軍和大內高手雖然在箭雨的掩護下，悍不畏死地衝了上來，但卻也只是造就了一堆堆屍山而已。

舟落霞眼見如此，當即令御林軍牢牢堵住門口，不要再衝進，在外面放冷箭即可，她自己卻迎上了寒山碧。另一方，慕容幽蘭卻對上了她極端痛恨的葉秋兒。

王維對上唐思，慕容軒卻對上了朱盼盼，至於若蝶，卻誰也沒有料到她的對手居然是一直名不見經傳的禮部尚書陸子瞻。

所有的人居然都是棋逢對手！原來所有的人先前都隱藏了自己的實力。江湖中果然是臥虎藏龍，不真正地交過手，誰強誰弱，其實並無定數。

每一人都有了對手，糊糊真人和笨笨上人自重身分，不願和晚輩動手，更不屑圍攻，

居然跑到龍椅上坐了下來，挑著果品糕點細細品嘗起來，整個大殿，別人都打得死去活來，這兩位頂級高手反而卻最閒得無聊。

這個時候，名震天下的無憂軍也終於向世人展示了他們的風采，他們先是在外圍那三萬御林軍包圍他們時，擺出了一個古怪的陣形，憑藉各人之間的策應掩護，硬是在沒有一人喪生的情形下躲過了箭雨，隨即陣形再變，也開始放箭，但這三千人的箭卻是例無虛發，幾乎每一支箭都正中一名御林軍弓箭手的咽喉，只震得外圍的御林軍心魄為奪，誰也不敢再上前。

便在周邊御林軍一遲疑之際，王定指揮著這三千人縱馬越過了金水河，朝內圍的御林軍撲了上來，人未至，箭已發，後者猝不及防，紛紛中箭倒地，到他們射第二波箭時，其餘御林軍終於反應過來，進行了抵抗，但這三千無憂軍乃是無憂軍精銳中的精銳，人人武功高強，所帶的皆是八百步的硬弓，每次皆是運功開弓，其速之快匪夷所思，而每一支箭上皆帶有發箭人的真氣，御林軍雖然也多是高手，但比之無憂軍卻是差得太遠，即便是正面衝鋒情形下，能擋住這些勁箭的也不足一半，而無憂軍拈弓搭箭之間也幾無任何停頓，前箭才落，後箭又至，幾乎是無可抵擋。

眨眼間，那封住正大光明殿門的一萬御林就已經死傷過半，而無憂軍卻已經衝到了殿門口，剩餘的御林軍立時潰敗，舟落霞想阻止這種情況，但軍心已散，縱是軍神在世也是回天無力，也就是在這個時候，舟落霞才看清了御林軍同血與火中鍛鍊出來的無憂軍的差別。

但就在無憂軍要殺進殿內之時，殿門口忽地無端地飛出了一群蝴蝶，那些蝴蝶少說有上萬隻，每一隻都顏色絢爛，合到一起，五彩繽紛，本已是一處奇觀，但下一刻，那些撲閃著翅膀的蝴蝶陡然隻隻變得快如疾箭，朝無憂軍士兵飛去。

萬隻蝴蝶一起出動，便如下了一場華麗的彩色流星雨。群蝶撲出，毫無徵兆，其速又快，如箭離弦，無憂軍士兵首當其衝，躲避不及，霎時便有上百人被蝴蝶撲中，而詭異的是，這些蝴蝶都是無一例外地撲到了無憂軍士兵的額頭。被撲中的無憂軍士兵腦門流出黑血，一命嗚呼。

後面的無憂軍士兵見了大恐，卻雖慌不亂，紛紛持弓射擊，只是那些蝴蝶來勢實在太快，眾人剛搭上箭，群蝶便已到了眼前，無憂軍士兵無奈只得棄箭拔刀去砍，但被鋼刀砍中之後，那些蝴蝶卻並不喪命，而是化爲兩半，繞過刀鋒依舊直撲後者腦門，片刻間便又有數百無憂軍士兵喪命，只得各自拿刀去封蝴蝶的進路，而不敢將其殺死，但蝴蝶上萬，速度又快，無憂軍士兵武功雖強，卻終非絕頂高手，死傷連續不斷，只能且戰且退。

「王定！太極如水，無所不在，快結太極八卦陣！」李無憂雖然在和司馬青衫纏鬥，但他心有千千結，同時便又分出了上百道心意關注旁邊各人的戰鬥，眼見無憂軍受挫，忙大喝著出聲指點。

太極如水！王定如夢初醒，當即命剩餘軍士組成了任何一名無憂軍士兵都已演練過上千次的太極八卦陣。

八卦陣其實並非只能在平地時能布，其實只要懂得天時地利，便是山坡陡壁依舊可以布陣，而百萬人可成陣，十萬人可成，三五人依舊可成陣，王定雖然聰明，以前卻只領悟了後面半段道理，卻沒想過前面半段，此時聽李無憂一喝，陡然醒悟，當即便令士兵們不要管地形，只要各自踏足，按原來的位置站好。

這些無憂軍精銳中的精銳，都是悟性奇高之人，雖然以前並未有在大門口、臺階和橋三片相連的建築物上結陣的經歷，但經李無憂一喝，卻都是明白過來，再不管足下地形束縛，只當如履平地，擺下了一個圓形的太極八卦陣。從李無憂大喝到眾人結陣，說來雖長，其實也就是剎那之間發生的事，但群蝶此時卻已咬死了上千名無憂軍士兵。

大陣結成，群蝶飛到近前的無憂軍士兵三尺時，如同撞到了一面無形的鐵壁，再也不能上前半寸。蝴蝶如有靈性一般，陡然減速，開始迂迴從側面和上方進攻，只是很可惜，太極圓融，任何一處都是一樣，任這些蝴蝶速度再快，從任何的角度進攻，每一處都是不能通過那三尺之距。

兩千無憂軍明明白白地站在那裏，卻彷彿忽然間被罩了巨大而堅硬的玻璃罩幕，將任何的東西都自動地隔在了他們三尺之外，無孔可入。

交戰的諸人餘光瞥見這一幕，都是嘖嘖稱奇，暗想無憂軍縱橫天下果然不是浪得虛名。

群蝶久攻不進，亦是有靈性一般圍在了大陣之外，並不著急進攻。

無憂軍眾人正鬆了口氣，卻覺得眼前一花，那群蝴蝶卻每一隻都化成兩隻，而新生成的蝴蝶卻又再化爲兩隻，片刻間，那萬隻蝴蝶居然化出了百萬隻之多，覆蓋在那三尺之外，密密麻麻，鋪天蓋地，將正大光明殿方圓百丈，圍了個水泄不通。

一時只見彩光瀲灩，說不出的壯觀。周邊的御林軍何曾見過如此古怪奇景？只嚇得人人落荒而逃。

還有一些頗有風骨的文臣和一些膽大包天躲在某些隱蔽角落裏看熱鬧的百姓，一時也恨不得父母少生了八雙腿，偷偷逃命去也。

但那些蝴蝶的速度實在是快如閃電，幾乎是在發現他們的同時，便席捲過來，到彩光

過時，地上已經多了兩萬屍體，但與先前的無憂軍士兵頭流黑水不同，彩蝶群飛走後，地上剩下的只是一片白森森的骷髏。

大殿之上，諸人幾乎都用餘光瞥見了這一幕，除開少數幾人外，都是忍不住滿身寒意，幾名美女更是忍不住吐了出來。

李無憂卻是心頭一動，猛然想起自己曾聽前世的師父說過，這種蝶叫做殭屍蝶，被牠們咬中的人不是變殭屍就是變骷髏，而且似乎還會……

他正想著，殿外的彩蝶再吃掉御林軍後，速度陡然提高了十倍不止，再次向無憂軍的陣形發出了衝擊，這一次倒是衝了進去兩寸，但接近最後那一寸時，卻立時有一股十倍於先前的速度反擊出來。

被反彈的蝴蝶和後至的蝴蝶撞到一處，閃出一道彩光，同時消失不見。

無憂軍眼見御林軍的結局本已是又驚又恐，幾乎要不戰自潰，此時見終於士氣大振，心知自己能否活命全看這個大陣是否會被攻破，各自默運念力加強穩固陣形。但可怕的是那些蝴蝶卻再次進行了分化，迅速補充了損失，依舊一波接一波不間斷地衝擊著太極陣。

人蝶進入了相持。

「小心被蝴蝶咬死的屍體……」忽有一個顫抖的聲音叫了起來。

李無憂驚了一驚，分出心意「看」去，卻見糊糊真人和笨笨上人兩人不知何時已癱坐在龍椅之上，臉色慘白，滿眼恐懼，雙手顫抖著，糕點落地而不自知，而發聲的正是原來身高九尺氣若洪鐘的笨笨上人。

「王定！小心被蝴蝶咬死的屍體！不要亂！」李無憂躲開司馬青衫一指，朝殿外大吼了一聲，因爲這個時候，他看到了地上那上千的無憂軍士兵額頭上黑光一閃後，居然如殭屍一般跳了出來，正呼嘯著朝門外飛去。

殭屍的實力實在是非同小可，居然突破了那三寸之壁，直直地衝入了太極陣中，而那百萬蝴蝶也跟著飛了進來，無憂軍士兵立時被淹沒在彩色的海洋裏。

下一刻，那個海洋卻分成了兩條首尾互接的魚的形狀。

李無憂暗自鬆了口氣，因爲他看出這正是太極陣的魚龍變，那就表示無憂軍雖然被彩蝶包圍卻並未潰敗。

這個時候，他身上的乾坤袋裏忽然又動了一動，他猛然驚醒，自己怎麼這麼糊塗？白虎不正是天下妖魔的剋星嗎？當即默一念咒，趁著自己和司馬青衫勁力碰撞後退的剎那，將小白放了出來。

第四章　殭屍蝶舞

小白才一出來，便化作了白虎之形，也不用李無憂指揮，長嘯一聲，化作一道白色的閃電，朝殿外撲去，但牠剛撲到殿門口，卻見一道彩色的閃電對撞過來，「乒」的一聲，小白的身體重重砸在了大殿的中央，只震得所有的人都是一驚，隨即分別退到司馬青衫和李無憂身邊，一時都是茫然不解，齊刷刷朝門口望去。

不知何時，舟雪竟然已經醒來站在了門口，整個人的氣質和剛才昏倒前頓時有了大大的不同，而她的右手裏正拿著一個非金非玉的古怪梭形物體，陣陣五顏六色的電流在梭的周邊激速流動。

「殭屍蝶，日月梭！四娘，果然是你！」眾人茫然裏，糊糊真人和笨笨上人兩人卻同時叫了起來。

「可不就是我了？」舟雪風情萬種地笑了笑，忽然一梭朝自己的脖子砍去，頓時鮮血飛濺，人頭落地。

眾人驚呼聲裏，她脖子斷裂處，卻又慢慢冒出一顆人頭來。鮮血斂去時，再看那張臉，卻比先前的舟雪美了十倍不止。除開有限幾人，眾人都露出不可思議神色來。

「你……你是誰？我阿姨呢？」舟落霞大驚，惶恐地後退，軟在大殿的一根大理石柱上。

「公孫三娘，你竟然還沒有死？」舟雪尚未回答，李無憂卻先叫了起來。

「這不是三娘，這是三娘的雙胞胎妹妹，普天之下唯一擁有換頭絕技的公孫四娘！也就是我們的好四妹，原來那個皇后舟雪早已被她害死了。」糊糊真人嘆了口氣道。

換頭法！眾人聞言都是驚呼連連！傳說中，這種法術能將別人的頭移到自己脖子上，同時讓自己的頭縮小，縮進脖子裏，這樣非但借來了死者的容貌、聲音，甚至還有其記憶，可說是天下最天衣無縫的偽裝大法。

眾人聽這女人居然會這門法術，無論敵我，都覺毛骨悚然，再看這女人美麗的臉時便多了幾分怪異。李無憂也是恍然大悟，難怪剛才這女人那一劍竟連楚問也躲閃不及，而中了自己一掌居然還能若無其事，原來這女人竟然是當年亂魔盟的老四所偽裝啊！

「呵呵，難得二哥還記得小妹，快兩百年不見了，你可是越來越英俊了啊！喲，這不是五弟嗎？好好的，怎麼也和你二哥一樣發瘋，去出什麼家，當什麼和尚？你難道不知道

紅塵多美妙嗎？」

公孫四娘煙視媚行地走向糊糊真人和笨笨上人，後者二人卻似乎對這絕代美女畏如蛇蠍，敷衍著，卻各自躲閃不迭，最後見躲無可躲，竟溜到了李無憂身後。

李無憂剛借空看過小白的傷勢，暗暗心驚不已，倒不是那一道閃電所造成的傷害有多大，而是那隨電而來的似乎還有一種奇怪的陰陽比例不斷變化的毒，他一時竟是無法破解，只得將其冰封，擲回乾坤袋裏，眼見糊糊二人對這女人如此懼怕，一時也提高了警惕，橫劍擋住其去路，冷聲道：「原來你就是公孫三娘的妹妹，難怪一樣討人厭惡！識趣地趕快滾吧！」

「喲！太子殿下怎麼忽然這麼大的火氣？要不要奴家幫你降降溫啊，保證比我姐姐的功夫好哦，呵呵，對了，你這小子才十幾歲，怎麼居然認得我姐姐……風華刀！」

公孫四娘本是美目流盼，風情萬種，但一看到寒山碧手上的風華刀，不禁變了顏色，「風華刀居然落到你手上，我姐姐呢？」

「令姐受菩薩點化，已經去西天參大歡喜禪去了！」李無憂不動聲色答道。

「是你殺了她？」公孫四娘大怒，手中日月梭上的光華頓時也隨之顫抖不絕。

李無憂微微皺眉，暗自上前半步，擋在了眾女之前。

「四娘，別急動手，到大哥這裏來！」司馬青衫忽然淡淡道。

公孫四娘滯了滯，司馬青衫那淡淡的聲音卻有著無窮的威力，她強忍著惱怒，轉身回到了本方陣營。

司馬青衫笑道：「何必那麼著急動手報仇？咱們先和他們耗著，等一會兒你那群殭屍蝶吞了他的士兵，然後再將他自己和他的女人全都變成殭屍，哈哈，你不覺得這樣比直接殺了他更過癮嗎？」

李無憂的臉色立時變了，剛才和司馬青衫交手的時候，發現他的功力竟在幾天之內似乎又提升了好幾成，已和自己相彷彿，而他那套洞金指更是無堅不摧，無所畏懼，居然能直接和無憂劍相撞而無事，另外，他身法之快也是不容小覷，自己多次使用小虛空挪移，依然無法占得優勢，真後悔那日沒有將他殺死，以致留下今日之禍。

而他剛才暗自留意其餘各方交戰情形，慕容軒竟也已是今非昔比，竟然大戰擁有神器的朱盼盼而不落下風，那個耿雲天更是深藏不露，居然和若蝶鬥得旗鼓相當，糊糊和笨笨兩頭豬卻對公孫四娘畏若蛇蠍，看來今日之事，少不得要……

他正自轉念，卻聽葉秋兒冷聲道：「如此背信棄義之人，變作殭屍，豈非便宜了他？不如直接挫骨揚灰算了！」

眼見公孫四娘現身，真相已是呼之欲出，背信之人卻口口指責別人背信，眾女聞言無不大怒，紛紛呵斥，便是舟落霞也皺了皺眉，但李無憂此時卻已想通了好多事，只淡淡道：「葉姑娘，風寒露重，小心傷了舌頭令師會心疼不已！」

這淡淡一句話，卻讓葉秋兒臉如死灰，她驀然大怒，手指了指李無憂，似瘋了一般大笑道：「你還是不明白！不明白啊！哈哈哈哈！」說時衝出大殿。

「葉姑娘！」司馬青衫叫了一聲，但外面光影一閃，葉秋兒卻已消失不見。

李無憂呆了一呆，但他隨即發現，就這麼一耽誤的工夫，外面那些殭屍和彩蝶竟已徹底將太極八卦陣瓦解，大批大批的士兵相繼倒下。

他知道再也不能拖了，無憂劍猛地還鞘，右手虛虛一抓，便要取出神劍倚天。

但就在這個時候，他的天眼卻見一道柔和的白光從玄武門外緩緩移動了過來，細看時，藍光包裹裏，一名少女白衣裸足，長髮披肩，手持畫筆，行步之間，足不黏塵，一如仙子——卻是秦清兒！他呆了一呆，抽取倚天劍的姿勢終於緩了一緩。

「清兒，危險！快回去！」太極陣裏，夜夢書大聲地叫了出來。

剛才秦清兒一直隨他在玄武門外等候李無憂出來，只是這丫頭好動之極，待了一會兒就悶不住，自跑到皇宮裏四處遊玩去了，眾人血戰良久不見她現身，怎麼此刻忽然跑了出來？慕容幽蘭等人也跟著叫了起來。

「晚了些吧？」公孫四娘笑，「殭屍蝶其實最喜歡細皮嫩肉的小丫頭了！」

彷彿是爲她的話作詮釋，上萬隻彩蝶陡然捨下了無憂軍士兵，朝秦清兒飛了過來，而後者竟是置若罔聞，幾乎所有的人，無論敵我，都是輕輕嘆了一口氣，這樣一個如花少女，立刻便要變作一堆白骨了。

但奇景發生了！那上萬隻殭屍蝶飛到秦清兒身邊，碰到那層淡淡的白光，頓時爲之止住，無論怎麼飛，都再難有寸進。衆人目瞪口呆。

但秦清兒卻對一切都視而不見，似乎全然不知道自己身邊有上萬隻隨時會要將自己咬成千萬塊碎肉吞噬的凶物，只是依舊赤著足，緩緩地朝太極陣行去，越來越多的殭屍蝶見此撲了過來，但卻依舊難進方寸。

李無憂眼見越來越多的殭屍蝶被秦清兒吸引了過去，懸著的心終於放下，但同時卻也同殿中其餘人一樣更加好奇，這秦清兒究竟是如何來歷，竟然可以在萬蝶叢中閒庭信步，回頭望向糊糊真人，後者卻朝他苦笑著搖搖頭，示意自己不能說。

一時所有的人都忘記了動作，只看著那白衣仙女在萬千凶物裏閒庭信步。

慢慢的，秦清兒走到離太極陣尙有五丈處，卻出人意料地停了下來。

她俯下身去，慢慢地從地上拾起一件東西，臉上露出了笑容。群蝶的縫隙裏，李無憂看得清楚，那正是京中畫師一起送來賀他登基的萬龍圖，這丫頭不畏艱險跑到殭屍群裏，居然是爲了找這個嗎？

眾人茫然神色裏，秦清兒忽然回眸朝大殿裏嫣然一笑，再轉過頭去，猛地手一揚，將圖抛起展開，迅疾伸出畫筆，在那巨龍的眼睛處輕輕一筆劃了上去。

猛然之間，一聲巨大的吼聲從那畫卷上傳了出來，整個皇宮都彷似顫了一顫，秦清兒的身後，竟有千萬道青光射了出來，直沖霄宇，而場中所有的彩蝶卻彷彿遇到剋星一般，聞聲四散飛逃，卻似乎被某種力量所吸引，掙扎著，卻怎麼也飛不出皇宮。

千餘殭屍依舊徒勞無功地攻擊著那個太極屏障，所有的人都呆住。公孫四娘念動咒語重新召喚那些殭屍蝶，但後者卻根本不理她，而是四散潰逃。下一刻，那張畫卷猛然飛上高空，青光奪目裏，畫上那條青色巨龍忽然破紙飛了出來！

「啊！」眾人目瞪口呆，不可置信。

青龍飛到離地約莫二十丈距離，忽然張口一噴，一朵巨大的烏雲立時出現在整個正大光明殿的上空，下一刻，青龍又是張嘴一吐氣，那朵烏雲立時裂開，整個皇宮的上空頓時下起了瓢潑大雨。

大雨降下時，原本覆蓋了整個正大光明殿的彩光頓時爲之一斂，隨即消失不見，細看時，卻是那些彩蝶被雨點一打，紛紛墜落到地，最後化爲黑水，融入地底。同一時間，無憂軍士兵覺得所有的壓力都消失了，而自身也幾乎沒有力氣，頹然坐到了地上，汗如雨下。

那千餘殭屍也被這大雨一沖，頓時全數軟倒在地，而他們額頭上也分別有黑光消失不見。同一時間，公孫四娘身體猛然一陣搖晃，幾乎不能支撐，司馬青衫眼疾手快，知是她法術被破身體虛弱，忙一把將她抱住。

雨過天晴，空氣似乎也爲之一新。秦清兒伸出畫筆，朝空中招了招手，那條青龍便飛下，落到她身前，秦清兒輕輕撫摸牠的頭，然後飛身坐了上去。

青龍飛到殿門口，秦清兒翻身落下，張開了畫卷，青龍再次飛入畫裏。她持卷帶筆，優雅前行，人群自動地讓開了一條道路，她徑直走到了司馬青衫和李無憂的側面。

「多謝秦姑娘救我兄弟，李無憂感激不盡！」李無憂屈膝半跪，拱手說道。

秦清兒擺擺手，淡淡道：「不必謝我！我救他們不是因爲你，而且我救了他們，卻要殺你，你更不必謝我！」

「啊！」衆人皆是大吃一驚。

慕容幽蘭叫道：「清兒，你瘋了嗎？」

秦清兒看了她一眼，忽然躬身朝她拜了幾拜，歉聲道：「對不起了，小蘭！我知道這樣做你會恨我一輩子，但是，這件事，我還是不得不做，因為……這是我此次來到大荒的使命！」

眾人聽得秦清兒的話都是一呆，只有慕容幽蘭大聲地問：「你撒謊！什麼使命？我怎麼從來沒有聽說過？」

慕容軒忙大聲呵斥道：「蘭兒休得無禮！秦姑娘是從東海來的龍女，仙人的弟子，她的使命是來阻止扼殺大荒的動亂之源！」

東海龍女？仙人弟子？這一次，所有的人都徹底驚呆了。龍族和仙人都只存在於傳說之中，今日卻有人活生生地出現在這裏，並且她剛剛還召喚了傳說中的聖獸青龍。

「原來你真的是龍女！」殿門口一個驚訝的聲音迅速打破了沉靜。

眾人回頭望去，卻是夜夢書不知何時已趴在了門口。

秦清兒歉然道：「不好意思！瞞了你這麼久！」

夜夢書搖搖頭，苦笑道：「怪不得，你原是告訴過我的，是我自己不信罷了！」想到自己所愛之人原來是仙人，他忽覺得空空蕩蕩，此生愛戀，竟是如此渺茫的嗎？

李無憂側過頭望了望糊糊真人，見後者苦笑著朝他點點頭，他摸摸鼻子，苦笑道：「如果秦姑娘你真的是東海龍女，那毋庸置疑，我李無憂竟是當今大荒動亂的根源了？」

秦清兒點點頭，道：「我也不希望是這樣。只不過你身具五行奇相，可修煉五行任意法術，此爲不爭事實。具有這樣奇相的人，不是大聖大賢的神，就是大奸大惡的魔，昔年李太白和藍破天就是活生生的例子……」

「任誰都看得出來，李無憂骨子裏只是一個小無賴，那是怎麼也不像大聖賢的了？成魔的資質倒是一點不缺。」李無憂自嘲地笑了起來，「所以你就要在我還沒有真的變成大奸大惡之前，將我剷除是吧？」

秦清兒認真地點點頭，道：「第一次我見到你時，就曾借蒼引考驗過你，但你卻讓我失望了。而通過這一路上的觀察，我得出的結論是，你這人很自私，很花心，也很沒有責任感，凡此種種，都不是一個大丈夫所爲，那麼毫無疑問，你按照這樣的路走下去，變成大奸大惡只是遲早之事……這事本來我還不是十分有把握，只不過前日有人將自己替你卜的卦相給我看，我這才徹底相信了。」

「卜卦？嘿嘿，卜卦啊，那該是玄宗門下的葉姑娘了吧？」李無憂冷冷地笑，誰都看得出他眸子中深深的痛。

「是與不是，已經不重要了！」秦清兒卻沒有正面回答，只是道：「現在如果讓你拿到了楚國的皇權，毫無疑問，只會加速你成魔，是以我才讓司馬青衫發動了這次政變，本來是想讓他趁你不備將你擊殺。只是沒有想到，這個人的野心也太大，居然殺害楚問，累及了數萬人無辜慘死，是清兒失職，很是抱歉！」

一直沒有作聲的寒山碧冷笑道：「秦姑娘這不是貓哭耗子嗎？閣下本事那麼大，爲何不自己出手，非要假手他人？你應該知道，任何政變都是有無數的人流血的吧？」

眾人見秦清兒亮出身分，本是大氣也不敢出，怕將仙人得罪，想不到這妖女竟然敢和龍女如此說話，憤憤之餘卻也很是佩服她的膽量。

秦清兒嘆了口氣，幽幽道：「人非草木，孰能無情？這一路行來，碧姐姐和諸位都待我不薄，夢書又是他門下之人，非到萬不得已，我不想出手！只不過司馬青衫最終還是讓我失望了，爲求勝利，竟連殭屍蝶也使了出來，唉！」

司馬青衫淡淡接道：「成王敗寇，千古已然！手段如何，死了多少人，那也不必計較了吧？」

「冥頑不靈！」秦清兒臉上陡然生出一層薄怒，畫筆突地朝司馬青衫一指，那幅巨畫頓時展開，青龍猛地撲了過去。

「封龍鞭！出來！」司馬青衫陡然大喝，右掌虛虛一抓，一條七節鋼鞭已然憑空出現。

下一刻，鋼鞭化作一層湛藍的水晶擋在了他和青龍之間。

「撲」一聲巨響，青龍的雙爪輕而易舉地擊破水晶層，隨即從司馬青衫的胸口穿了過去，後者胸口頓時多了一個大碗公粗細的大洞，血洶湧而出。

他臉色慘白，一手強撐著斷鞭，才沒有徹底倒地。青龍一擊得手，龍尾一擺，卻再次撲了過來。

「大哥！」一側的公孫四娘正撲了上來，於是青龍從她的胸口穿了過去。

「四娘！」司馬青衫大驚，抱住她的身體時，卻發現後者明眸無光，已是香消玉殞。

下一刻，他手中一輕，公孫四娘屍體上黑光亂竄，千萬隻殭屍蝶朝四面八方飛去。

青龍見了殭屍蝶，龍吟一聲，四處捕捉，青光過處，殭屍蝶如煙而滅。

司馬青衫只覺手中一重，細看時，卻是那支日月梭，而公孫四娘已然徹底化蝶消失。

他強撐著站了起來，指著秦清兒道：「好，很好……」說時身形一閃，瞬時憑空消失不見。

秦清兒提足想追，足才一跨出，卻想起李無憂，腳又收了回來。片刻之後，青龍回

轉，漫天的殭屍蝶已被滅了個乾乾淨淨。

秦清兒輕輕摸摸青龍的頭，對李無憂道：「你還有什麼話要說嗎？」

李無憂呆了呆，忽然放聲大笑起來，指著秦清兒道：「連司馬青衫都知道成王敗寇的道理，你卻不懂！我問你，如果今日我將你殺了，我統一了這個天下，我滅了你們龍族，殺光世上的仙人，那個時候我說的話就都是真理，我讓全天下的人通緝你，試問，到時候誰神誰魔？誰才是大奸大惡？」

秦清兒呆了一呆，隨即卻凜然道：「正便是正，邪便是邪，即便你殺光天下人，你是魔，那就永遠是魔！」

「好，很好！」李無憂說著和司馬青衫臨走時一樣的話，大聲地笑著，神態癲狂，前世莊夢蝶隔了千年之久留下的激憤孤傲再次在今生復活。

他伸出一根手指，指著秦清兒，一字一頓道：「秦清兒，你聽好了，從今日起，我李無憂要開始統一這個天下，煮翻東海，滅了你龍族，殺盡滿天神佛，到時候咱們再看，到底誰才是神，誰才是魔！」

「你現在已經入了魔了！」秦清兒輕輕地嘆息，眼中滿是悲憫。

「哈哈哈！」李無憂笑，卻沒有理她，掉頭對諸女道，「你們看見了，從今天起，李無憂不再是大英雄，不再是人人敬仰的雷神，你們，還有誰願意跟著我？跟著我，成『魔』？」

寒山碧輕輕握住了他的左手，笑道：「妖魔不分家，我自己早已經是臭名昭著的妖女了，你成了魔，豈不更加匹配了嗎？」

李無憂覺得心頭升起一股暖意，這個時候，若蝶的手也搭了過來，雖沒有說什麼，但李無憂卻已經明白，一千年之前，自己爲她叛了天下人，千年之後，又還有誰能分得開我們？

朱盼盼也沒有任何遲疑，伸手過來，笑道：「我本爲君九溟來，此生自當九死隨！」

李無憂點點頭，也沒有說什麼。

見慕容幽蘭也要伸手過去，慕容軒大聲喝道：「小蘭，你不要再執迷不悟！與龍族爲敵，與仙人爲敵，你還想活嗎？」

慕容幽蘭認真道：「如果沒有了李無憂，我活著和死了又有什麼區別？」手堅定不移地放在了李無憂的手上。

所有的人，都覺得鼻子裏似乎酸了一酸。那少女的話幾乎不加任何修飾，就是那樣赤裸裸，卻讓人心不禁爲之而亂顫。

慕容軒見此長嘆了一口氣，卻也再說不出什麼來。

秦清兒也爲諸女與李無憂間的真情所感，一時癡癡呆呆，望向了門口的夜夢書，卻見後者也正望著她，眼中滿是悽楚，她忙將目光收回，生怕自己再看一眼那雙眼睛，就再也對李無憂下不了手。

所有人的目光都望向了最後的唐思。

這個冷酷的殺手，優雅地一撥眉間的青絲，甜甜地笑了，彷彿終於想通了什麼事，下一刻，她溫柔而堅定道：「公子，直到這一刻，唐思才知道自己配不上你。她們所有的人，聽到你的話後都沒有任何的猶豫，而我卻猶豫了片刻，便是這片刻，我終於知道自己配不上你。也許以前，我對你更多的是傾慕而非愛慕吧！祝各位白頭偕老，唐思走了！」

說完話，她最後深深地望了李無憂一眼，灑然轉身，朝殿外走去。

無憂軍的士卒們早已聚集在殿門口，但沒有人攔她，也沒有人叫她，那女子的步伐是如此的堅定，只是誰又曾看見，最終那一低頭的溫柔裏，一行清淚灑在了皇城的白玉橋上，砸出了一串心形的坑。

如果是以前，李無憂早已動手挽留，只是前世兩百多年的經歷讓他明白，也許唐思對於自己，更多的是少女崇拜英雄的情結，而她的離開，正是在剛才的剎那間醒悟過來。只是……老子現在好歹是在患難之中，你就算對我比我自己還有信心，是不是也該看到秦清兒被我打敗才走吧？

李無憂默默思索間，眼光望向了門口的無憂軍眾人。

王定站了出來，朗聲道：「不管別人怎麼看你，元帥，你始終是王定心中的英雄！」再沒有其餘的廢話和慷慨的誓言，但所有人都明白了王定心意。

王維冷冷道：「定叔叔，我爺爺是這樣教你是非不分，與天下蒼生爲敵的嗎？」

王定恭敬行了一禮，淡淡道：「軍神是教過我分辨是非，只怕小少爺你沒有學會罷了！試問李元帥從軍以來所作所爲，哪一樣不是以我大楚國民爲先？如果僅僅因爲來自東海的龍女認定他將成爲魔，你就真的將他當成魔，不是兒戲又是什麼？」

「你……」王維大怒，卻被噎得說不出話來。

李無憂和諸女都是暗自叫好，這個時候，無憂軍其餘人也紛紛表態。

唐鬼（**慷慨地**）：「一天是老大，一輩子都是老大！」

玉蝴蝶（**悲壯地**）：「一日爲淫賊，永遠是淫賊！」

朱富（**無奈地**）：「世上除了大人您，誰還能慧眼認識我這樣的大英雄？不跟你混，我還能跟誰？」

緊隨其後，五位千夫長竟也無一例外地表示了效忠，李無憂看著那一張張赤誠的臉，心中也是熱血沸騰：我以誠心待爾等，爾等以熱血相回報，如果李無憂擁有這樣的一支軍隊依然不能縱橫天下，那今生便枉爲人了。

最後，眾人的目光落到了秦鳳雛和夜夢書身上。

出乎李無憂的預料，秦鳳雛居然也沒有迎風而倒，他是這樣解釋的：「鳳雛相信這個世界是強者爲尊，鳳雛也相信元帥你才是這個世上最強的強者，即便你的對手是龍，是仙，甚至是神，都不能改變這個事實！試問我不終生跟隨閣下，還能與誰？」

眾人聽完之後，都是和秦清兒一樣搖了搖頭，這個人，未免有些無知了……但李無憂卻是哈哈大笑，大讚英雄所見略同，隨即問夜夢書道：「夢書，你呢？」

夜夢書看看李無憂，又望望秦清兒，臉上猶豫不決，最後大叫道：「我不知道，別逼我！」抱頭跑出殿去。

李無憂嘆了口氣，暗道：「英雄難過美人關，果然如此！」目光卻望向了士卒們。一半的士卒當即表示願意效忠，另一半人卻面面相覷，一時竟都不知如何。

須知這些士卒雖然向來對李無憂都是忠心不貳，但是龍女和仙人卻是大荒人的信奉所在，一旦秦清兒挾這兩個身分和傳說中四聖獸之一的青龍現身，智慧並非如各大將領般高強的士兵們少不得望著那頭猙獰的青龍猶豫不決，左右為難。

李無憂輕輕嘆了口氣，笑道：「罷了！如今我自己尚生死未卜，你們到底跟不跟我，又有何意義呢？你們若還當我是元帥，就全都給我退出皇宮，今日我若僥倖能活得性命，以後若有人還願跟我，就到潼關來找我吧！」

眾士兵聞言都是呆了一呆，隨即齊聲稱謝，紛紛退出皇宮。

「你們也先走吧！」李無憂又對王定等人道。

「元帥……」

「可是……」

王定等人還想說什麼，卻被李無憂擺手制止：「放心吧，天下間能殺死李無憂的人還沒生出來！你們和軍士們一起去潼關等我吧！」

眾人還想說什麼，卻見李無憂神色堅定，眉宇間滿是自信之色，都終於各自告退，唯有唐鬼臨走之前決定威脅一下秦清兒：

「秦丫頭，你給本大爺聽好了，你要是敢動我們老大一根汗毛，本大爺知道了，將來一定把你抓住先姦後殺，殺了再姦，姦了再殺，一定讓你死去活來，活來死去，死死活活，無窮盡……哎喲！君子動口不動手，你這死丫頭怎麼動手打人家臉……喂！我話沒說

完你怎麼又打？你知不知道老子就是靠這張臉混飯吃的……哎喲，別打了，老子走人還不成嗎？」

霎時足底抹油，飛一般溜走了。

眾人狂笑不止。

李無憂對這活寶亦只能搖頭苦笑，他回過頭，看了看糊糊真人和笨笨上人，道：「你們兩位又幫哪邊？」

糊糊真人想了想，問秦清兒道：「清兒，我有必要再提醒你，教授李無憂武術的人都是不世出的奇人，應該不會看走眼的，你就那麼自信你們那個什麼觀龍認脈斷相術不會出錯？」

秦清兒搖搖頭，道：「你信不過我，難道還信不過這條青龍嗎？」彷彿是為她的話作證，一直懸在她頭頂三尺處的青龍叫了一聲，只驚得場中人人膽戰心驚。

糊糊真人微微嘆息，對李無憂道：「本來，四姐托我照顧你，我該幫你。不過清兒的師父昔年對我有恩，我也不好意思和她作對。罷了，我看你這小子也不是短命的相，我決定兩不相幫！」

李無憂點點頭，又問：「笨笨大師，你呢？」

笨笨上人合十笑道：「神耶？魔耶？不過是狗咬狗，干貧僧何事？」

李無憂暗自冷笑：「所謂公理，在強勢面前原來果然狗屁不值！人情冷暖，如此而已！」面上卻笑了笑，道：「大師兩不相幫，小子也領情了！」說罷上前三步，擺手做了個請的姿勢，揚眉對秦清兒道：「秦姑娘，請！」

秦清兒也上前三步。旁人見李無憂根本不問自己的反應，都知曉這兩大絕頂高手間的決鬥，不是他們那一級別的人根本是插不上手的，當即各自後退，紛紛躲到殿角。諸女怕分了李無憂的心，和糊笨二人也自退到一邊。

至於地上的死屍和那些先前被糊糊二人定住的垃圾貨色，也被二人以極快手法剎那間扔到了角落裏。一時場中空空蕩蕩，只剩下秦李二人。

也不見廢話，秦清兒畫筆一指，青龍一聲長吟，直撲李無憂面門，其速之快，更逾閃電，後者叫聲來得好，無憂劍一式兩花，快攻而出，直取青龍雙眼。

只聽「噹」的一聲響，無憂劍幾乎是不分先後地擊中兩隻龍眼的眼瞼，卻如中金鐵，濺出兩簇火花。

李無憂只震得右臂發麻，幾乎把持不住長劍，而青龍卻似沒事一般，復睜開眼睛，依舊猛撲過來，李無憂慌忙一個鐵板橋弓身險險避過，卻被龍爪抓落金盔，露出散亂頭髮來。

「老（相）公！」

「公子！」

眾女一陣驚呼。

「我沒事！」李無憂哼了一聲，見青龍又自撲上，左掌一揚，大叫道：「給老子定住！」

原來是用上了定身神掌。

但這此時足以定住一流高手的一掌，卻只是讓青龍速度緩了一緩，復又衝了過來，李無憂大恨，長劍依舊保持先前姿勢不變，一式耀出兩花，依舊再擊兩隻龍眼。

眾人見此都是愕然，但場上變化實是電光火石，他們才一愣，李無憂的劍卻再次不分先後地正中兩隻龍眼的眼瞼，但與先前不同的是，劍瞼相觸的地方，一片白色迅即開始蔓延，剎那間便覆蓋了青龍全身，再看時，空中的青龍已然動彈不得，整條龍彷彿變成了一條白玉的雕龍，卻是李無憂通過無憂劍使出了石化大法將其變成化石。

下一刻，李無憂左手一翻，重重擊在青龍的龍頭上，後者「砰」的一聲，被狠狠砸在地上。

但才一落地，龍尾一捲，全身嘩啦一陣響，層層石片掉了下來，整條龍復又恢復了本色。李無憂只看得暗暗心驚，剛才那一劍他已用了十層的石化大法，看來竟不過是給這惡龍添了一層外衣而已。

但青龍卻似更加惱怒，牠從來沒有吃過這樣的虧，當即龍吼一聲，再次朝李無憂猛撲過來，不過這次才一撲到半途，李無憂正打算故伎重施的工夫，這傢伙卻噴出一場冰雨，李無憂雖然見機極快，迅即使出小虛空挪移，但終究是猝不及防，上衣角依舊被冰雨黏住兩塊，剎那間蔓延至全身，於是整個人都變作了冰雕。

青龍見狀其勢不衰，只是快到李無憂身邊時，猛地一頓，龍尾暴捲，狠狠朝李無憂腰間抽去。

滿殿的人霎時都是驚呆了，人人皆知龍尾乃龍身上威力最大武器之一，一旦被龍尾掃中，無論多強的人都是粉身碎骨。只不過這一切發生的實在是太快，即便有人想阻止卻已經來不及了。

但奇蹟再次發生，青龍尾巴才一觸到李無憂的身體，後者全身忽然冒出陣陣紅光，一身冰塊迅即化成水，隨即化作水汽，消失在空氣中，而李無憂無憂劍一抛，兩手帶出一片火焰，猛地合胸一抱，正將那龍尾抓住，只聽得「轟」的一聲巨響，他立足之處的最上等

的白玉大理石地面竟然生生下陷了七尺之多，他整個人被齊腰埋在了土石裏。

「是斗轉星移！」若蝶興奮地叫了起來。

原來這一次李無憂硬生生地將龍尾這一掃之勁力全數接住，同時運起斗轉星移心法，將這陣勁力透入地面，不想這勁力實在是太大，足以開山劈河，雖然有天神之骨卸去了大部分勁道，但剩餘的勁力依舊將地下厚達五尺的大理石地面硬生生碾成了粉末，其勢不衰，雙足竟陷入了土裏。

「嘿嘿，大家一人陰一次，扯平了！」李無憂大笑著，趁龍尾勁虛之時，緊緊將其抱住，運起全身功力猛地將青龍揮舞著，似風車似的旋轉起來。

在眾人目瞪口呆之際，他大笑道：「去你的！狗屁神龍！」運勁擲出，正中殿上一根三人合抱粗的大理石的石柱，石柱霎時自相撞處碎成粉末，上半截掉下，剛好落到被砸到地上的青龍後爪處後彈開。

青龍咆哮著一曲身，復又飛了起來，除開灰頭土臉，竟似無事一般。

李無憂運勁吸回掉在地上的無憂劍，正暗暗駭然這畜生如此堅韌的皮膚和抗打擊能力，卻聽秦清兒斥道：「青龍，不要再玩了！」一時嚇得魂飛魄散，這廝剛剛竟然只是和老子鬧著玩的？

青龍受了主人呵斥，頓時神色變得肅然起來，居然學著人的樣子，雙爪合攏，如人抱拳一般朝李無憂打了打招呼，似乎在表示自己要認真了。

李無憂抱拳還禮之後，青龍陡然身軀如弓一曲，隨即一展，然後整個身子如電光射出。

李無憂此時早已將天眼打開，但也只看到一道淡淡的光影朝自己胸前射來，落在旁人眼裏，卻只見青光一閃，青龍竟是憑空消失了。

李無憂大是駭然，他想揮劍去擋，但手卻根本跟不上天眼所見的速度，只是眼睜睜地看著青龍的頭重重地撞在自己的胸口處，穿破衣服，和胸前肋骨隔著皮膚相撞，迸發出陣陣烈火，他整個人如遭雷擊，踉蹌倒退兩步，吐出一口鮮血，而這個時候，他手裏的無憂劍才堪堪從眼前揮過。

這一剎那，他終於明白以司馬青衫和公孫四娘之能，爲何也躲不過青龍貫體之禍了，自己如非有天神之骨的保護，此刻胸前怕早也有了一個大窟窿。有如此利器，難怪秦清兒有恃無恐。奶奶的，此仇不報老子枉做人！

青龍卻也不好受，整個頭彷彿要裂開一般，尤其是與李無憂胸骨相觸的兩隻龍角更似硬生生被撞歪了一般，一時暈頭轉向，分不清東西南北。

「什麼！」秦清兒不可思議地大叫起來。而剛才陡然心念一懸的糊糊真人和笨笨上人在鬆了口氣的同時，也都露出匪夷所思的表情來。無堅不摧的青龍角竟然不能貫穿李無憂的身體！

四女中，除開慕容幽蘭受功力所限未能目睹之外，其餘諸女依稀看清了，一時也都是又驚又喜。其餘的人卻搞不清楚究竟發生了什麼，眼見李無憂和青龍都露出了痛楚神色，顯然是兩敗俱傷之局。既然是兩敗俱傷的局面，龍女怎麼竟緊張得花容失色？

李無憂的全身骨骼都是經過赤炎親自更換的神器天神之骨，青龍的撞擊自然沒能將其撞斷，但一種前所未有的巨大痛楚卻從撞擊處直衝他的神經，一時間，他只覺得這件事實在是太豈有此理，便想挺劍去砍青龍，但立時想起無憂劍根本難傷青龍分毫，猛然將無憂劍朝腰間劍鞘一插，手心一顫，將身體裏的倚天劍拔出，奮起全身功力，一劍朝青龍斬去。

劍一斬出，頓時化出一到三丈長的五彩光華，凜冽的劍氣鋪天蓋地，到青龍反應過來時，劍光已逼到了牠頸部。

「乓！」一聲大響，碩大的龍頭掉在地上，而龍頸衝出的血噴了李無憂一身，這使得此刻本就猙獰的他看上去像極了地獄來的魔鬼。

失去龍頭的青龍龍身掙扎撲騰著，趁李無憂一怔之際，猛地捲上了他的身體，後者霎時再也動彈不得，只是拚命運功與那越來越緊的壓力相抗。

「啊！」人群在這個時候才懂得驚呼出聲。

「青龍！」秦清兒悲呼一聲，猛地凌空飛起，朝李無憂撲了上來。

同一時間，朱盼盼、若蝶、慕容幽蘭和寒山碧也猛地飛了過來。

「去！」秦清兒怒喝一聲，手中畫筆凌空一畫，四女只見眼前一黑，空間頓時裂開，身體不由自主地朝那虛無空間飛去。

朱盼盼大叫道：「是破碎虛空術，快閃開！」同時自己將玉笛蒼引一豎，眼前裂開的空間受到蒼引的引力，頓時合上。

但這一耽擱，秦清兒卻已飛到了斷龍身體纏繞著的李無憂的頭頂，畫筆化作一道青光，猛地從他頭頂百會穴插了下去。

「啊！」李無憂只覺頭痛欲裂，頓時發出一聲慘叫，但秦清兒只覺得這一筆下去，入筆剛剛半寸不到，立時手心傳來一陣劇熱，手不由自主便鬆開了筆，同時那股火熱迅速傳遍全身，全身靈氣失控，整個人不由自主地掉了下去，畫筆也隨即飛彈了出去。

「奶奶的，你那麼想纏著老子，那老子就給你個機會！來吧！」吃痛的李無憂猛地叫了起來，全身頓時冒出陣陣五彩的光，斷龍軀體被那光一纏繞頓時變小，而那光卻越來越盛，下一刻，斷裂龍身已變作一條細若游絲的青光，自李無憂的左掌心鑽了進去。

什麼？這樣也行？眾人只看得目眩神迷，一時竟都忘記了動作。這究竟是什麼神功，竟然能將那麼大的一條青龍化爲一條細線收進體內？只有糊糊真人隱隱悟到這和萬氣歸元之術有關。

但這個時候，李無憂自己卻也並不好受，他以萬物歸元術想將青龍化爲本身功力，卻料不到這最後一絲細線竟是怎麼也化不掉，直在他體內亂竄。

「你竟然化了青龍？李無憂，我和你拚了！」秦清兒驚呼著，再次撲了上來。

「想死？老子成全你！」李無憂正自無明火起，聞言大怒，倚天劍帶起三丈劍芒朝秦清兒一劍劈了下去。

「手下留情！」糊糊真人大駭，忙射出一道藏青色的劍光。

「老子幾乎沒命的時候你怎麼不叫留情？」李無憂冷笑著，並不理會，倚天劍依舊斬下。

便聽一聲金鐵交擊的銳響，那藏青色劍光斬成兩截，化成兩段斷劍落下地去，而秦清兒卻借著這個機會看清楚了眼前之物，當即驚呼一聲「倚天劍」，慌忙閃開，卻終究是遲了剎那，劍氣的末梢還是掃中了她的頭髮，滿頭青絲落了一地。

「老子的歸藏劍啊！」糊糊真人望著那兩段頑鐵，泣不成聲。

「龜你媽的烏龜頭啊！哈哈哈……」李無憂得意大笑，但笑了兩聲，陡然覺得體內被那條龍線所攪的元氣再次亂了開來，強自振奮精神，猛地將倚天劍斜朝上方畫了個圈，然後一掌向上擊出，只聽得轟的一聲巨響，眾人便覺得眼前大亮，卻是這一劍竟然將正大光明殿的屋頂憑空劃去，接著被他一掌打飛！

「老婆們，咱們走吧！」李無憂大笑著，首先拔地而起，四女歡呼一聲，飛身追上。

秦清兒縱身欲追，卻陡覺丹田亦是一陣疼痛，慌忙停足，只聽空中傳來李無憂的大笑聲：「秦丫頭，把那龍頭好好燉了，煮成湯給老子留一鍋！記得要放生薑、枸杞和蜂蜜，才沒有腥味，哈哈哈哈……」

人雖早已去遠，那笑聲卻兀自繞梁不絕。殿上眾人看看那顆碩大的青龍頭，又望望無頂的正大光明殿，一時咂舌連連，卻忘了說話。

秦清兒望著龍頭和屋頂，眼前卻滿是剛才寒光四射的倚天劍，一時間，她只覺得這件事實在荒謬透頂：救世神劍倚天的今世傳人竟然被自己認定為魔頭，而更可怕的是，自己竟然讓他殺了四聖獸的青龍！

如果李無憂因此入魔，這個天下，怕再也無人能挽救這場浩劫了！

秦清兒，你自以為算無遺策，聰明絕世，但怎曉得將大荒送入水深火熱的，不是別人，卻正是你啊……

大荒三八六五年，十二月初五，晴。

當代救世龍女秦清兒走出航州皇宮正大光明殿時，只覺寒意自心而來，襲捲全身，一時只覺天下有雪，而她所不知道的是，在她身後的大殿龍椅上，一隻殭屍蝶正散發著淡淡的彩光。

——《驚世書・遺失的光陰》

毫無疑問，歷史從大荒三八六五年十二月的中旬開始進入了「修羅亂世」。

——《無憂語錄・往事書》

上面這句話是李無憂在很多年後說的，並被再後來的史學家們廣泛引用。只不過，後世的史學家們也僅僅只能通過數字看到鮮血和慘絕人寰。而只有親身經歷過這場浩劫的人，才知道這短短的四個字中所蘊涵的恐怖。

第五章　黃粱一夢

正大光明殿屠龍一戰，觀戰的人其實以百計，無論這次事件的最大得益者——當政的耿雲天是多麼地想掩蓋真相，事情的始末甚至每一個細節，都被人描述得一字不差，或者添油加醋地傳頌開來。

於是次日，李無憂用倚天劍殺死聖獸青龍的消息傳遍了整個航州，而之後隨著無數的信鴿傳遍了整個大荒。有人攬信大笑，有人看紙漠然，只是更多的人卻隨之陷入了恐慌。

破穹刀、蚩尤刀這兩件魔器的相繼出世，雖然也給整個大荒帶來了巨大的恐慌，但是民眾卻堅信聖人的話：「黑暗所在，必有光明」，他們相信魔物出世之時，被眾神庇佑的他們，一定能等到救世主帶著神器歸來，拯救他們，還他們和平。

只不過，當救世主真的到來的時候，他卻宣布他要入魔，並且殺了創世神的聖獸，並且打敗了龍女，甘願和妖魔為伍。愚人在想，神墮落了。哲人在想，究竟是神本來就有魔性，還是魔本來就是神？

總之，這場思想上的巨大恐慌，迅速席捲了整個大荒，人們的信仰面臨崩潰。偏偏在這個時候，三場巨大的災難幾乎是不約而同地爆發了。

在楚國，災難是從航州開始的。屠龍之役後的第十日，亦即十二月十五，月圓之夜，當天晚上，航州城最大的青樓「飄香樓」燈火通明，眾人正醉生夢死之際，一個人從三樓重重地摔到了樓底，砸壞了刑部尚書嫖妓的桌子。

刑部尚書大怒，但本著人道主義精神，只當眾判了那個倒楣的傢伙一個鍘刀之刑，而忍痛捨棄了他最愛的凌遲。但那個傢伙居然並不領情，陡然暴起，赤紅著眼，咬中了刑部尚書的脖子，鮮血疾噴而出。

有人惶恐地大喊了一聲：「殭屍啊！」諸人頓作如鳥獸散，想逃命，不想卻都喪了命。這一聲「殭屍啊」，幾乎是一夜之間就迅速從飄香樓傳遍了整個航州城。這些殭屍個個力大無窮，行動迅速，不畏刀劍，只有砍下其腦袋才能終止其行動。

殭屍見人就咬，被咬的人迅速也變成殭屍，新的殭屍和舊的殭屍一樣，也是見人就咬，被咬的人變成殭屍又去咬人，如此循環往復，無窮無盡，不過一夜之間，整個航州就有大半的人變成了殭屍。

殘存的百姓們一面拿起刀劍和殭屍做著無用的抵抗，一面向皇宮奔逃，因為眾人相信，在那裏，全國命脈所在的地方一定有希望。只是當眾人趕到皇宮的時候才發現，一群群殭屍太監和宮女竟然從皇宮裏直撲出來，見人就咬……

聽到消息的耿雲天忙孤身深入皇宮，救出了他和秦清兒新立的幼帝楚九夢，見御林軍和城守軍也都已變作了殭屍，眼見無力回天，只好和王維帶著幼帝遠赴王維所管轄的柳州，同時派人向方丈山禪林寺求援。

當時的慕容軒正遠赴潼關去尋找慕容幽蘭，而最能對付殭屍的秦清兒卻因爲青龍被屠事件自責不已，而正回歸東海向師父求援。至於另外某些能徹底收拾殭屍的人，卻躲在某個角落裏陰陰地笑著，是以這場殭屍浩劫，如蝗蟲一般，迅速從京城蔓延開去，在半個月裏席捲了大楚五州三十六城，並繼續向蒼瀾平原推進。

舉國聞殭屍之名而顫抖，時人有詩云：「遠地三千里，不敢提薑名。」遠隔三千里之外的人都不敢提與殭屍的「僵」諧音的「薑」字，恐慌是何其之大？

危機關頭，禪林寺派出的三百高僧組成的滅屍隊終於出現在蒼瀾平原上，在殭屍蔓延進平原前布下了結界將其阻止，但也僅僅是阻止而已，因爲這些殭屍刀劍不傷、水火不侵，尋常的滅殭屍之法對這些殭屍完全的沒有用，他們只能不惜功力，以佛法將其溶化和粉碎其頭顱的方法消滅這些殭屍。

而這個時候，連航州在內的五個州裏，幾乎人人都變作了殭屍，每個殭屍都需要吸血，這種饑渴如人的求生欲望一般強烈，所產生的力量絕對不能以常理估計，是以最後禪林寺雖然又加派了五百人手，八百佛法高強的高僧每日沐浴在殭屍血裏，居然也不過是僅僅將這場浩劫暫時阻止住而已。

大荒諸國的政要得到這個消息，先是恐慌不已，但接著卻都是各自擊掌相慶。從來沒有一刻，楚國如此唾手可得，至於殭屍，有禪林寺那幫自以為天下無敵而且喜歡老將蒼生掛在嘴邊的人頂著，還怕他做甚？於是各國幾乎都在一夜之間豎起了「幫助新楚平復殭屍，挽救鄰邦於水火」的大旗，準備出兵「救援」——天曉得，隔了一個天河，遠在萬里之外的平羅，什麼時候也和楚國成了一衣帶水的鄰邦！

但就在所有的人磨刀霍霍並躍躍欲試的時候，卻幾乎都發現自己的後院也起火了。

瘟疫從蕭國和西琦的交界處爆發的最初，人們並未在意，只是覺得那些面帶細細藍光的死者，一定是在邊境的深山裏吃了某種不知名的野果而喪生，兩國和楚國接壤處都有山川險阻，三國每年都有不少人死於這樣的原因，大家早已習以為常。

但這次卻完全不一樣，凡是接觸過那些死者的人，在三天之後也迅疾地死掉，死狀和先前的人一模一樣。

巨大的恐慌開始蔓延，人們這才想起用火去燒滅那些屍體，但卻已經遲了。這種藍色的瘟疫甚至比蒲公英還厲害，能在空氣中一個時辰不死，隨著空氣的流動，迅速從兩國的邊境開始蔓延，呼的一聲，在人們還沒來得及提防之時，竟然蔓延了兩國十州。

得到消息的蕭如故和賀蘭凝霜都是面沉如水，幾乎在同一時間下令以烈火封閉這五州向其餘各州的通道，切斷各州之間聯繫的水源，終於將瘟疫蔓延的速度控制到了接近於零，但原來各州裏的百姓則無一倖免地被拋棄，兩國的死亡人數都是以百萬計。

天鷹、平羅和陳國得到這個消息之後，也幾乎在同時打消了進攻楚國的念頭，天曉得這場瘟疫會不會蔓延到楚國來，到時候幾十萬人精銳客死異鄉那就划不來了。

只不過，三國卻還不知道這場史前的浩劫到來的時候，沒有人能真的袖手旁觀。

最先出事的是平羅，幾乎就在三國決定罷兵的當天晚上，平羅的天文博士顫顫巍巍地跑進了皇宮，淚流滿面地大叫了一聲：「陛下，大事不好了！」

不等平恭帝李鏡問話，便當場昏厥了過去。

直到三日之後的凌晨，朝廷才得到兩份飛鴿傳說。李鏡接過面如死灰的文相孫仙的奏報一看，只驚得當時昏倒，從此臥病不朝，不九日一命嗚呼，太子李盧繼位，是爲兆帝。

而那份奏報卻也讓素來以愛民如子著稱的新帝痛不欲生：西南地震，包括九龍山在內的十

座大山倒塌，十六座小山下陷，波及面積達兩千里；東海遇千年不遇之海嘯，龍捲風入境五百里，大水淹沒良田無數（無法統計），百姓死傷保守估計五萬……

而就在聽到李廬繼位消息的同一時間，得遇沒有外敵干擾、千載難逢良機的陳國三皇子陳羽，也藉著陳過手中兵權在握之際，終於向兩位皇兄和皇帝本人發起了政變，準備奪位。只是他萬萬沒有想到，玄宗門的勢力實在是超出他預料太多，而太虛子老奸巨猾，更是對他早有算計，政變最後失敗，他不得不和陳過一起離開大都，退到北邊自己的封地，開始了持續數年之久的陳國內戰，史稱「羽王的南北戰爭」。

另一方面，天鷹國內，魔盛神衰的大好時機讓大魔王古長天終於積聚了足夠的力量，開始將活動從地下轉移到地上，憑藉他昔年的聲譽和根基，他所創立的血衣魔教的勢力，迅速蔓延了大半個天鷹國，並開始侵犯到唐門的利益。唐門忍無可忍，終於與天巫和朝廷聯手對其進行打壓，古長天當夜便一人獨闖唐門總壇，連屠高手三百餘人。

但在接近唐門家主唐輕愁的最後一道關口時，卻被一名平素武功極端低微、飽受同門相欺的少年唐故遠，以失傳達三百年的唐門最高密學佛手所驚退。

之後古長天又兩次率眾夜襲，卻每次都在唐故遠面前碰壁，此後他血衣魔教的勢力雖然公開展露並不斷增強，卻再也不敢輕入唐家。看來古長天要全面奪得天鷹的控制權，依舊還有好長的路要走。

當以上這些情報被秦鳳雛放在李無憂面前的時候，已經是大荒三八六五年的大年三十除夕之夜了。令誰也想不到的是，他人卻依舊還在殭屍橫行的楚國京師航州，並大搖大擺地坐在他的無憂王府裏，喝著最好的蒙頂龍涎，哼著小曲，而他面前正擺著一副殘棋，怎麼看都悠閒得有些過分。

這讓秦鳳雛很有些鬱悶，因爲他覺得如此千載難逢的良機，李無憂正應該趕回潼關，率領無憂軍橫掃新楚其餘六州，將耿雲天、王維和那個傀儡皇帝一舉滅掉，一統新楚才是，但元帥大人，哦，不，是正統皇朝的無憂陛下，卻每日枯坐在這個已經廢棄的京城裏，和四位夫人喝酒玩樂，要不是見他還要翻開每日自己遞上的情報，秦鳳雛真的要懷疑這人已經被消磨了壯志。

「想什麼呢？」李無憂忽然問了一句。

「哦！臣在想陛下在航州過年是否有什麼深意。」秦鳳雛答話的時候將「陛下」兩字咬得很重。

雖然李無憂並未正式登基，但楚問卻是已經下旨將皇位傳給他的，在秦鳳雛和滯留在王府的無憂軍士兵眼裏，李無憂早已經是大楚的皇帝了，這話不過是提醒他應當時刻記得

自己的身分。

「過年？不用你提醒，老子待會兒會叫人封紅包給你的！」李無憂開玩笑似的笑了起來，他頓了頓，見秦鳳雛微微有些局促，才又笑道：「你以爲老子想在這裏過年啊？是不得不如此啊！你要知道，這天下沒有誰是傻子。下這盤棋不容易啊！」

秦鳳雛怔了怔，遲疑道：「陛下的意思是……這天下局勢，原來一切都在你掌握之中，都是你策劃的？」

這個可怕的念頭把他嚇了一跳，但還好，緊接著他就聽見李無憂笑罵道：「你以爲老子真是神啊？掌握所有的局勢？搞笑！」

秦鳳雛自己也笑了起來。李無憂雖然是掌握倚天劍的絕世強者，甚至連聖獸青龍都敢屠，只不過他終究還不是神。

圓月如璧，清光灑滿了整個航州城，而街上隱約幾聲殭屍沉悶的吼聲傳進來。雖然知道這個府邸四周都被李無憂布下了結界，但秦鳳雛還是覺得有些不自然，他悶悶地想，不知道這樣與殭屍同行的日子還要持續多久呢！

李無憂從蘭木雕花的椅子上站了起來，望著窗外的月色，悠悠道：「鳳雛，你可知道爲何大年三十的晚上外面居然還有如此圓的月亮？」

「臣不知！」秦鳳雛老老實實答道。

李無憂笑了笑，道：「我也不知。其實天地萬物都有他自然的規律，亦即道家所說的天道無常，佛家說的眾生悉有佛性。而如果有人若想破壞這種規律，就一定會遭到懲罰。」

「元帥的意思是說，其實並非是月光激發了殭屍的獸性，而是殭屍的出現本身引起了月亮的反常？」秦鳳雛恍然大悟。

李無憂不置可否，卻轉換話題道：「你覺得軍師這個人怎麼樣？」

「軍師啊……」秦鳳雛微微有些遲疑，但最後還是說了下去，「軍師的大局觀很好，同時和陛下你一樣喜歡出奇計，我是拍馬難及。陛下能遇到他，而他能遇到陛下，於你們兩人而言，都是緣分。」

柳隨風於他有知遇之恩，是以他言辭之間就不吝讚美，但卻句句中肯，並非一味的吹捧。

「那你覺得，當天下人都視我為魔的今天，他會不會對我忠心？」

「畫龍畫虎難畫骨，知人知面不知心，臣不敢亂猜。不過，臣知道軍師一向有識人之明，斷不致看錯人吧？」秦鳳雛額頭微微有了些冷汗。

他這才明白李無憂之所以沒有立刻趕往潼關，居然是忌憚柳隨風，那支千人的無憂箭隊實是天下任何高手的剋星，便連擁有倚天劍的李無憂也不敢小視。

「隨風啊……」感慨了半句，李無憂的話卻忽然無可爲繼。秦鳳雛站在李無憂的後面，望著那少年挺拔但又單薄的身子，想著他那詭譎卻又多情的心，一時之間竟不知說什麼才好。

他知道李無憂一向是對柳隨風超乎尋常的信任，只是不知爲何這一次，李無憂竟破天荒地懷疑起自己最信任的人來了，但有些事情，李無憂不說他就不好問，是以他只是道：「其實陛下，那個，其實天下人並非都視你爲魔，也有幾乎一半以上的人認爲你是救世主。特別是當這次幾乎席捲了整個大荒的災難到來的時候，大家都認爲是龍女識人不明，以至讓您誤殺神龍，終於引來天譴。不光我國，其餘諸國的很多人其實都希望能找到您，讓您出來拯救蒼生。」

「是嗎？」李無憂的眼睛似乎亮了一亮，喃喃道：「公道自在人心，公道自在人心啊！」

「陛下？」

「我沒事！」李無憂冷靜下來，「聽說耿雲天的僞朝廷最近發了一張詔書給隨風，要他和寒先生帶領軍中精銳去柳州勤王是吧？你也幫我擬張詔書給他，讓他去，並順便將王維、耿雲天那幫人給我鏟平了！順便再替我褒揚他一句，藍毒的事，他做得很好！」

秦鳳雛連連點頭，面上露出了喜色，陛下終於要行動了，但當聽到最後一句卻猛地一驚，失聲道：「原來蕭國和西琦發生的瘟疫真是藍毒，而且還是軍師……」

說到這裏，他下意識地捂住了嘴。如果這件事讓天下人知道，無憂軍必然成爲眾矢之的，人人得而誅之。畢竟那可是幾百萬人的死亡，並且都是無辜的平民。

「你知道問題的嚴重性就行了。」李無憂不動聲色地擺了擺手，「你下去吧，我要想點事。」

秦鳳雛行禮告退。

望著他的背影，李無憂卻又嘆了口氣，這個秦鳳雛，是越來越厲害了。

當日獨孤千秋攻潼關未果，故意留下藍毒想讓楚軍自己帶進城去，然後流傳開來，楚軍必然全軍覆沒。卻不想那東西被淫賊公會的人揀到，被花蝴蝶拿到李無憂面前炫耀，最後陰謀破裂。李無憂當下以石化大法暗自裏替眾人解了毒，而將藍毒收藏起來。

離開潼關返回京師之前，他將經過他改良的藍毒交給了柳隨風，說如果楚問將自己羈留京師，那就有計劃有控制地放出藍毒，逼迫楚問放自己回去。只是沒有想到事情會變化

成今天這樣，柳隨風為了不讓西琦和蕭國乘勢入侵楚國，竟然未經向李無憂請示，就擅自發動了當初被李無憂和淫賊公會鳳舞軍同時派往兩國的秘密間諜，引爆了這場瘟疫。

此事怎麼也該只有柳隨風和李無憂自己知道，不想秦鳳雛居然能從點點滴滴的蛛絲馬跡中迅速推論而出，果然非同凡響了。是不是該防他一手了呢？李無憂微微皺了皺眉。

他正想著，忽然覺得體內氣血一陣翻騰。

「該死！」他恨恨地罵了一聲，身影一閃，迅即消失不見。

下一刻，李無憂出現在四女所在的聽雨軒裏，四女見他臉色慘白，也不說話，忙走了上來，而他也盤膝坐好，四女各出一掌，分別抵在他頭頂、胸口、背心和丹田。

一時室內光華閃爍，雲蒸霞蔚。也不知過了多久，李無憂長長地吐了口氣，都是香汗淋漓的四女也才舒了口氣，各自收掌調息。

過了一陣，寒山碧問道：「無憂，今天怎麼提前了？不是該到子時才發作的嗎？」

李無憂苦笑道：「天曉得！這條衰龍，早曉得老子就該用倚天劍把牠劈成三百大塊，煮來吃了就沒事了！現在倒好，幾乎是每天都要從丹田裏出來逛一圈，搞得老子生不如死！」

這個時候，慕容幽蘭也調息完畢，不無幸災樂禍地笑道：「剛把龍吸進去的那會兒，你不還吹噓說你老人家神功蓋世，天下間任何東西都可以化為你的真靈氣嗎？這會兒怎麼不吹了？」

李無憂沒好氣道：「再說，再說小心我立刻將你化了！」

「嘻嘻！你才捨不得呢！」慕容幽蘭扮了個鬼臉撲了過去，輕輕在他背上敲打起來，「把我化了，可再沒人給你這麼舒服地按摩了哦！」

李無憂愜意地伸了伸腰，笑道：「這話倒也不錯。小蘭的手藝可是越來越好了，喂，你們三個笑什麼笑，多向人家學習怎麼伺候老公，不然小心我哪天就把你們都休了！」

話音才落，三個熱茶杯便飛了過來，慕容幽蘭慌忙閃開，深怕被殃及池魚，但不想有個茶杯陡然一拐彎，正砸在她胸口，剎那間茶水濺了一身，小丫頭一臉委屈地望著出手的朱盼盼，然後看看剛剛躲到自己身後的李無憂，一時弄不清楚該怪誰，登時哇地一聲哭了起來。

眾人只笑得肚子疼，最後還是朱盼盼親自上前用蒼引將水給她吸乾，抹掉茶葉，又賠了不是，這才算完。

李無憂看著這一幕，甜蜜之餘卻又是陣陣心酸，曾幾何時，那個嬌俏可愛的葉秋兒也是如小蘭這般愛鬧，古靈精怪的秦清兒比小蘭還要淘氣，冷酷但不失熱血的唐思默默在暗處保護自己，口若懸河的夜夢書曾經爲他立下過汗馬功勞，只是這一年還沒有過去，這些人卻都已不在自己身邊了。想到此處，他不禁有些黯然。

寒山碧諸人見此不禁愣了一愣，齊聲道：「你沒事吧？」

李無憂愁眉苦臉道：「有事！」

諸女嚇了一跳，慌忙上前便要出掌，李無憂卻又擺擺手，道：「那條惡龍暫時沒事，有事的是你們啊！」

「我們？」眾女大惑不解。

「對啊！你們想想今天是什麼日子？」

「大年三十啊！」

「可不就是了！」李無憂一拍掌，「你們還記得我年前曾經說過，今天要和你們完婚的？」

「嗯！」眾女點了點頭，都有了一些悵然。

如今這個亂世，門外殭屍夜行，那是無論如何也成不了婚了。雖然此生肯定已經是他的人了，但若不能明媒正娶，風風光光地和他拜一次天地，心頭終究是遺憾的。

「四位娘子都覺得很遺憾是吧？不過不用慌，相公我已經有了個好方法！」

「什麼方法？」

「方法就是，咱們先洞房，以後再拜天地，這個方法是不是妙得很啊？」李無憂一臉誠懇地望著四女。

「這個……」四女互望一眼，臉上都泛起了紅暈，終於都怯生生地點了點頭，低聲道：「好……」

李無憂大喜，忙朝最近的寒山碧撲了上去。下一刻，四隻腳同時擊中某人的下半身某個關鍵位置，整個人撞破大門飛了出去，同時聽見屋內四人齊聲大笑：「好，才怪！」

「還好老子的禪林金剛不壞神功已算有大成，不然真得斷子絕孫了！這些丫頭出手也真是重啊！」李無憂苦笑著搖搖頭，站了起來。

他洞悉一切奸謀，也自認是女人心事的專家了，可唯一搞不清楚的卻是女人對於貞操的維護：「明明早晚是自己的人，卻偏偏要等到洞房的時候才准採摘。寒山碧妖氣十足還好說，朱盼盼生性靦腆含蓄也說得過去，關鍵是若蝶千載之前就和自己是夫妻，今世為何竟也和她們一起瘋？小蘭甘願為自己捨身，但為何在這個問題上卻也同樣看不透呢？倒是秋兒……」

想到葉秋兒，他心中猛地又是一陣疼痛，只是這次這一痛，卻讓他想明白了一件事，「當初在波哥達山裏，葉秋兒似乎是自動獻身的，而她最初肯跟著自己走也蹊蹺得很，她雖然和小蘭一樣天真爛漫，本性卻並不淘氣，這一切莫非……」

在正大光明殿的時候，他以爲她是太虛子放在自己身邊的棋子，之所以要在大殿上背叛自己，怕是因爲太虛子想搞亂楚國的朝政，於是和司馬青衫結了盟，自己的很多消息想來也是她透露給司馬青衫的，但之後卻發現一切都是秦清兒在背後搞鬼，那秋兒的立場到底是怎樣的？她爲何肯聽秦清兒的話背叛並陷害自己？

除夕夜，月色裏，李無憂靜靜地思索，從來沒有一刻，他發現自己原來完全不瞭解葉秋兒，不瞭解那個離他而去的唐思，也不瞭解現在身邊的任何一個女人，包括千載之前就已經和他是夫妻的若蝶。

不知覺間，丹田那條龍線卻又已游了出來，慢慢地穿過他的經脈……

李無憂正想得入神，忽然覺得丹田中似乎有東西輕輕游動，他心頭一動，一面分出心意繼續思索，同時分出一道心意返關內視，龍線果然自由自在地在丹田裏慢慢游泳。

在此之前的半個月裏，這條青色的龍線總是在經脈裏如同閃電一樣亂竄，但卻不知是不是因爲被李無憂砍掉龍頭的關係，總是如沒頭的蒼蠅一般，每次明明撞到了穴位，可以破體而出了，它卻又向下一個位置跳躍。

李無憂先是運起萬物歸原心法想將它化爲元氣，但哪曉得卻是怎麼也化不掉，這讓李無憂深刻地懷疑這廝一定是第一萬零一種物體，化不掉的，他沮喪之餘，採取了引導的方法。哪曉得，那本來在丹田游泳的龍線眼見元氣四流，頓時歡喜得將這些東西當成了水浪，居然在裏面翻騰起來，搞得李無憂痛楚不堪。

之後李無憂學乖了，再不敢運氣去引導它，哪知這傢伙卻似乎玩上了癮，第二日竟然準時地又在丹田裏翻騰起來，李無憂怎麼也壓制不住，無奈之下，只得再次以意念攪亂丹田元氣，鬧了一陣，這傢伙才心滿意足地安心睡去。

李無憂以爲這樣就完了，哪曉得第五日的時候，這傢伙對李無憂製造出的水浪的程度似乎很不滿意，鬧了良久也不肯休息，李無憂無奈，只得讓朱盼盼襄助，暫時增加自己的功力才將這傢伙壓制了下去。如此日日遞增，之後一直將慕容幽蘭的功力加上，才算是讓這傢伙徹底滿意，並每日定時發作，而隨著日子的積累，這條龍線非但沒有變小，卻越來越粗，越來越長了，李無憂暗暗叫苦，卻是毫無辦法，只得任其發展。

這些日子裏來，他不離開航州去潼關，並非不願意，而是根本不能——天曉得這廝在寄主飛到半空會不會鬧起來，到時候李無憂一定會死得很難看。但此刻李無憂卻發現這條青線暢游在元氣海裏說不出的自在，彷彿蛟龍歸於大海一樣。

李無憂正暗自鬆了口氣，龍線卻彷似忽然發現他的窺視一般，閃電一般通過丹田，朝他的督脈裏竄了進去。李無憂的督脈頓時疼痛難忍，當即盤膝坐下，一面繼續內視，一面運功阻止，只是那線卻比他意念動得還快，剛竄直頸部的喉結穴，並不直走，忽然竄過肩胛穴，走入手太陽肺經，貫到指尖，卻不隨元氣射出，反是回退，走到勞宮穴上一逛，也不射出，然後猛然回射，再過肩胛，卻又到了腦後玉枕穴，再一竄竟然飛上了百會穴。

李無憂直嚇得魂飛魄散，需知頭頂百會穴乃是人身靈氣所聚的一個極端重要的大穴，有「會聚百脈」之說，牠若在那裏亂搞，自己怕立刻便要完蛋。

但下一刻，這個擔心卻成了多餘，龍線游到百會後並不停留，而是直線朝下，射到了天目穴。天目正是天眼所在位置，李無憂本自打開天眼正在觀看它的動向，忽然覺得眼前一黑，當即又驚又恐，同時想起自己堂堂倚天劍傳人一代宗師，竟然被這小小的一條細線所戲弄，當真是說不出的惱怒，心頭只恨不得抓住這條破線，碎成千萬段。

這個念頭才一閃過，他突然覺得天目穴上猛地一熱，眼前忽然看見一片巨大的火海，一條青色巨龍被困在火海之中逃脫不能，只痛得齜牙咧嘴，卻掙脫不得。

李無憂驟見奇景，頓時嚇了一跳，這一驚之後，天眼跳出了剛才的視線，這才看清楚在額頭處不知何時竟多了一朵星形火焰，而那條細線竟然被困在其中，再也掙脫不得。

他心頭一動，猛然想起當日在天界時，火鳳曾贈了他一點無明火，就儲存在眉心的天目穴裏，只是那點無明火一鑽入自己身體便消失不見，再也難以尋找，更談不上如何使用了，此刻自己當真的心頭無明火起，這點火光便現出了形來，無巧不巧地困住了青龍之魄（通過無明火，他已經看明白這條細線原來是青龍的魂魄，難怪一直難以化掉）。

李無憂終於鬆了口氣，既然青龍之魄沒有死，某些問題便有了迴旋的餘地，但這孽龍讓他受了那麼多的苦，此刻好不容易爲牠找到了剋星，斷斷沒有輕易放掉牠的道理。

他當即以惱怒意念引動無明火，無明火果然越燒越旺，只燒得青龍在火海裏龍吟不絕，模樣很是淒慘。

李無憂看這廝的龍鱗都被燒得翹了起來，嘴裏也是熱氣狂噴，知道到了時候，當即試著催動無明火包裹著青龍緩緩下移，心道：「龍老弟，你最好祈求老子能夠成功控制無明火，同時也給老子乖乖的，否則被做成龍肉燒烤，可別怪老子沒有好生之德！」

「很好，運氣不錯！」下一刻，李無憂暗暗吐了口氣，同時很有些惋惜自己沒有龍肉吃了。因爲無明火在他一移動之下，迅即化成了一條和經脈粗細相若的火龍，青龍被包裹在內。

青龍自是聽不見李無憂心聲，但此刻也已是被整得夠嗆，再不敢折騰，乖乖地忍受著無明火烤，順著李無憂的經脈慢慢滑到了手心勞宮穴。

「好了！你給我出去吧！」李無憂慢慢將無明火從青龍身上移開，放在了勞宮穴旁邊，同時用元氣輕輕推了一下青龍，但後者卻似又恐慌又無奈，望望外面，又回頭朝無明火張張嘴，那意思似乎是「哥們，你這不要我的命嗎？」

但李無憂卻已經受夠了這廝，見牠竟然不肯出去，當即意念一動，將無明火又推了過去。青龍一見大恐，當即朝外一竄，但才一竄出，臉上便露出恐怖神色，急中生智，龍頭穿出之後，猛地又從手肘處的一塊肌肉鑽了進去。

「什麼！」李無憂失聲大叫起來。天曉得這頭蠢龍是怎麼想的，哪裏不好鑽，竟然鑽進了他的手筋裏。

屋裏邊朱盼盼四女聽到叫聲，忙跑了出來，卻見李無憂盤膝坐在地上，身周纏繞著一種從來沒有見過的顏色的光芒，知道他出了什麼事，當即便要上前，卻聽李無憂喝道：「我沒事！你們不要過來！不然我可能會走火入魔！」

四女嚇了一跳，忙停下足步。

李無憂剛一阻止四女，便覺得此生從來沒有遇到的怪事發生了。青龍鑽入他手筋之後，本是一直只停留在最低處，但他無明火自經脈裏穿過來之後，青龍的屁股立時被火燒著，當即用力向前鑽——居然被牠鑽了進去。

下一刻，無明火越燒越旺，青龍越鑽越快，一直貫穿到手臂盡頭，然後一轉，穿入背筋，無明火緊追不捨，青龍無奈，被逼著進入左足，好在足筋夠長也夠寬，牠前面進入，見無明火在後面追，當即在足踝處一繞，復又從足筋的另一邊另闢一條道路繞出，之後返回丹田，卻發現一道似曾相識的光華朝自己射來，累世的記憶頓時有了一絲甦醒，只嚇得魂飛魄散，一時待在李無憂丹田裏再不敢動分毫。

李無憂也頓時愕然，他清晰地「看見」那道嚇得青龍不敢動彈的光華，正是一直潛藏在元氣至深處那一絲在天界練成的神氣。

此刻那道神氣彷彿是忽然找到了通道，興奮地沿著方才青龍行過的地方射了一遍，最後回到丹田。李無憂立時覺得全身爲之一輕，身上彷彿忽然有了無窮的力量。

一時福至心靈，李無憂慌忙再次以無明火驅動青龍，走遍了另一邊身子的手足筋，到回來時候，青龍已經是累得一塌糊塗，倒在元氣海裏沉沉睡去，李無憂卻不管牠，當即將無明火還歸天目，當即運起神氣直走手足背五筋，一時間全身光華亂轉。四女知道他走火入魔，欲待上前襄助，意念方動，卻齊齊被李無憂身上發出的強大力量所震得倒退開去。

也不知過了多久，李無憂從入定中醒來，只覺得全身比以前更充滿了無窮的力量，當即長嘯一聲，一道瑰麗的光華立時自口中噴出，直射天空圓月。

城內毫無知覺的殭屍見了，竟不知爲何沒來由地惶恐不安，齊齊拜倒在地。

李無憂將身上流動的光華力量慢慢收回體內，直到這個時候，四女才覺得一直逼迫著自己的壓力爲之一輕，當即齊齊跑了過來問長問短。

李無憂知道這種事解釋不清，正想編個藉口唬弄過去，忽聽一人爽朗笑道：「幾日不見，臭小子功力精進如斯，當真是可喜可賀！」

「老不死的！」李無憂驚叫一聲。

那人已從屋頂上掠了下來，卻是天下第一高手謝驚鴻。

「謝前輩！」慕容幽蘭歡喜地叫了起來。

「寒山碧見過謝老爺子！」寒山碧也恭敬地行了一禮。

二人都受過他的恩惠，一見之下，不禁有些親熱。

謝驚鴻點點頭，目光卻望向了朱盼盼，後者與他雙眼淡淡一對，卻轉過頭去。一旁的若蝶不經意間見她眸中恨意一閃，不禁微微嘆了口氣。

李無憂笑道：「謝老頭一向無事不登三寶殿，今天怎麼有空過來？先申明，討酒喝、賒飯吃什麼的就請免開尊口！」

謝驚鴻笑了笑，忽然拔出驚鴻劍，正色道：「李無憂，葉十一可是你殺的？」

李無憂見他終於提到此事，凝重地點了點頭。

謝驚鴻正色道：「那便好！出手吧！」

李無憂知道謝驚鴻既然提到葉十一，那此事便再無商量餘地，嘆了口氣，拔出無憂劍。

「你不用倚天劍？」謝驚鴻愕然。

「神器太利，勝之不武！」

「如此承讓了！」謝驚鴻一聲冷笑，陡然一劍刺來。

這一劍也無甚巧妙，唯一的特點就是快，快若驚鴻。但天下之間再快的劍，在此刻的李無憂眼裏其實都和蟻爬無異，他輕輕側身讓過，一劍攻向了謝驚鴻的背。

「操！」下一刻，天下第一高手劍神謝驚鴻忽然罵了聲粗話，因爲半截劍鋒已自他胸口露了出來。李無憂尋常一劍，他竟是沒有躲開！

但一劍得手的李無憂同時卻是魂飛天外：「老傢伙竟是要和老子同歸於盡！」

無憂劍鋒再進十分之一寸，謝驚鴻名震天下的驚鴻劍忽然毫無徵兆地出手，一道劍芒

電光般繞過了身後。

「噗！」血光暴起，李無憂帶著血光的身影暴退，右手抽劍，同時未持劍的左手猛地劈出了一掌奇光，正是剛剛練成的神氣。

「不要！」朱盼盼忽然出現在謝驚鴻身邊，揚掌朝奇光封了上去。

李無憂這一掌本是含憤出手，不意間已然用上了剛剛鍛鍊成的全部神氣，眼見朱盼盼橫空殺出，只嚇得魂飛魄散，慌忙將功力降低，但饒是如此，依舊有十分之一的勁力無法撤退，雙掌相交，朱盼盼硬生生被擊得暴退三步，而李無憂卻已借勢抽劍退出，那一掌的餘波卻打在了謝驚鴻身上的劍口處，後者一聲慘叫，暴跌後退，重重摔倒在地，一時血流如注。

李無憂頓時後悔不已，慌忙上前，出指如風，連拍謝驚鴻傷處數處穴道，但異常詭異的卻是那血兀自不止，汩汩如泉湧。

「老不死的，你給老子撐住了！」李無憂大恐，一面輸入元氣到謝驚鴻體內，一面在腦海裏尋找被神氣所傷的救治之法。

眾女素知兩人關係極好，本以爲兩人只是切磋，是以並未阻止，見此都是大驚，忙和朱盼盼一起撲了上來，將謝驚鴻緊緊圍住。

「不必了，看來是我錯了！」謝驚鴻輕咳一聲，一把推開李無憂的手。

感覺到這隻手的無力，李無憂自知謝驚鴻的離世已經是不可挽救，心中一時竟不知是喜是悲，說不出的空空蕩蕩。他輕輕嘆了口氣，道：

「謝驚鴻，你果然了不起！枉我李無憂自詡智計過人，千算萬算，最後還是中了你的計！沒有想到，這次你竟是來和我同歸於盡的。如果不是剛才我足下不小心踩到一塊石頭，身體陡然增高了三分，你這一劍已然得手！不過即便如此，你這一劍依然砍傷了我胸口，劍氣粉碎我好幾條經脈。一劍之威能達如此境界，你也足以自豪了！」

謝驚鴻聞言半睜開眼睛，流血的嘴角露出了一絲苦澀：「一塊石頭！謝驚鴻居然敗給了一塊石頭……」

李無憂見他本是蒼白的臉上終於有了一絲紅潤，眼睛也似乎明亮了不少，知道這是迴光返照的表現，頓時竟隱隱有些傷感。

「李無憂！」謝驚鴻叫著李無憂的名字，神色很是複雜，「你是我近百年來所見的最有天賦的少年，可惜造物弄人啊，你殺了我兒子，你的功力卻也毀在我創的照影神功之下，而如今我自己卻死在你劍下，不知這算不算是佛家說的因果報應？」

「不算！」李無憂搖搖頭，「令郎自第一次見到我，就堅定執著地要將我除之而後

快，我殺他不過是自保，並且幾乎因此失去了小蘭。牧先生殺我是爲了他主子，而你殺我，並非是爲你兒子報仇，而是也認爲我是引起這天下禍亂的根本是吧？這從頭到尾，我都是受害者，被動得很。如果說這也算是報應，那這個天下就再沒了公理！」

「唉！」謝驚鴻長長地嘆了口氣，「是啊，這些孩子，我教他們天下爲公，蒼生爲重，他們記住了，但卻沒記住做人的道理。無論有多麼堂皇的藉口，漠視無辜者的人命都是不可原諒的。大丈夫行事不拘小節，卻並不是不守節。人生天地間，誰都有存活的權力，即便當真是以蒼生爲目的而隨意犧牲他人的性命，都是可恥的！是以，我聽如故說，天下間僅存的一瓶藍毒最後的歸屬是你之後，我就堅定了殺你之心。」

「我明白！不過你的弟子要能明白這個道理就好了！」李無憂搖搖頭，心中第一次對謝驚鴻生出了敬仰。

他終於明白這個名震天下的劍神，被尊爲天下第一人，並非是因爲他那強絕天下的劍法，而是其廣博的胸懷和對生命的重視。謝驚鴻要殺自己也並不是爲了私仇，而是相信自己漠視人命，只是可悲的是，他並不知道藍毒並不是我放的。

他爲天下不惜犧牲自己，這樣的作爲，確實稱得上個神字。

李無憂明白自己雖然被叫做雷神，卻斷斷做不出這樣的事，是以在這一刻，他也原諒了葉十一和牧先生──無論如何，肯為毫不相干的人而犧牲自己的性命，終究是值得敬仰的。

「他們不明白，但你明白，這也是我為何沒有替十一報仇的原因。」謝驚鴻的雙眼忽然發亮，「你曾經因我而失去功力，我即將死了，這一身功力就全都傳給你吧！但願你能將驚鴻劍的精神發揚光大！」

「什麼?!」李無憂驚了一驚。

「外公不可！」一直沒有說話的朱盼盼立時出聲相阻，「你將功力傳給他，外婆說的那百分之一的復活機率便徹底沒有了！」

「呵呵，盼盼，你終於肯叫我外公了！」謝驚鴻笑了起來。

「你一直都是盼盼的好外公，只是因為娘和外婆的事，我一直有些恨你。」朱盼盼哽咽道。

「唉！你們本該恨我。我謝驚鴻一生頂天立地，自問俯仰不愧，只是一生唯一辜負的……卻是你們。」謝驚鴻強嘆了口氣，笑了起來，「只不過盼盼，你也太看不穿了。人生一世，草長一春，枯枯榮榮，天道如此，何必強求？」

「我命由我不由天！何必信這狗日的老天？」寒山碧忙道：「謝前輩你……不要放

棄！」

「外公，你聽碧姐姐的話，千萬不要放棄啊！你可知道半月前我親手埋葬外婆的時候，那等心痛，你難道忍心讓我再心痛一次嗎？」

「對啊！不要放棄！」眾人紛紛道，明白了謝驚鴻廣闊的心胸，更沒有人願意這位受人尊敬的長者稀里糊塗地死去。

「我也曾經年少過，我命由我不由天這話，當年說來豪氣逼人，但結果怎樣？不過是有子難認，有妻難尋，孤老一生！獨孤千秋也不認命，與天鬥，終於贏得了偷天換日大法的百分之一復活機率，但那又怎樣？復活後兩個月便魂飛魄散！」

謝驚鴻言辭中漸漸多了些寂寥之意。

朱盼盼默然。李無憂卻豁然有悟，原來上次獨孤千秋之所以復活，並非是自己下手不夠狠，而是這廝居然暗自練成了魔門最神秘的功法「偷天換日」大法，聽朱盼盼的口氣，她自己似乎也從宋子瞻處學過這門魔功，並打算轉嫁給謝驚鴻，讓後者去博那百分之一的機率，但以謝驚鴻的功力，應該不只這個機率吧……

謝驚鴻重重喘了口氣，抓住李無憂的手，急道：「小不死的，快些過來，再遲片刻，老夫怕就要真元散盡，想為這個天下再做一點事怕也是不成了！」

「罷了！無憂，你答應外公吧！」朱盼盼嘆了口氣，「哀莫大於心死。其實你們都不明白，在外婆死去的那個時候，外公其實就早存了死志，不然這次也不會選擇和你同歸於盡的戰術了！」

謝驚鴻欣慰地點了點頭，道：「盼盼，你也長大了！」

朱盼盼再也忍不住，趴在謝驚鴻身上，淚如雨下。

「不成！」李無憂忽然揚揚眉，神色說不出的堅毅，「謝前輩，李無憂不是迂腐之人，但我不能接受你的功力！我接受了你傳功，你必死無疑，而我不接受你的功力，你卻還有百分之一的機率復活。如果我接受了你的功力，和葉十一、蕭如故之輩又有何不同？我今後憑什麼去教訓他們？用你的功力和他們對手，即便勝了，我又安能於心無愧？」

「什麼！」眾女同時呆住。

她們怎麼也不能相信李無憂居然會拒絕！但他們看到李無憂那雙明亮的眼睛，卻漸漸明白，嘴角慢慢露出了一絲笑意。

這個少年啊，貪生怕死，愛慕美色，唯利是圖，粗話滿口，即便是身懷絕世武術的時候看來也是個標準的無賴，絕對的小人，但內心深處居然也有著那麼一種近乎愚蠢的驕傲。

「哈哈！好，好，後生可畏！」謝驚鴻大笑，鮮血卻自嘴角和傷口處再次噴射了出來，朱盼盼大驚，忙自點穴止血，但卻徒勞無功，一面駭然李無憂神功驚人，一面卻是無可奈何，當即再不遲疑，一掌拍在了謝驚鴻的腦袋上，但掌勢才一落下，手卻被後者抓住，頓時愣住。

謝驚鴻搖搖頭，道：「盼盼，別白費力氣了，即便你將偷天換日大法成功嫁接給我，我成功復活，又能怎樣？不過是再死一次。你自己也說了，哀莫大於心死！」

「但……」朱盼盼大急，但後面的話卻直接堵在了喉間。

謝驚鴻目光已經迷離，他擺擺手，臉上卻也第一次露出難見的溫柔：「子瞻，你不要自責，一切錯皆在我，負了你百年。百年，人生能有幾個百年……子瞻，你能原諒我嗎？」

眾人皆是呆住，卻隨即都是一陣黯然，謝驚鴻神智已經模糊，竟將和宋子瞻相似的朱盼盼當作了宋子瞻本人。

朱盼盼愣了一愣，隨即柔聲道：「其實我早就不怪你了！」

謝驚鴻的氣息卻是越來越弱，臉上卻露出了如釋重負的神情，微笑道：「那可多謝了。一百多年了，我也太累了！麻煩你告訴如菊，這個擔子，我是不能幫她挑了！你……

你自己也保重，你的性子太倔，年紀一大把了，可以的話，收斂收斂吧，別把後輩們嚇著了……」

朱盼盼點頭不迭，眼角已然濕潤。

李無憂茫然之外，鼻子竟微微有些發酸。

「一百年了，你還是那麼漂亮！」謝驚鴻笑了起來，聲音卻漸漸微弱，「還記得當日我第一次見到你的時候，你唱的那首歌嗎？」

朱盼盼重重點頭，輕輕哼道：「楊柳堆煙，水光瀲灩。西湖春尚好，只是離別經年。憑憶當日，孤山梅冷，一笑嫣然，誤光陰竟千年。於天涯，將孤舟放了，煙靄畫遍。憑了斷，一夕纏綿？屈指，佳期已誤，韶華冰蓮。憂可傷人君應知，古鏡裏，白髮紅顏。嘆息罷，但傾杯。浮生事，且付昨昔今年。但傾杯。浮生事，且付昨昔今年……」

眾女聽那旋律婉轉動聽，纏綿中自有一種蒼涼刻骨，一時各自心有所感，無不傷心。唯有李無憂卻覺這調子熟悉至極，頓時想起當日西湖初遇朱盼盼和劉冰蓮時，後者唱的正是此曲《夢黃粱》，一時詫異不已。一曲終時，謝驚鴻嘴角笑意凝住，一代劍神，不知何時已磕然而逝。

第六章　亂世明燈

大荒三八六六年的正月，這個新舊交替開始的時候，在這個整個大荒開始變成修羅地獄的時候，在漆黑的夜裏苦苦掙扎著的新楚百姓們卻終於看到了第一盞明燈。

曙光是從罪惡的起源地，神罰之地的航州，慢慢透射過來的。在將謝驚鴻葬在了原來宋子瞻落葬的落霞山，而後又到京郊的皇陵祭拜了一下楚問之後，李無憂終於決定擔負起倚天劍賦予的使命，開始拯救這個亂世。

困擾了天下武術之宗的禪林寺達二十餘日的殭屍之毒，對於別人來說也許是大問題，但對於貫通筋絡，修煉成第一重天神訣，並且還掌握了殭屍剋星青龍的李無憂來說，一切其實並不成問題。

只是青龍並不能飛上天去降一場可以覆蓋全國的龍雨，一次徹底將所有的殭屍問題解決，而事實上，沒有肉身的青龍只能在無明火的威逼下，在李無憂的身體裏當著一條一天到晚游來游去的魚，充當他拓展筋絡的苦力。

好在李無憂在練成天神訣之後，終於可以打開天界之門。不知是可憐還是幸運的青龍當即被他扔到不羈星的不羈洞中，硬生生在九陽鼎裏進行了足足三日夜的熬煉。

李無憂從赤炎留下的物品中找到了遠古時代最初那條青龍的身體，親自爲其實施了天龍重生術，將兩者完美地結合到了一起，而經過這一次的重造工程，李無憂對於生命的奧義也有了新的領悟，他自信過不了多久，自己就可以真正領悟神境的創造之力了。

同樣，李無憂很快用九陽鼎煉化了小白所中的日月梭的陰陽毒，聖獸白虎宣告重生。雖然已經不需要傳送陣的幫助，但回程的時候，李無憂還是順便去了一趟天機星。火鳳金烏果然在那裏等他，兩人什麼也沒有說，只是互相看了一眼，李無憂輕輕將她擁入懷裏。隨即，兩人一起返回了人間。

見到李無憂又帶回一個如此香豔的絕世美女，本來以爲這廝已經開始收斂心性的諸位娘子少不得要大發一番雷霆之怒，而火鳳更是沒安什麼好心，在一旁故意對李無憂摟摟抱抱地推波助瀾。

只不過此時的李無憂哪裏還是吳下阿蒙，淡淡一句話就將四女嚇得比乖寶寶還要乖：「再鬧？再鬧我就真將這女人收入房中！」

當下細細將天界之事解釋了一番，四女只聽得嘖嘖稱奇，暗生仰慕之心，唯有寒山碧

見李無憂神色之間一派悠然，卻是心中輕輕一動。

在正月十五元宵節這一天，青龍重獲新生的翌日，青龍和白虎聯手在航州城的上空製造了一場大雨。

龍行雲，虎生風，風雲交會後，這場大雨的規模是空前的大，幾乎涵蓋了航州城方圓百里。龍雨過處，身中殭屍毒的人們紛紛從噩夢中清醒過來。手拿著斷臂殘腿的人們先是面面相覷，隨即望著身邊與自己一樣蓬頭垢面的人失聲痛哭。

而在這個時候，李無憂出現了。他什麼也沒有說，只是向空中招了招手，青龍和白虎縮小身體，飛到了他背後。於是人們終於明白到底誰才是真正的神，紛紛頂禮膜拜。

這日的正午，李無憂在兩千無憂軍的守衛和上萬名百姓的簇擁下，在已經成爲廢墟的正大光明殿前，手按光華奪目的倚天劍，朗聲發表了著名的登基演說：

「我們曾經被假相所迷惑，我們將繼續被假相所誘惑，但是，凡倚天劍的光芒所能照射到的地方，朕將不遺餘力地還你們一個朗朗乾坤！」

眾人剛要歡呼，但忽然之間，天地間忽然刮起了陣陣巨風，大朵大朵的烏雲飄了過來，遮住了天上的紅日，天色陡然暗了下來，並完全不給李無憂面子地繼續變黑。百姓們先是面面相覷，隨即卻是一片譁然，指著李無憂指指點點。

李無憂只差沒有當場暈倒在地：「不是吧，賊老天！連這個你都要耍老子？」

他勃然大怒，忽然舉起倚天劍，神氣貫劍，刹那間一道五色長虹直貫天際，洞穿了眾人上方的一片烏雲，頓時飛下細雨一片，天空為之一亮，百姓立時歡呼如雷。

李無憂也是大喜過望，他本是打算將倚天劍的劍芒釋出之後，自己飛上天去驅散烏雲，萬不想神氣貫徹的倚天劍劍芒居然可以直通上天。

他正要借勢一劍將天空的風雲都劈成兩半，樹立自己牢不可破的無敵形象，但聽空中一個聲音大叫道：「大神手下留情！屬下金翅大鵬參見！」

風消雲散，天空一片金光粲然，眾人這才看見離李無憂劍氣不遠處，不知何時已多了一隻翅膀超長，全身散發著金光的神鳥，果然就是傳說中的金翅大鵬鳥。

李無憂尚未作聲，三隻神獸青龍、白虎和火鳳忽然從乾坤袋裏飛出，朝那隻大鵬鳥迎去。刹那間，只見空中倚天劍五彩光華的四周，青、百、紅、金四道強光環繞的四獸鬧成一片，龍吟、鳳鳴、虎嘯、鵬唳不絕於耳，流雲聚合，風雨交加。

眾百姓先是癡癡呆呆，隨即拜倒在地，再不敢作聲。李無憂順勢登基稱帝，史稱無憂大帝。

事後，四聖獸降落下來，金翅大鵬變作人形，卻是阿俊。

問起來歷，阿俊一片泣聲。眾人這才知道大鵬神已於上月過世，臨死前讓阿俊來找李無憂。眾人各自感慨一番，細聲安慰。

朱盼盼問起朱如之事，阿俊道：「如姨近來學佛有成，已然心如止水，不願在塵世走動，說是等你此間事了，可自去探望。」

朱盼盼微覺傷心，但想起母親殺戮一生，晚年竟能皈依佛門，也算是一件幸事，隨即釋然。

當即，新帝李無憂大赦天下，之後立刻宣布遠在柳州的楚九夢為僞帝，並頒下詔書，號召全國聲討，詔書迅速傳遍了整個新楚，尚未淪陷成殭屍之地的輿論一片譁然，一時支持者、反對者和中間搖擺觀望者都是大有人在。就是在這樣的情形下，李無憂在登基之後的第十日，留下王定鎮守航州，黃瞻負責暫時處理政務，在一個清晨，帶著四女離開航州。

臨行之時，唐鬼死纏爛打地要同行，李無憂先本不允，但想想若能有這樣一個活寶隨行，也能多許多樂趣，終於允許了。只是如此一來，四大聖獸可就慘了。此去潼關萬里之遙，途中少不得只能靠牠們載著四女，此刻多了一個唐鬼和他的巨劍，對四獸而言，實在是一場災難……但不管四獸願意不願意，唐鬼終於還是和李無憂五人一起，從此足跡遍布了新楚十四州，並在無數個關於無憂大帝的傳說中寫進了滑稽的一筆。

李無憂從航州到潼關的路途，所到之處，總是伴隨著陣陣龍雨，帶來的正是變成殭屍的民眾的甦醒和百姓們的頂禮膜拜，而這樣的時候，創世神留下的神聖的青龍、白虎、大鵬和火鳳四大聖獸總在他的身後上方，如一個個圖騰。

因爲只要將青龍之水滴一滴在新的水裏面，新水也會立刻變成新的青龍之水，如此反覆，永無窮盡，是以在讓相當一部分民眾甦醒之後，李無憂並沒有每個地方都派青龍去一次，而是讓百姓們將青龍降下的雨水裝成筒，去救治周圍城鎭的百姓。

在這種淪陷區以比當初淪陷更快的速度恢復之下，無憂大帝在民間的名聲也終於如他所願地擴散開來。從這一天起，整個大荒的人開始知道究竟誰才是真正的救世主。大家都知道了上蒼之所以降下這場災難，就是因爲龍女秦清兒誤以爲倚天劍傳人是魔，派青龍襲擊救世主。好在現在李無憂大神已經將青龍收伏，才讓一切恢復如常。

也是從這個時候開始，無數個關於無憂大帝的神奇傳說也開始在民間流傳，並被許多的野史官所搜集，除開那些廣爲傳播的英雄事蹟和關於四大聖獸的傳說外，人們最津津樂

道的還是李無憂的風流韻事。

後世說書最受歡迎的段落除開他與身邊四位美女如何的聯床大戰之外，大多是他一路走來如何與民間女子、妖狐、女鬼和仙女的豔遇，每一件事都是說得有聲有色，形如目睹，而可以為這些事情廣泛作證的是，在李無憂一路經過的地方，十個月後新出生的嬰兒，無論男女，名字多半是叫憶憂、念憂、不悔、雷生、神子等等。

李無憂一路行雲布雨，解救百姓，而占據了憑欄關、潼關、梧州、雅州和斷州等地的無憂軍團，卻是打著他的旗號開始四面擴張，由寒士倫坐鎮，柳隨風率軍，開始了象徵性的南征。

此時李無憂聲望之隆已是傳遍天下，而無憂軍更挾不敗之名而來，一時附近城池皆是望風歸降，到李無憂行至蒼瀾平原時，柳隨風已經迅速將附近的五州十八城納入版圖，分別與蒼瀾河對面的黃州軍團和柳州軍團隔河相望，新楚內戰終於一觸即發。

黃州軍團最初是百里溪的軍隊，但因為當初叛逆一事，幾乎被楚問取消番號，後來多虧司馬青衫的勸服下才得以保存，新統領百里天也是他一手保薦。

在分別收到耿雲天和李無憂的帝詔之後，百里天的態度很有些曖昧，只是牢牢地控制著附近的土地，即便柳隨風的軍隊已經打到了河對岸，依然沒有明確的立場。而根據秦鳳雛和朱盼盼（唐思走後，金風玉露樓的一切都由她接手了）的情報顯示，司馬青衫在離開杭州之後，極有可能地到了那裏。

另一方面，柳州軍理所當然的拒絕投降，並反戈一擊稱李無憂爲僞帝，號召天下共誅此魔，懾於原來軍神王天的遺威，在王維的蠱惑和耿雲天拿出傳國玉璽的情形下，柳州周圍不明真相的百姓也是蜂起回應，柳州軍不費吹灰之力地占領了附近四州，隱然有了些氣候。

一直負責防守雲天山一帶的崑崙軍團，在趙符智死後由其子趙飛接任，因爲先後接到耿雲天和李無憂的書信，一時拿不定主意，而決定保持中立，當然也無人有興趣去管他。

這一日，李無憂一行人來到了珊州，離禪林八百高僧和殭屍最後的僵持之地蒼瀾平原已經不遠了。

但就在要進入傳說中的僵持地帶時，李無憂看到了一個禪林寺敗退下來的僧人。那僧人白髮蒼蒼，灰白的僧衣上已經渾身都是血，在不遠處的枯敗馬草裏，看到李無憂，嘶啞著喉嚨，低低地吼了幾聲，猛然一掌打在自己天靈蓋上，倒在地上，而他身後閃出幾個似乎憤憤不已的殭屍。

李無憂皺了皺眉，什麼時候自己竟比殭屍還可怕了嗎？他手掌朝那幾個殭屍虛虛按了

一按，掌力過處，後者眨眼間便化爲煙灰，隨風而逝。

之後眾人沿著那僧人來路，一路行去，卻只看見殭屍無窮無盡地撲上來，而地上橫七豎八地躺著禪林寺僧人殘破的屍體，一路數過去，不多不少，正好八百具！

李無憂微微有些哽咽。他看到地上那八百具屍體，每一具都是雙目鼓出，經脈寸斷，有的人碎裂的天靈蓋上還覆蓋著自己的手掌，顯然絕大多數人並非是被殭屍所殺，而是在抗擊了一個多月之後，每一個人都已筋疲力盡，最後精力耗盡後怕自己變成殭屍，竟然運起最後的功力自殺。

便是剛剛那僧人也是輩分極高，想來是看見李無憂雖然看上去功夫不錯，但太過年輕，斷斷不能在殭屍追上自己之前救下自己，因此也自絕而死。原來世上之人，並非都是自私自利，總還有好多人肯爲他人犧牲！

放眼望去，整個蒼瀾平原，莽莽蒼蒼，一片靜寂，鋪天蓋地的都是殭屍。李無憂長嘆了一聲，讓青龍和白虎飛了出來。

如同往常一樣，青龍和白虎在這裏行雲布雨之後，整個蒼瀾平原的殭屍都恢復了正常。只是這些人卻只是在地上焦急地尋找自己親人的屍體，全然不記得去想這些禪林的高僧們爲何會躺在那裏。李無憂再次嘆了口氣，一時也不知該如何說才好。

不久，一行人來到珊州，青龍降雨，一切開始恢復了正常。李無憂憑藉天眼，在一處茅坑裏找到總督谷風的時候，奇蹟般地發現這傢伙居然打一開始就沒有變成殭屍，用他自己的話說是「大帝最忠誠的臣子用鮮血守護了自己的赤膽和忠心，並隨時準備著和這些膽敢違抗大帝命令的醜陋殭屍們進行殊死搏鬥，以彰顯正義和光明的力量」，語句拗口，而讓很多理解力差的人不知所云，好在後來的禮部尙書唐鬼先生的話簡潔而明瞭：「硬挺著在最洶湧澎湃的殭屍淫潮裏保住了清白。」

問起殭屍的情況，劫後餘生的谷風依舊心有餘悸，顫顫巍巍地罵開了粗話道：「操，太可怕了！那些動物簡直就是鋼筋鐵骨，幾乎任何刀劍都不可傷，最要命的是他們見人就咬，以吸取人血爲目標……」

「這些朕都已知道。」李無憂淡淡地打斷了老傢伙的絮絮叨叨，「我想知道的是，你究竟是憑什麼在這個殭屍橫行的地方生存下來的？請不要告訴朕，那些糞便能夠抑制殭屍。」

谷風的臉色立時就變了，他早就知道自己很有可能瞞不過李無憂，但沒有想到這麼快就被他切中了要害，他輕輕地曲了曲手指，但不敢出手，最後，他終於嘆了口氣，道：「陛下英明。其實罪臣正是這裏這些殭屍的臨時負責人，剛剛只是湊巧進茅坑拉屎……」

「真正操縱這些殭屍的是司馬青衫是吧？」李無憂再次直接問道。

「陛下英明！」谷風嚇了一大跳。這個時候，他終於知道了李無憂的可怕，知道若再隱瞞，就絕對是和自己的老命過不去，當下一五一十地將事情說了。

原來當日司馬青衫在航州被秦清兒以青龍打敗之後，本是萬念俱灰，萬萬想不到皇宮裏竟然有一隻漏網的殭屍蝶。日月梭本就是控制殭屍蝶的法器，司馬青衫從日月梭裏看到了那隻殭屍蝶，不過他當時傷重，無法收取這隻殭屍蝶，只是在臨走之前用法器將其孕化，使之可以自然地無限制繁殖，而這場浩劫才得以席捲整個蒼瀾。

聽到這裏，慕容幽蘭不解道：「司馬青衫好好的，幹嘛非要將所有的人都變成殭屍？」

李無憂望望谷風，嘆息道：「他不是要將所有的人都變成殭屍，而是需要將一定數量的人變成殭屍，足以統一大荒就可以了，對吧谷大人？」

「陛下……聖明！」谷風更加惶恐，解釋道：「其實他一開始只是想有一支十萬人的殭屍軍隊就可以了，只是沒有想到龍女給他造成的傷實在是太嚴重了，這讓他足足休養了一個多月，也是直到前幾天才從黃州趕了過來。不然……禪林寺的高僧們怕也支撐不了這麼久。」

「十萬殭屍軍隊啊，呵呵，如果他能找到克制青龍之法，而朕又傷重不治的話，他倒也確實是天下無敵了！」

李無憂說這番話時，心裏不無譏誚地笑了笑。從來沒有一刻，他可以如此將天下所有的對手都不放在眼裏。當下，讓已經「洗心革面、浪子回頭」的谷風繼續領導軍民鎮守珊州，李無憂六人繼續向蒼瀾平原的深處進發。

越向深處飛，越可看到朝潼關方向高速移動的殭屍成群結隊，有時候從天上望下去，密密麻麻，如一群群恐怖的螞蟻。

李無憂知道一定是司馬青衫已經知道了自己的到來，決定將這些殭屍轉移，只是，難道這老陰謀家自忖手裏還有什麼籌碼能夠對付得了老子，不然何以做這些無用之功？反正知道殭屍亦可以恢復如常人，李無憂當即也不急著將地上的殭屍都恢復正常，而是朝殭屍隊伍的源頭飛去。

漸漸向前，越可以看見殭屍們的移動速度越來越快，而手中竟然漸漸開始有了兵器，再向後，李無憂驚奇地發現有的殭屍竟然還被畫蛇添足地戴上了盔甲，這讓他好笑之餘卻又茫然不解。

四獸飛行之速，只如閃電，只不過一個時辰的光景，眾人便從珊州趕到了潼關。潼關

城下，早已經密密麻麻地集結了大批全副武裝的殭屍，只是蹊蹺的是，這些殭屍並沒有攻城，而是如訓練有素的軍隊一般，安靜地站在關前。

地上箭石四處都是，顯然這裏剛剛有過一陣亂箭飛舞的景象。城頭的守軍個個臉色難看至極，雙腿打顫，若非平時訓練有素，怕早已經棄城投降了。

見到李無憂和傳說中的四聖獸一起從天空飛了下來，整個潼關都沸騰起來，士兵和百姓們人人熱淚盈眶，交相奔走著向別人傳遞著這個好消息。鎮守潼關的石枯榮看到李無憂的時候，更是使勁地向他磕了幾個響頭，喜悅之情亦是溢於言表。

從來沒有一刻，李無憂覺得自己如此的有成就感，而他的眼眶也微微有了些濕潤。原來一直激勵著自己去打敗敵寇，去收復家園，僅僅是因爲這一張張喜悅的臉罷了。

曾幾何時，萬事不上心的李無憂變得如此的多愁善感？曾幾何時，李無憂竟也會爲不相干的人而流淚？又曾幾何時，李無憂會因爲這些素不相識的人高興而歡喜？

李無憂看著石枯榮，默默地想，忽然明白了很多事。原來天地真是一個巨大的洪爐，任何人，只要被丟到這個洪爐裏，任你是百煉剛也能被變成繞指柔，而與之相反，曾經的樸素善良也會被變成十惡不赦。變成什麼樣，全看你是什麼樣的胚子。

在崑崙山的那幾年，四奇早已不經意間用他們的言傳身教在自己的內心種下了顆顆種子。書生曰仁，佛家說悲，三哥和二哥的話是正面地教導我，而大哥說狂，但他那狂裏其實也是藏著這天下，他處處藐視天下人，其實處處都怕著天下人，因爲人性中有那麼多的優點。至於四姐，看似教自己的都是些離經叛道、絕對自私的東西，只是……她從來不教自己如何去害人，只是教自己怎麼保護自己，在這樣的四個人的薰陶之下，並有一個天外散人時刻關注著你，李無憂啊李無憂，你要能變成一個十惡不赦之人，那才是滑天下之大稽。冥冥之中，原有天意。

他默默想著的時候，城頭上人沸騰的聲音卻忽然停了下來，寂靜如夜。寒山碧輕輕碰了一下他的胳膊，大楚帝國的新任帝君終於回過神來，極目望去，天地相接的地方忽然又捲起了陣陣煙塵，天地一片灰濛濛的。熟悉兵事的人都知道要捲起這樣的煙塵，定然需要十萬以上的戰馬才能辦到，所以城上的人都同時安靜了下來。

李無憂卻已經看清楚了，那果然是十萬以上的人馬，而糟糕的是，所有的馬上面坐的卻都不是人，而是穿戴整齊刀戈齊備的殭屍——司馬青衫果然是一個言而有信的人，他真的組建了這支十萬人的殭屍大軍。

也許在之前，司馬青衫的傷並沒有谷風說的那麼嚴重，他之所以不願意去對付禪林寺的人，一來是實在沒有必要，二來則是他要花時間來組建這支軍隊。

李無憂微微皺起了眉頭，他並不怕這些殭屍，只是他沒有把握在這些殭屍攻下潼關之前讓青龍下如此大規模的一場雨——隨著下雨場次的增多，青龍的下雨量已經越來越少，而所需要聚集風雲的時間卻越來越長。

「城裏有多少士兵，多少百姓？」他問石枯榮。

「一萬士兵，二十萬百姓。軍師北伐之前從這裏徵集了五萬人。」石枯榮神色有些黯然地答道。他當然不會如民眾那般迷信神獸的力量，他知道即便李無憂在這裏，勝負依舊是難以預料，畢竟兩軍的人數是如此的懸殊，而殭屍更不畏刀劍……

李無憂拔出了倚天劍，暗自嘆了口氣，如果殺戮不可避免，自己也不可手軟。

忽然之間，他的目光碰到了士兵們鍋裏翻炒著的沙子，心中頓時動了一動。

十萬由殭屍組成的軍隊，那種震撼，如非親臨，實是難以描述。若干年之後，有士兵在回憶這一幕的時候，依舊有些戰戰兢兢。

原來集結在潼關下的殭屍步兵部隊，這個時候也終於動了，他們默默朝兩旁退開，成爲後來的騎兵隊伍的兩翼。

不同於士兵們清一色的黑馬黑甲，司馬青衫騎著一匹耀眼的白馬，身上穿的卻只是一襲文士長衫，是以當城頭的眾人看到他的時候，眼中終於有了一絲暖意——畢竟人心雖然險惡，表面上看去卻總比殭屍舒服點。

司馬青衫望著城頭的李無憂，李無憂也看著他，兩個人相視一眼，竟無聲無息地笑了起來。那笑來得是如此的突然，竟將兩個人自己都嚇了一跳。司馬青衫斂去笑容，手中日月梭輕輕揚了一揚，身後十萬騎兵同時一勒馬韁，群馬整齊地長嘶一聲，一撩腿，整齊地停了下來，落地時，竟只有一個聲響。

城上眾人都看得心驚膽戰，李無憂也是驚了一驚，原來這支軍隊已經訓練良久，只不過是在這兩日才都變成殭屍的。

司馬青衫朗聲笑道：「李無憂，吾之軍，雄壯否？」

「雄壯！」李無憂點頭。

「以此大軍橫掃六合，能否？」司馬青衫又問。

「能。」李無憂再次老老實實地點了點頭。

「果然有見識！不愧是老夫欣賞的人。」司馬青衫拈鬚微笑，「無憂，你可知道我已找到整制你青龍的法子？」

「想來如此！不然你到這裏來和送死其實並無區別！」李無憂還是點頭。

「很好！」司馬青衫笑得更是燦爛，「不瞞你說。我已經得到上古九器中的天地壺，有了此物，你身邊那四個神獸，只要我願意，都可以一隻一隻地收進壺裏來，你信不信？」說時，他自懷裏摸出一隻小巧的玉壺來，四大神獸一見那壺，果然是神情爲之一緊，紛紛躲到了李無憂身後。

「我信！」李無憂輕輕嘆了口氣。

上次去天界煉龍的時候，他重新查閱了一下赤炎的巢穴，在裏面果然發現了有關上古九器的記載。九器裏果然是有一個天地壺的。當日眾神大戰的最後，之所以秦乾的四聖獸不見了蹤跡，就是因爲當時的土神玄黃持有的這個天地壺乃是所有神魔獸的剋星。至於司馬青衫如何得到此物，那就實在是無須理會的事，就好像他是如何得到倚天劍等神器，別人也根本無從知曉一樣。重要的是，天地壺在司馬青衫手裏，這就夠了。

「呵呵！我也知道你倚天劍的威力，所以這次我給你帶了個人來。」司馬青衫拍拍手，有一個人從殭屍的騎隊裏走了出來。那人卻不是殭屍，而是手持一把怪傘的古長天。

「遊子傘！」李無憂倒吸了一口涼氣。古長天手裏那把赫然正是上古九器裏最後一件的遊子傘，一把直接針對人的魂魄攻擊的傘。

「好見識！」古長天笑了起來，「據說這把傘的主人曾經是倚天劍主人的死對頭，而這把傘也因此和破穹刀一起成爲了倚天劍的死對頭，也不知道是不是真的，李賢侄，要不咱們今天就在這裏印證一下吧？」

李無憂淡淡一笑，道：「自當奉陪。」

「長天！」司馬青衫忽然高聲斥了一聲。

「師父恕罪！弟子知錯！」古長天驚醒過來，慌忙退了下去。

師父？城上所有的人都頓時呆住。司馬青衫竟然是古長天的師父？不是傳說古長天的師父是昔年的魔族第一高手燕狂人嗎？怎麼……

「好你個司馬青衫！原來你就是以前那個大魔頭燕狂人！」慕容幽蘭的反應很直接，卻讓所有人都是一驚。

卻聽司馬青衫大笑道：「好，好，好！沒有想到還是小蘭姑娘聰明，一猜就中！不錯，某家正是兩百年前我聖古蘭魔族第一高手，人稱燕狂人的便是！」

啊！所有人都是驚呆了。

就在這刹那間，關於燕狂人和司馬青衫的種種事蹟在李無憂的腦際電光一般閃過，所有的一切的一切，都只在一瞬間來了又去。

下一刻，一個念頭讓李無憂魂飛天外——雲天山！

兩百年前，燕狂人同時以魔族第一高手和亂魔盟盟主的身分出現在大荒，之後遇陳不風戰敗，之後傳出亂魔盟主被燕狂人所殺，之後燕狂人詐死，潛伏。三十年之前，以司馬青衫的身分入朝爲官，漸漸升至新楚第一丞相之職，而新楚正是古蘭魔族入侵大荒的第一站……司馬青衫，古長天，原來都是魔族的臥底！

「燕狂人，魔族的軍隊是否已經到了雲天山下？」李無憂忽然大聲地問，只如石破天驚，震得所有的人耳朵幾乎沒有聾掉。

以前的司馬青衫，如今的燕狂人，看著李無憂，先是呆了一呆，隨即放聲大笑起來：「英雄出少年！我以前雖然老說這句話，卻一直信奉薑還是老的辣，只是沒有想到這一次真的被你驗證了這句話！李無憂，只要你肯投降於我，我可以向你允諾，魔族得了天下之後，一定讓你治理大荒自治領，你看如何？」

「好主意！」李無憂鼓掌笑了起來。立時引來城上眾人面面相覷，有人嘆息，有人鄙視，有人迷惑。

但下一刻，李無憂卻忽然皺眉道：「不過，大荒自治領這個名字似乎有點不好聽，能不能換一個？」

「沒問題！只要你喜歡！」燕狂人大喜。

李無憂思忖半晌，忽然一拍掌：「有了！不如就叫古蘭自治領吧？朕的行宮就建在你這龜孫子祖墳的墳頭，你覺得怎樣？」

燕狂人卻沒有生氣，而是輕輕嘆道：「自作孽，不可活！」說時輕輕舉起了右手，殭屍們見到這個信號，猛地一聲屍吼，騎兵如潮水一般朝潼關擁了上來。

「陛下，賊兵勢猛，這裏由臣頂著，您趕快去青州找軍師的援軍。」石枯榮單刀支地，單膝跪到地上。

「呵呵！起來吧！石將軍你這麼說，當朕是景河那個庸才嗎？」李無憂輕輕一抬手，石枯榮不由自主地站了起來，他還想說什麼，卻見李無憂一把抓起鍋裏正滾燙的沙子，復又笑道：「朕的江山還在，朕的美人也都還在，你卻叫朕逃走，豈非也太看不起朕了？」

說時，一把黃沙撒了出去。

城下，燕狂人和古長天看見李無憂沒有出兵也沒有動聖獸，卻是撒了一把黃沙下來，一愣之後都是哈哈大笑。古長天道：「李無憂，你這個傻瓜，就算你以爲自己是青龍，也該下雨，你下沙做……做……」

話音至此卻是再也說不下去了。只見那一把黃沙落下之後，每一粒沙子都變成了一個手持倚天劍的李無憂，這一把落下卻是上萬粒細沙，剎那間，潼關之下，竟是密密麻麻地排了一萬餘個李無憂！

原來是天神訣修煉成功之後，李無憂的心有千千結也終於大成，只需將意念分成萬份，然後附到這一粒一粒黃沙之上，終於形成了前所未有的壯觀景象。殭屍騎兵卻只如不見，一擁而上。

「朕今天就讓你們這幫井底之蛙見識見識什麼叫天兵！」城樓頂上，李無憂大喝一聲，手中無憂劍猛地一指。刹那間，城下的一萬個李無憂同時一變，化作了一個陣形，卻是他領悟自天界的星羅天機陣。

陣形一成，所有人都覺得天色似乎立時黯淡了下來，城下每一個李無憂之間，忽然出現了一條互相牽引如夜晚星辰之光的淡淡光線。

一萬個李無憂殺進了殭屍騎兵之中，一時間只見劍光霍霍，星光璀璨，那些刀槍不入的殭屍兵們一碰到星光和劍光，立時化為千萬粒細小的星光，隨即分解開來，消失不見。偶爾有殭屍的刀劍碰到一個李無憂的身體，立時如遭雷擊一般，「乒」地一聲兵器斷折，殭屍自己亦被震得倒飛上天。

落下來時已是粉身碎骨。所有的人都只看得目瞪口呆。原來天下還有如此神奇的法術，如此神奇的陣法！

「燕狂人，古長天！爾等可敢進陣來！」一萬個李無憂同時大喝，聲音如震雷一般，只驚得潼關城都晃了一晃。

慕容幽蘭嚇了一跳，忙道：「死老公，你就不能小聲點嗎？城牆給震塌了，你賠得起嗎？」

眾人聞言幾乎沒有噴飯，而李無憂自己更是差點兒沒有走火入魔。都什麼時候了，還計較這個，這丫頭的腦子到底是什麼做的……

古長天見殭屍們不斷減少，剎那間便被李無憂給屠戮得所剩無幾，當即對燕狂人道：「師父，這小子這一招似乎是傳說中的無上仙法『撒豆成兵』，而那個陣法也像是仙陣，如果我們再不出手，怕殭屍兵就要全軍覆沒了，到時沒了兵之種，可就萬事休矣！」

燕狂人點點頭，道：「好吧！爲師也想知道你的九魔滅天大法練到什麼境界了！」

古長天大喜，朗聲道：「李無憂，看本魔王來破你這陣！」說時舉起遊子傘，飛身而起，落下時，人已在陣的正中心。

一入陣中，古長天卻發現陣內的壓力遠遠沒有自己在外面看到的那麼大，一時驚喜不已，暗道：莫非此陣原來是四面強，中間弱？當即大喜，揮傘朝近身的一名李無憂擊去。

哪曉得這一擊才出一寸，剎那間身體的四周，每一處地方立時都如受到億萬斤力氣的牽引，他這挾帶了九魔滅天大法功力的一傘竟然只遞出了一寸就再也遞不出去，下一刻，他眼睜睜地看著一個李無憂的倚天劍朝自己咽喉劃來，身體卻是難以動彈分毫，只覺得喉嚨一涼，從此陰陽兩隔。

「長天！」燕狂人大驚，便要飛掠上前，卻聽一陣悠揚簫聲自潼關山頂響起，心頭猛地一沉，再也顧不得報仇，身影一閃，已經迅疾消失在遠方地平線上。

「呵，跑得倒也不慢。」山頭一人白雲般落下。長簫在手，素白仙衣，卻正是已經許久未見的天下第一美女菊齋傳人程素衣。

這個時候，場中那萬名李無憂已經將那十萬殭屍騎兵屠了個乾淨。

城上李無憂意念一動，那萬名李無憂復又化爲沙子，落在地上。下一刻，聖獸青龍和白虎同時飛上天，風雲聚合，天空淅淅瀝瀝地下起了雨來。

那些尙未來得及有任何動作的殭屍步兵們在觸到雨點的一刻，立時醒了過來，望著周圍的一切，茫然不知所措，李無憂令石枯榮帶人去處理，後者遵令去了。

程素衣飛上城樓來時，身上非但一塵不染，甚至連雨滴都沒有沾上一滴，四女看她容色清麗，姿態婀娜，果然是九天仙子，當得天下第一美女之譽，一時都是大起惺惺之意。

李無憂一把抓住程素衣的手，激動道：「素衣，這大老遠的來幫我趕跑燕狂人這個大壞蛋，你……你對我真的是沒話說！我……我真是太感動了，你要不讓我以身相許，就是看不起我！哪，你們都別攔我，誰攔我我跟誰翻臉！來，素衣，咱們到這邊來商量一下婚期的事，你看要不……」

程素衣先是驚了一驚，隨即卻微笑道：「堂堂大楚天子要以身相許給小女子，自然是素衣天大的榮幸，只不過陛下，你是否該先問問你身後那四位？」

「哼！你當我李無憂是怕老婆的軟弱男人嗎？」李無憂勃然大怒，隨即轉過身來，笑咪咪道：「當然，朕絕對不是見異思遷，見了漂亮女人就動心的花心男人！所以，程姑娘，朕現在非常抱歉地通知你，你已經沒有機會了！因爲我的心已經全部放在我四位老婆身上了！」眾人一陣狂嘔。

程素衣直笑得花枝亂顫，眾人想不到仙子也有這一面，一時都是呆住。當下，李無憂和四女將程素衣迎進潼關的元帥府。

眾人說話正自投機，石枯榮派人送上了那把遊子傘，李無憂輕輕把玩一陣，對著程素衣道：「程仙子，這把傘該是昔年龍神之物，李某就物歸原主吧，希望下次見到秦姑娘的時候，她不會再將李某當成魔頭。」

程素衣也不推辭，大方地接過傘，笑道：「你搶了我們的青龍走，還我們這把傘，算是扯平了，咱們兩不相欠。」

四女自不知程素衣竟然也是龍女，聽她親口承認都是一驚，隨即鋒利的眼神就對準了李無憂。後者打了個冷戰，忙解釋道：「這個，你們也別瞪著我，這件事呢，關係重大，是程姑娘不讓我向外人說的。」

程素衣愕然道：「不是呀！我說的是外人不能說，可四位妹妹都是你內人嘛，怎麼還不能說呢？」

「李無憂！」四女同時大叫，而新楚當今天子直嚇得慘叫一聲，躲到了程素衣身後，卻依然難以逃脫被群毆的悲慘命運。

鬧了一陣，諸人終於說起正事。李無憂不無擔心道：「仙子剛才也聽見了，司馬青衫這老傢伙竟然就是兩百年前的魔族第一高手燕狂人。他也親口承認魔族的軍隊已經到了雲天山下，這次看來麻煩大了。我的意思是，仙子你看，你能否以你菊齋傳人的身分和朕一起呼籲各國停止內戰，一起聯手先對付魔族再說！」

「呵呵，各國內戰？」程素衣笑了起來，「如今古長天已死，血衣魔教自然樹倒猢猻散，天鷹國的內戰還不很快平了？平羅只是受了天災，沒有什麼大不了。蕭如故和西琦的藍毒，嘿嘿……」

「仙子也別試探我，藍毒是我的人放的。」李無憂老老實實點頭。

「這件事我猜多半是你做的，沒想到竟然是真的。」程素衣嘆了口氣，「只要你肯出手，這兩國的藍毒還不都給解了？其實你既然已經下了辣手，又何必再多此一舉？不如趁此機會，一舉蕩平這兩國算了！陳國又進行著內戰，你還不是一樣可以渾水摸魚。到時候一個統一的大荒，遠比一個殘缺的大荒對抗魔族更來得有力，你說是吧？」

「可是大姐，現在人家已經打到家門口了！你讓我這會兒才整理內務，會不會太兒戲了？」

「呵呵！真要是那樣，我也不會和你在這裏蘑菇了！」程素衣笑了起來，「其實，古蘭的內戰也是剛剛才結束，好像是被一個叫古風的少年得了天下。這次派過來的兵馬只有十萬人，本意是配合司馬青衫的殭屍兵。如今殭屍兵已滅，十萬魔兵，古風並未親至，你以爲有你那四位好哥哥好姐姐在，他們還能興起什麼風浪不成？」

「什麼四位哥哥姐姐的？朕不明白你說什麼。」雖然已經不是第一次被人揭穿身分，李無憂還是大吃了一驚。

「兩百年前，名震天下的大荒四奇！」程素衣見這廝裝傻，自然再不留情面。

「大荒四奇！」四女也是驚得發呆。她們雖然一直懷疑李無憂來歷很詭秘，卻是萬萬沒有想到竟然是和這四個傳說中的人物有關係。

第七章 天子之怒

「你是怎麼猜到的？」雖然今時今日，四奇傳人這個身分已經不是非得隱瞞不可，但李無憂還是生出一種無力感。

「呵呵，不是猜到，是家師說的！」

「你師父？淡如菊？她啊……」李無憂明白過來，「原來大哥他們一直說的那人就是她啊！我還只以爲她是三哥的姘頭呢！」

「李無憂！」程素衣狠狠瞪了他一眼。

「嘿！不好意思，我一向和那老傢伙開玩笑開慣了！仙子你別當真。」李無憂不好意思地擺擺手。

「這究竟是怎麼回事啊？淡齋主不是百年之前才現身江湖的嗎？怎麼和你那個什麼身列四奇之一的三哥也有關係了？本姑娘一頭霧水，老公，快說！」慕容幽蘭的話代表了四女的心聲。

李無憂無奈，只得將自己當年如何跌入崑崙忘機谷，巧遇四奇並結拜的事情說了。他在谷中的時候，曾好多次聽文載道提起過淡如菊，而每次說起的時候，這傢伙都是一臉甜蜜中帶些悵然神色，沒有姦情那才是怪事了。至於自己的菊齋劍法，也是學自文載道。

「這麼說，淡齋主竟然是和四奇同一時代的人物，怎麼會在百年之前才獻身江湖，並且還傳出和我外公的緋聞呢？」這一次問話的是朱盼盼了。

「外公？」程素衣愣了一愣，隨即恍然，「原來朱姑娘是謝前輩的外孫女啊！既然如此，那我也不好瞞你們。其實兩百年前，陳不風擊敗燕狂人之後不久就起兵伐鵬，義軍很快攻下大都，天鵬王朝滅亡。河東慕容無雙，也就是小蘭你的祖上，起兵要恢復天鵬王朝，一時間天下群雄分起。這個時候，大荒四奇分別是四方勢力的精神領袖。家師不忍見天下戰火紛紛，秉承菊齋的傳統，入世救人。她以無上劍道，先後將陳不風、慕容無雙和四奇一一擊敗，戰前曾有賭約要他們止息干戈，各人都是當時豪傑，一諾無悔，各自返回退出了本方勢力，而陳不風和慕容無雙更是因爲此敗耿耿於懷，最後鬱鬱而終。此後各方勢力少了靈魂人物，誰也滅不了誰，這才形成了今日的六國鼎立，而天下也才得以太平了兩百多年。」

「這麼厲害！」眾人紛紛咋舌。

當年淡如菊竟然以女子之身，一柄劍連敗天下英雄，原來她才是當時天下第一。

程素衣繼續道：「當時天鵬滅亡，魔族北犯，燕狂人入境之後，先敗於陳不風，而後其心不死，在陳不風故去之後，再次犯邊，卻被家師重創，不得不詐死，潛伏到了新楚。但當時的魔族卻賊心不絕，連連寇邊，家師便請求四奇協助官兵守衛雲天山。四位前輩大仁大義，當即應允，這一鎮守，卻是兩百年之久。」

「我就說嘛！以四姐那脾氣，怎麼可能和三位哥哥乖乖地在那鳥地方待了兩百多年，原來是因爲民族大義啊！」李無憂恍然大悟，同時心中明白這裏面一定還有她龍女身分的原因。

程素衣點了點頭，道：「紅袖前輩的性子一烈如火，如非爲了大荒百姓，肯定是怎麼也不肯待在那裏的。而文前輩卻是因爲當初對家師一見鍾情，心甘情願……只是可惜家師在返回菊齋後，卻知悉燕狂人所率領的十萬魔軍已經到了古蘭雲天山下，家師當即趕往，以無上神功吹奏了一曲，將那十萬魔兵全變成了廢人，燕狂人也重傷而退。只是這一次家師耗力過巨，終於留下了禍根，此後不得不閉關靜養，這一閉關……卻是百年之久。」

眾人聞言，都是唏噓不已，同時也明白過來：「難怪剛才燕狂人聽到程姑娘的笛聲便逃之夭夭，想是這套笛曲便是當年淡齋主退敵之音。也難怪百年之後，江湖上才知道菊齋有淡如菊這一號人。」

程素衣又道：「這些事之前我也並不知曉，是以一直搞不明白李兄的來歷，直到最近我回了一趟師門，問起師父，才知道了七年前四奇認了個結拜兄弟，並悉心栽培，呵呵，到今年才一出世，便興起風雲無數，果然英雄出少年，了不起啊。」

「不客氣。不客氣。」李無憂嘴上謙虛，臉上得意地笑，心中卻想：「你這會兒如此稱讚老子，多半是希望我老人家大人不計小人過，不和你那同族的秦清兒算賬吧！瞭解，大家明白人，你讓我一尺，我自然回敬你九寸就是。」

果然，程素衣又道：「清兒是本代龍女，我這個做前輩的，想代她向你求個情，希望陛下不要和小孩子一般見識，放過她那次無知的胡鬧。煮翻東海，冒犯仙人的話，陛下以後還是莫要再提了吧？」

李無憂裝作一副很爲難的樣子，道：「人無信則不立，那日我當眾發下毒誓，這個……程仙子你現在要我背信棄義，這個……實在是有些強人所難了吧？」

「君子分大義小義，陛下身繫萬民安危，何必意氣用事？」程素衣循循善誘，「只要李兄不亂來，一切好商量。」

李無憂心道：「你既然如此大方，老子還和你客氣什麼？」當即緊緊地皺了皺眉，良久才嘆了口氣，道：「好！仙子如此說了，那我也不和你客氣。你也知道，屠龍一役，秦清兒害得朕損失慘重，手下士兵死傷無數不說，還損折了一員幹將，另外，朕兩位心愛的女子也因此搞得天涯相隔。死者已矣，你們隨便賠償我個兩三百萬兩黃金，我好和他們家屬交代就算了；至於朕要的人，希望她能完璧歸趙地交到朕手裏來！否則別說是程仙子說情，就是淡齋主親臨，我也不給面子。」

程素衣想也未想，當即笑道：「好！就此一言爲定。我會帶你要的東西和人來找你。除此之外，只要你喜歡，菊齋還會在人力物力上支持你。家師的意思是，希望你能早日統一天下，百姓能少受些災難。」

李無憂見她如此爽快，不禁有些佩服，但心頭卻又大大地叫了聲虧：早知如此，老子就該更加獅子大開口才是。

協議達成，當下程素衣飄然而去。

寒山碧望著她背影，忽然笑道：「無憂，這次你可是虧大了。秋兒對你成見甚深，而小思是根本認清了真相，根本都不會和你在一起了。程素衣即便將人給你找回來，你依舊會空歡喜一場。至於夜夢書嘛，秦清兒肯跟你，他自己就會回來，哪還需要人找？」

李無憂嘆了口氣，道：「這些我怎麼會不知道？只不過我是真的很想他們嘛。見了面，未必就沒有機會，不見面，那是永遠也不會有機會的了。」

寒山碧笑道：「我不是這個意思。我是說，你剛剛怎麼不提出要程素衣自己來賠償你？哈哈，我看她多半也是肯的！」

「就是就是，我看程姐姐對你似乎很有意思！」慕容幽蘭跟著附和。

「唉，你們不明白。曾經滄海難為水啊！」李無憂感慨道：「有了秋兒和小思的教訓，我哪裏還敢去沾惹別的女人？再說，這一輩子讓你們四個跟我，已經是莫大地委屈了你們，我又怎忍心讓你們更加委屈？」

眾女大受感動，一時望著他，都說不出話來。

哪知道李無憂接著卻又道：「當然，如果衣衣真的願意的話，這件事其實也不是沒有商量，你們說是吧？」

慘叫聲……

自李無憂在潼關斬殺古長天，力挫燕狂人，並且將那十餘萬殭屍軍屠盡之後，危害新楚月餘的殭屍之亂終於平息，而李無憂也因此成為所有新楚人的偶像，柳隨風大軍所指，無不望風而降。

不三日，黃州百里天亦歸降，一時間，整個新楚便只有柳州的僞朝廷所管轄的五州還在苦苦掙扎。此時李無憂在百姓中的聲望已經達到一個新的高峰，此時他要說太陽是方的，絕對不會有人說是圓的。

柳州附近雖然有王維的軍隊封鎖消息，但防民之口甚於防川，而天下又哪裏有不透風的牆？百姓很快便聽說李無憂化身十萬，平息了殭屍之亂，並且，他身邊還帶來了創世神留下的四大神獸，一時間人心蠢動，耿雲天的小朝廷岌岌可危。

二月初九的時候，李無憂飛到了青州，在這裏，柳隨風率領二十萬大軍早已恭候他多時，隨行的還有前國師慕容軒。

青州本是慕容世家的老巢，柳隨風在平定黃州之後，迅疾回師這裏，而慕容軒也並沒有做任何抵抗，直接讓青州總督出來獻了印鑑和地圖，表示願意歸附正統朝廷，這讓柳隨風一度懷疑當初正大光明殿上慕容軒和李無憂當眾翻臉的傳聞是假的，但此刻他卻也懶得去管，當即命人將慕容軒請來，悉心招待，只等李無憂來了讓他頭疼去。

但局面並不如某些人想的那麼複雜，李無憂和慕容軒一見面竟然是親熱得不得了，兩人竟然跨過了君臣之禮，直接熱情地擁抱，然後互相讚揚吹捧，熱乎得只似一對親父子好君臣，將慕容幽蘭晾在旁邊一愣一愣的。

慕容軒最後道：「陛下，臣等盼星星盼月亮，終於盼到您了，來來來，請裏面坐……那個小蘭，你還愣在那做什麼？快扶皇上進城啊！這麼大了，還這麼不懂事，真是的！皇上，你以後得多替我教教她，這孩子自小沒了娘……」

「一定，一定！」李無憂笑得很歡暢。

在另一邊，小蘭的兄長慕容無爭，亦即之前李無憂下山時在蒼瀾河邊遇到的店小二兼說書先生小黃，正不無諂媚地笑著向他點頭，似乎很滿意自己即將成爲國舅這個事實。於是一行人進城，而李無憂自始至終沒有和柳隨風說過一句話，甚至都沒有正眼瞧他一眼。

柳隨風覺得自己經歷了人生中最冷的寒冬，進城的途中，他慌忙向寒山碧求救：「碧丫頭，無憂這是生我氣呢！」

「嗯哼！」寒山碧哼出一個鼻音。

「可我做錯了什麼？」柳隨風覺得很委屈，「將在外君令有所不受，他命我攻打王維，可當時殭屍封路，如果繞行的話只會孤軍深入，得不償失。我和世倫商量之後，才決定先占領北方的廣袤領土以及產冬糧的大區蒼瀾平原，對柳州進行戰略包圍，這樣做有錯嗎？」

「一錯再錯！」寒山碧嘆了口氣。

「怎麼？」

「你知道作爲一個皇帝，最恨的是什麼人？」寒山碧壓低了聲音，「不是沒有才能的人，也不是恃才傲物的人，而是自做主張的人。他並不是不知道將在外君令有所不受，只不過，你之前向蕭國和西琦散布瘟疫，可曾問過他？你自以爲做得很好，可知這樣會讓他覺得很有罪惡感？而他命你去攻打柳州，也並不是要你真的就拿下柳州，只是……」

「試探我的忠心，是吧？」柳隨風額角終於現出了一片冷汗。

「他也不是對你不放心，只不過那個時候，他正與天下爲敵。」寒山碧輕輕嘆氣，「他所生氣的也不是你抗命，生氣的卻是你居然沒有明白他的想法……」

柳隨風長長地吸了一口氣。

後世研究柳隨風生平的人中，對這位當時最受無憂大帝寵信的權臣，竟能和大帝一直保持一種互相信任的友誼一生一世，並且在他死了之後，柳家世代受朝廷的恩寵，都很是奇怪，而人所不知的是，正是因爲二人共同的好友寒山碧今日的這一番話所致。

當夜慕容軒在青州城裏大擺筵席款待當今天子和他的無憂軍，百姓踴躍而來，軍民同歡，說不盡的熱鬧。

筵席既罷，各人安寢。李無憂卻輾轉難眠，起身用靈氣畫了一道符，念個咒語，造出一個假人，然後隱身飛上房頂，躺在瓦片上，就著明月清風，看起了星星。

他正自默查天上星斗與自己在天界時所見的異同，忽然發現另一個方向裏，慕容軒亦自飛身上了另一間房子。

同一時間，慕容軒也發現了他，兩個人對望一眼，無聲無息地笑了起來。

李無憂飛身落了過去，在慕容軒身邊躺下，笑道：「岳父大人難道沒什麼話跟我說嗎？」

「呵呵，難道你就沒有話跟我說嗎？好女婿！」兩個人對望一眼，再次笑了起來。

嘆了口氣，慕容軒無限感慨道：「我是看著你走進江湖的，只是沒有想到，你的進步是如此之快。我不是說你的武術，而是說你的處世為人。面對我這樣一個曾經背叛過你的人，你竟然可以如此大度，這麼快就肯重新接納我，如此海納百川的氣度，難怪你能成為大楚的王，不，應該說是整個大荒的皇！」

李無憂笑了笑，道：「你不用那麼誇我，我很久以前就和你說過。小人做事，是言利不言理。很明顯，做一個自己知道的也許不是值得十分信賴的朋友，至少比一個頑強的死敵強得多。」

「你就不怕這個朋友出賣你？畢竟他是有前科的。」慕容軒奇道。

「曾經有人告訴過我，這世上有堅持的人其實不到百分之一，這些人都是強人。其餘的人都是風中草，只會隨波逐流，屈從於強者，所以只要我能強過所有別的人，別的人就永遠不會背叛我。」李無憂輕輕地說，聲音平靜而淡漠，「你之前要背叛我，只不過是因為你認為龍女更強，你別無選擇。但我現在用事實告訴你，這個天下是我最強。除此之外，我還相信你和小蘭的親情並非如你所表現得那麼不屑一顧，這幾樣加到一起，我相信你以後不會再背叛我……當然，我不害怕你這樣做，反正我有的是時間，而你，早已不再年輕了。」

慕容軒靜靜地聽著，眼中卻慢慢地變得凝重。

這個夜涼如水的晚上，他終於重新認識了一代雄主的胸襟。

大荒三八六六年二月初十的清晨，在留下十萬人鎮守青蒼一帶之後，李無憂親率另外十萬無憂軍乘坐著慕容軒提供的百艘巨大戰艦，順蒼瀾河南下，直撲柳州。

隨行名單裏有柳隨風的名字，並且名字的主人和李無憂好得如膠似漆，如果不是後者身邊同時還有四位美女相伴，很有人會懷疑二人的性向。

眾將士看在眼裏，歡喜之餘，又覺得有些茫然。早在李無憂進城時候的態度，眾將就看出他對柳隨風這次自做主張的南征路線明顯地不滿，在酒宴之上，李無憂對有功的將士都賜了酒，卻偏偏正眼都不瞧柳隨風，而在席間的高談闊論中，柳隨風多次插口，甚至有好多次不惜自毀形象地拍李無憂的馬屁，但後者甚至連寒姑娘的面子都不給，死活連話也不肯和他說，這一度讓無憂軍的將士們認爲他們君臣之間的矛盾不是朝夕可以化解的。才過了一個晚上，這兩人竟然就如此親密了？

而此刻，走在隊伍最前面的皇上和軍師大人商議著重要的軍機。

李無憂沉思良久，終於有了想法：「軍師，朕覺得此行其實可以先拿下柳州北面的盧州，那裏靠近蒼瀾河，可以先斷絕叛軍的水源，到時候是投毒還是放水淹他們，都有選擇的不是？」

柳隨風望望天，很有些不以爲然：「皇上，臣認爲應該先打南面的窟州，畢竟那裏地勢險要，對北面的柳州是易守難攻，但對我們則是易攻難守，何樂而不爲？」

李無憂擺擺手：「不對，不對。盧州的美女近水，漂亮得多啊！」

柳隨風也擺手：「窟州那裏洞穴多，女人多數在山洞裏長大的，對打情罵俏的事更有研究！」

李無憂大吼：「你還好意思說，昨天晚上，那五個美女老鴇不是稱有三個是窟州來的嗎?活也糙得很啊！」

柳隨風：「……」

眾人（手指點著兩人）：「哦……昨天晚上……」

「李無憂！」有四個人咬牙切齒，怒髮衝冠。

「此人已死！有事燒紙。」有兩個人腳底抹油，溜之大吉……

十天之後的黃昏，李無憂的大軍大搖大擺地來到廬州地界，當即棄舟登岸。大軍剛剛全部上岸，唐鬼立時舉起巨劍，與高采烈地朝巨劍跑去。

「回來！回來！」李無憂很不放心地將這廝叫了回來，「大軍就要起程，你在搞什麼鬼？」

「這麼快！先等等。」

「你要幹什麼？」

「等我先將這些船都砸沉了再說。」

「？？」

「哦！末將聽說，大凡打勝仗的軍隊都是絕對不給自己留後路的，古時候有個大將軍叫士兵們都背著幾大桶水作戰，而和他同時代的還有個了不起的大英雄，作戰之前必然要將船啊斧頭啊什麽的都砸爛了！所以末將認爲，爲了大軍的勝利，我們也該首先將這些大船都砸沉了再說！」

「撲哧！」眾人忍俊不禁，紛紛笑了出來。

這廝竟能將背水一戰理解成背著水桶作戰，將破釜沉舟裏那口鍋（釜）當做了斧頭，也算是強人一個了。

但李無憂卻不動聲色地點頭讚許：「嗯，唐將軍果然是熟讀兵書，難能可貴啊！」

「謝元……皇上讚賞！」唐鬼大喜。

李無憂又道：「好！既然如此，那你就先給朕背上十萬桶水到盧州城下來，然後再回來沉這些船！好了，全軍出發，唐鬼留下！」

群馬捲蹄而去，落日下，唐鬼扛著巨劍，望著大軍遠去的背影，一時呆住……

天黑之前，李無憂的大軍終於到了盧州城下。

鎮守盧州的是前御林軍統領，性感美女舟落霞。但剛剛在來的路上，因爲窟州美女事件受到四女日夜摧殘的李無憂陛下，此刻並不敢有任何憐香惜玉之心，當即決定利用黑夜的有利天時，命令大軍攻城。

只是盧州城堅固異常，又地近蒼瀾河，護城河又深又寬，每每剛搭好的雲梯不一會兒就被從上面丟下來的巨石壓得粉碎，無憂軍損失慘重。

李無憂皺皺眉，他本來並不主張憑自己強大的武力來攻城掠寨，因爲那樣異常不利於大軍的成長，但此刻乃是非常時期，如果一直讓大軍在這裏耗著，將大大地拖延統一全國的速度，而這也會讓他錯過全大荒統一的契機。當即金鑼鳴響，無憂軍聽到命令紛紛撤了回來。

李無憂望著城頭，朗聲道：「舟將軍，你乃當世奇女子，朕素來敬仰，爲何明知道耿雲天和王維挾持我幼弟九夢欺瞞天下，竟然還爲虎作倀？還不給朕打開城門，負荊請罪！」

城頭，舟落霞沉吟片刻，大聲道：「皇上恕罪。耿太師於落霞實有救命之恩，雖國法亦大不過此，請恕落霞不能從命！」

李無憂勃然大怒：「古時大聖賢屈原曾有『苟余心之所善兮，雖九死其猶未悔』！便是說爲了國家存亡，他即使死無數次也不會背叛自己的志向，你倒好，僅僅因爲耿雲天或者是刻意而爲的救命之恩，就敢背叛國家！舟落霞，朕問你，你如此作爲，如何配立於天地間？你若死了，如何有臉去見你祖先？」

這番話說得義正詞嚴，鏗鏘有力，擲地如有聲響，城頭眾將士聞之都是一片黯然。有名偏將咬牙勸道：「將軍，無憂大帝挾公理在手，我等不如歸降了吧？」

「你敢！」舟落霞手起刀落，血光一閃，那偏將立時人頭落地，她提著人頭大聲喝道：「城上士兵聽了，有膽敢再勸本將軍投降者，殺無赦！」

一時城頭安靜異常，再不見任何蠢動。

李無憂知此女心志已堅，長嘆一聲，拔出了倚天劍，朗聲道：「凡膽敢阻我挾神志救萬民於水火者，必成地獄之鬼魂！」說時，倚天劍挾帶十餘丈長、丈許寬的五彩劍氣，橫空豎劈而下，光華照亮了整個天地。

光華落下時，只聽得「轟」的一聲巨響，高達二十餘丈的城牆在刹那間被從中間劈開了一條巨大的口子，護城河中的水猛地湧了進去。

下一刻，倚天劍氣在城牆的根部橫掃而過，同一時間，滔天巨浪自護城河上游席捲過來，城牆轟然倒塌，巨大的驚呼聲震撼天地。

「大荒三八六六年二月二十，帝以倚天劍破廬州城，引蒼瀾河水天上來，滿城皆成落

湯之雞，遂得廬州……」

——《大荒書・李無憂本紀》

廬州過去五百里就是黃州了，由於無憂軍眾人所乘皆是快馬，而沿途皆是平原，不過兩日之後的下午，李無憂就率領大軍到了柳州城下。

柳州城倚橫貫大荒南北的天河而建，雄偉壯麗，向爲楚國抵抗天鷹和平羅入寇的第一道屏障，戰國兩百多年，這裏不知道經歷了多少戰火風雨的洗禮，無數的將軍在這裏成名，同時又有無數的名將在這裏倒下。

蘇慕白曾在《淫賊論》裏說「名將興焉，壯士沒焉」，那個「焉」字，說的就是柳州。軒轅乘龍、成吉思汗、慕容無雙、陳不風、蘇慕白、王天等，一長串光芒萬丈的名字都曾直接和柳州的名字聯繫在一起，而現在，輪到了李無憂。

如眾人所想的一樣，耿雲天、王維以及那個什麼也不懂的五歲孩子楚九夢都出現在了城頭。雙方一見面，果然如同李無憂所設想的，雙方都進行了對於自己神聖帝位不可侵犯的嚴肅論述，兩人的每一句話，都可列入辯論經典，當然同時亦可寫進廢話全書。

自然，沒有那麼大口水量的楚九夢是由耿太師代言的。當雙方首腦義正詞嚴地進行著帝位歸屬的論辯的時候，雙方的士兵都在吶喊助威，而人數占優的柳州軍吶喊的聲音更是稍微要大些，只是這幫可憐的人並不知道自己將面臨怎樣悲慘的命運……口水浪費不少，除了稍微打擊了一下柳州軍的士氣之外，並沒有達成勸降耿雲天的任務，李無憂無奈嘆了口氣，拔出了倚天劍。

所有的人都睜大了眼睛，無憂軍早前已經見識過這把神器的恐怖威力，而柳州軍也聽說過盧州城破的事，都是一眨不眨。

「凡膽敢阻我挾神志救萬民於水火者，必成地獄之鬼魂！」李無憂雖然氣勢如虹，不過臺詞和上次相比並沒有發生任何變化，而他說話的時候，倚天劍挾帶著和上次一樣十餘丈長丈許寬的五彩劍氣，橫空劈下。光華再次照亮了整個天地。

等等，是比上次還要亮，因爲在同一時間，一道漆黑的亮光也照亮了整個天地。

不錯，正是漆黑的亮光。

下一刻，一聲驚天動地的大響，伴隨著的是驚天動地的大爆炸。兩道光華相接觸的地方，正是護城河，巨響過後，只看見大浪滔天而起，魚蝦滿天飛。

李無憂臉色鐵青，一字一頓地吐出三個字：「破、穹、刀！」

城樓之上，王維身後，一個手持一把黑刀的中年人露出了身形，卻是司馬青衫——燕

狂人！

破穹刀明明在蕭如故手裏，怎麼現在又落到了燕狂人手中？

但這個問題，他隨即便明白了。破穹刀本來就是古長天給蕭如故的，燕狂人更是古長天的師父，要收回破穹刀實在是有很多法子，即便沒有，以當時破穹刀只釋放了五成威力，根本不足以威脅到燕狂人硬奪。只是燕狂人竟然和王維等人走到一起，可說是意料之外了。

李無憂朝上來看他的四女擺了擺手，朗聲朝城頭道：「耿雲天、王維，枉你們兩個還敢自命正統皇朝，竟然和魔族狂徒燕狂人勾結到一起，就不怕引來萬世公憤嗎？我看你們死了後，怎麼有臉去見你們先人！」

「燕狂人？」城頭所有的士兵都似乎驚了一驚，立時不知所措。

須知古蘭魔族實是大荒三千年的死敵，每一次兩族相遇，都是血流成河，橫屍遍野，如今竟然有兩百多年前的一代魔族狂人和自己的首領勾結，自己將何去何從？

「哈哈哈，李無憂，你太天真了！以為這樣的小把戲就能欺瞞過天下英雄雪亮的眼睛嗎？」耿雲天放聲大笑，「大楚的百姓都看得清清楚楚，眼前這位正是我大楚司馬青衫丞相，你居然冤枉他是燕狂人，簡直是豈有此理！」

「太無恥了！」城頭有人大聲罵了起來，隨即群情激昂，紛紛附和。

城下的無憂軍沒有得到李無憂的命令，誰也沒有吱聲。

「好……好……好……」李無憂臉色鐵青地連說了三個好字，但下一刻，他卻笑了起來，「好啊司馬丞相，你還真是塊狗皮膏藥，朕跑到哪裏你就跟到哪裏，不愧是朕的好臣子，我就喜歡你這種爲了朕甘願犧牲自己名節的精神。你放心好了，此次之後，朕一定會幫你澄清，天下人都不會認爲你是一個反覆無常的小人的！」

城頭眾人又是一陣驚呼。司馬丞相竟然是李無憂遣進城來的臥底？那我們還打個大西瓜啊？直接投降吧！

「李無憂！不必逞口舌之利，那是絲毫沒有用的。」燕狂人搖搖頭，將破穹刀一擺，「你我今日就在此決一死戰吧！」

「好啊！」李無憂大聲道：「咱們上天來吧！」說時一提倚天劍，飛身上了天空，踩在一朵白雲之上，穩穩定住。

「哈哈，好極了！某家好久沒有痛痛快快地打過一次了！」燕狂人大笑著，也飛身上到了天空，剛剛落到另一朵雲上，再不停留，破穹刀已然挾著刀光猛地砍向了二十丈之外的李無憂。

刀光出手時不過三尺，但這一刀才劈了一半，立時就暴漲了二十丈，堪堪砍到了李無憂頭頂處。

但這一刀最神奇之處是，刀光所籠罩的範圍只有二十丈，只不過刀才一劈出，漫天的白雲都在瞬間被砍成了兩半，而流動的清風也在一剎那被割成了千絲萬縷，而在燕狂人和李無憂之間的天空，硬生生多了一道巨大的裂縫，白雲、風還有李無憂，都被那裂縫裏射出的巨大吸力所吸引，身不由己地朝裂縫飛去。破穹刀，果然能破碎蒼穹。

「老公！」

「皇上！」

地上四女和無憂軍一起驚叫起來，城頭的柳州軍雖然也是精兵，卻何曾見過如此驚心動魄場面，當即也驚叫起來，與前者不同的是，他們是被嚇的。

「破穹刀，果然名不虛傳！」疾射中的李無憂長笑一聲，手中倚天劍一橫，劍身頓時射出五道劍光，不分先後地射進了裂縫，裂縫神奇般的立時合上，而白雲也頓時合爲兩半，清風再次會聚成陣。

「倚天善於修復，而破穹長於破壞。李無憂！某家今天就要看看到底是你修復的力量強，還是我破壞的力量強！」燕狂人大笑著，一刀再次砍向了李無憂，後者身旁頓時又出現無數的巨大裂縫。

「試試你就知道了。」李無憂淡淡一笑，倚天劍一揮，裂縫迅疾合上。

如此，一個人劈開蒼穹，另一人則總是一劍揮出便將蒼穹的裂縫合上，只如一個淘氣的孩子老闖禍，而他無可奈何的母親在一旁替他收拾殘局。只是下面的人卻是看得膽戰心驚，須知稍有不慎，被對方的神器擊中，上面兩個人就都是魂飛魄散的局面。

激戰中的兩個人卻都是說不出的暢快。燕狂人潛伏在大荒兩百多年，苦心經營，深怕被淡如菊發現，因此一直硬生生將自己的功力壓制在只有百分之一的程度，此時一旦再無顧忌地施展出來，而手裏更是合乎他心意的魔刀破穹，只覺得生平從來沒有如此愉快過。

同樣，李無憂自喚醒前世記憶，練成萬物歸原，神功大成以來，一直沒有找到像樣的對手，痛痛快快地打一場，今天終於遇到了一個，哪裏還不展開平生功力，打他個天崩地裂？

一時刀光咄咄，劍氣縱橫，天空兩人只顧自己打得痛快，卻全然不管下面的人受得了受不了，兩人雖在百丈之上的高空，但倚天劍和破穹刀都是神器，餘波所及，護城河裏的水都爲之截流，更別說落到人身上了。

一時間，只見無憂軍將士一邊結成太極陣，一面紛紛後撤，而城中士兵也再不敢待在城牆上領取刀下游魂的名額，紛紛退下城去。饒是如此，依舊有無數極端幸運人士喜中大獎，嗚呼哀哉去也，而城中的建築更是被兩人的刀劍氣砍得支離破碎，慘不忍睹，其中更有無數平民喪生者。

冷酷如柳隨風見此也不禁起了惻隱之心，慨嘆道：「神仙打仗，殃及凡人，百姓何辜？」

但空中的兩人此時打得痛快，哪裏還顧忌得了這些？兩人劍來刀往，打得不亦樂乎，只差沒將自己老子是誰給忘了。

這場惡鬥一直從下午打到了黃昏，無憂軍已經退出到了里許之外，就地煮著天河裏的海鮮吃了，天空的兩人卻依舊沒一點要停止的意思。

寒山碧朝慕容幽蘭努努嘴，後者聞弦歌而知雅意，當即運功朝天空高聲叫道：「老公，你再不將燕老兒宰了，今天晚上又要被踢出帳篷外邊了哦……」

「啊！」所有人都呆了一呆，隨即便是轟然大笑。無論城內城外，都是笑得前仰後合。

據說有無憂軍士兵親自見到，柳州軍士兵因爲之前從來沒有見過慕容大小姐行事風格的，當場竟是笑死了上百人之多。

負責登記功勞的主簿哭笑不得地記下這筆功勞時，不無遺憾地感嘆道：「要是我們早些發現慕容姑娘這方面的才華，當日憑欄事變也不會死那麼多人了……」

空中的李無憂聞言也是哭笑不得，臉上青一陣紫一陣的，見燕狂人臉上也是一副忍俊不禁模樣，當即怒道：「老閹（燕）人，你想笑就笑，憋那麼辛苦，不怕將你那本來就已經萎縮得不成樣子的小雞雞給憋得沒了嗎？」

燕狂人不以爲忤，反是哈哈大笑道：「老子就算憋沒了，也比你有著傢伙卻每天要被別人踢出門外乾著急強多了！」

男人最受不了的就是別人揭他這方面的短，燕狂人如此火上澆油，本是想激李無憂亂了分寸，哪知道卻爲自己引來了巨禍。

當是時，李無憂勃然大怒：「老閹人，這是你自作孽，可怪不得老子了！」說時倚天劍一擺，隔了五十丈之距，一劍遙遙刺了過去。

這一劍刺出，卻不似剛才那樣劍氣縱橫，而是悄無聲息，人人都只看到他刺出了一劍，卻再也看不到他這一劍的用處何在。

燕狂人從來沒有見過這一招，他立即懷疑是李無憂將劍氣隱藏起來玩陰的，當即在自己的身周劃出了好幾片破碎的虛空，希望如此一來，可以抵擋得住那些隱藏劍氣的襲擊。

但下一刻，剛剛還在五十丈外的李無憂卻已然到了他身前，依舊還是一劍平刺他胸口，但這個時候，他卻已經發現倚天劍身上隱隱不同於五色光芒的另一種從未見過顏色的光華在流動。

劍已近身，不及細思，燕狂人橫刀一架，劍尖正好頂在刀身之上，但下一刻，一種前所未見的強橫力量順著倚天劍透過破穹刀，結結實實地擊在了他的胸口，只聽得「砰砰砰」的連響三聲，胸口三根肋骨已然斷裂，而那力量並不衰減，而是穿過他護體的九魔滅天真氣，擊在了他心臟之上。

「噗！」燕狂人噴出一口鮮血，身體如斷線的風箏一般從天空落了下去。

「哼！跟我鬥！等於跟神鬥！」李無憂說這話的時候，先是不屑地哼了一聲，隨即倚天劍斜斜下指，擺了個很酷的Pose。

卻是在這最後一擊中，他用上了大虛空挪移和神氣。無憂軍瘋狂歡呼，而城中的柳州軍則是驚惶失色。

但就在這個時候，李無憂陡然發現一件事，燕狂人下降的速度忽然又如斷線風箏變成了斷線的流星——不好！老小子想逃跑！他迅疾醒悟過來，意念一動，大虛空挪移施出，人卻已經迅疾地挪移到了燕狂人遁逃路線之上。

但向來只會算計別人的李無憂，這一次卻被燕狂人給算計了。他人影才一到，燕狂人的身影卻也已從他眼前消失。下一刻，燕狂人已經出現在千丈之外——不是吧，難道這老小子竟也會大虛空挪移？

這個念頭僅僅是在李無憂腦際閃過，他便再也顧不得想，因爲這個時候燕狂人落足之處，正是無憂軍所在的位置。

李無憂只嚇得魂飛魄散——只見剛剛還有氣無力的燕狂人忽然變得龍精虎猛，破穹刀一擺，一道百丈長的刀氣正正地朝無憂軍陣形的中央橫劈了下去。

刀鋒過處，無憂軍上百士兵被劈成兩半。

同一時間，一道長達百丈的黑色裂縫出現在刀氣所過的弧形空間上，兩側的無憂軍士兵如同見到磁鐵的鐵針，紛紛不由自主地被吸進那空間裏去。

「該死！回來！」李無憂也瞬間挪移了過來，倚天劍一指，那道裂縫終於被合上。

「哈哈！李無憂，你看我手中是誰？」燕狂人的笑聲響起，李無憂側身一看，頓時驚得呆住——破穹刀和燕狂人之間的空間裏已經多了一個寒山碧。

李無憂深深吸了口氣，冷冷道：「老閹人，快將人放了。」

「要放人也可以，你先將倚天劍丟過來！」燕狂人大笑，但不知道是不是報應，這一笑未落，嘴裏卻又噴出了一口血來。

「靠！看你一把年紀了，還真會說笑，倚天劍給你，老子還有活路嗎？」李無憂不屑地哼了一聲，「老子女人多的是，你愛殺就殺好了！反正老子一會兒再將你剁成肉醬給她報仇就是。」

兩軍一片譁然。

「老公你瘋了嗎？」慕容幽蘭叫了起來。

「小蘭閉嘴！」呵斥她的人卻不是李無憂而是寒山碧，「無憂你做得對！今生無緣，我們來世再做夫妻吧！」她本是決絕的性子，知此間之事除此再無他法，說這句話時，心頭卻還是莫名的一痛。

但燕狂人卻不是傻子，當然最重要的是，他的傷不能再耗下去了，他大笑道：「好，好！李無憂，想不到你竟然是如此拿得起放得下，如此有魄力……那好，一月之後，某家在天柱山恭候閣下和倚天劍的大駕。來不來悉聽尊便！」說時帶著寒山碧御風飛去。

朱盼盼三女也自展開身法追去，但聽燕狂人冷哼道：「李無憂，若再有人追來，某家立刻殺了這丫頭！」

「你們給我回來！」李無憂冷喝一聲，手掌朝空中虛虛一抓，三女頓時感到身體被一種霸道至極的無形勁力所吸引，速度頓時爲之一緩，再看時，燕狂人卻已去得遠了。

「老公你……」慕容幽蘭怒氣沖沖地想說什麼，卻被李無憂冷冷瞪了一眼，頓時竟再說不出話來——那冰冷的眼神裏似乎有一團火，在熊熊地燃燒，只欲將那強忍著卻依舊要滴出的眼淚化爲氣，燒成粉……

李無憂長吸了一口氣，走到了城下，冷聲道：「王維，耿雲天，你們投不投降？」

耿雲天和王維等人已經登上城頭。

耿雲天心頭忐忑，他知道倚天劍之利，非人力所能抗，司馬青衫既去，憑自己的力量那是無論如何也抵擋不住，而無憂軍之銳，更是讓天下人膽寒，但他卻知道自己若投降李無憂，今生卻再也抬不起頭來，忽地想到司馬青衫和李無憂的一月之約，只要撐過這兩天……

望望王維，見後者和他一樣，猶豫中帶著一種冷傲，當即將心一橫，決定做一次生平最大的豪賭：「李無憂，我耿雲天一向忠心爲國，這裏，滿城人皆是和我一樣，不爲瓦全，但願玉碎，你若有種，就用倚天劍破開城門，引天河之水來灌，我倒要看看你這個屠夫，是否爲了你個人的天下而不要這滿城人的性命！」

李無憂強壓著心頭的怒火，冷冷道：「王維，你也是這麼說嗎？」

王維微微遲疑了片刻，隨即道：「正是如此！」

「你……你們都是寧死不降？」李無憂指點著城頭的士兵，一一地問。

那些士兵都是王維的親兵，自然是和主人站在一邊。

「好，好，好！你們都有種，欺負我李無憂不會殺人嗎？」李無憂仰天大笑，緩緩將倚天劍收了起來。

城頭所有的人都暗自鬆了口氣，但這口氣卻成了他們出的最後一口氣。

「那朕今天就殺給你們看！」李無憂猛然抬起了頭，手指點著面前的城池，一聲狂笑。

「不要！」柳隨風高聲喝止，卻已經遲了。

沒有人，能讓李無憂的怒火止息，甚至是他自己。

李無憂一生中所做的最爲人所詬病的一件大慘事，終於不可逆轉地發生了。

下一刻，滿腔悲憤和壓抑化爲一掌如繁星的無明火，從李無憂的指尖射了出去，落到護城河裏，落到城牆之上，落到城裏的建築上，落到人身上……

河水燃燒了起來，石牆燃燒了起來，城裏的土地，城裏的建築，人，兵器……一切的一切，統統地燃燒起來。怒火焚城，萬物莫當。慘叫聲不絕於耳。

李無憂望著那鋪天蓋地的大火，那只欲將萬物毀滅的大火，聽著城裏婦孺的哭聲，聽著耿雲天和王維帶著哭腔的投降聲，卻思索著與此完全無關的事：「是不是所有驚天動地的愛情，都免不了百轉千迴？」

「傻瓜！所謂天妒紅顏，阿碧那麼美貌動人，你又得天獨厚，如何會不遭天妒？如果你非要將滿城的人當做對她此次劫難的贖罪，不怕讓她遭受更多的苦難嗎？」一個聲音輕輕在他身後響起，同時陣陣溫柔自背上傳來，有一個人輕輕地抱住了他。

「若蝶啊！」李無憂輕輕抓住那人的手，輕輕道：「隔了千多年，原來還是你最瞭解我！」一腔的怒火，也在這個時候，消失得無影無蹤。

「陛下開恩！」不知何時，無憂軍的士兵已經齊刷刷地跪在了他的身後，其中還有慕容幽蘭和朱盼盼。

李無憂輕輕嘆了一口氣，袍袖一揮，滿城的火，在剎那間消滅了個乾淨，只剩下斷垣殘壁在輕煙裏呈現焦土的模樣。

事後據民務官統計，這場持續時間不到一刻鐘的大火，燒死的人竟達十萬計，而城牆和城中的建築，幾乎有一大半被燒得成了飛灰。

護城河裏的水也被燒了個乾淨，蒼瀾河的新水直到三日之後，才又重新注入，想來天子之怒，便是毫無感情的水竟也感到惶恐。

雖然在若干年後，李無憂曾親自爲此事下了罪己詔，並連續三年親自爲大旱的柳州祈雨成功，後世公正的史家依然沒有放過無憂大帝一生中最大的污點，將其載入史冊，並點評說：「遷怒，人性之至惡也，雖聖人亦不可免！」

只是當這一切流傳了幾百年之後，而當時的慘狀只存在於史書上的數字的時候，人們更津津樂道的卻還是李無憂和寒山碧之間的深情。

後世的女子常常在發夢一般地想：如果有一個男人會因爲自己，怒火竟然足以達到燒掉一座城池的地步，無論他是魔頭還是流氓，也許我都會義無反顧地嫁給他吧……

初，光復之戰，柳州一役，逆拒不願降，帝怒，以天火焚城，死傷十萬計，斷垣成丘，殘牆如焦，雖天河之水亦不可免，被煮沸一空。又三日，方始敢入……後，帝悔，遍植長青木以念逝者，愚人以為有神效，伐而為棺，竟流傳中外，後世遂有「死在柳州」之諺。

——《萬物開源・柳州棺木》

第八章　天機妙算

大火既滅，無憂軍開進柳州城，柳州軍投降，事後有士兵獻上王維幾乎要被燒焦的人頭，而耿雲天則不知所終，幼帝楚九夢竟然奇蹟般地毫髮無損。屬下有將士建議就地處決楚九夢，以正綱常。

李無憂看了看王維的頭，望著眼前那幾歲孩子漆黑的雙瞳，忍不住嘆了口氣，道：「聖人以暴得天下，以仁治天下，此次叛亂，一切都是耿雲天和王維搞出來的，幼子何辜？」當下將楚九夢放了，封之為平易王，著人帶回航州。

當日，李無憂令柳隨風和五萬的無憂軍留鎮此地，自己率領其餘軍隊沿蒼瀾河走水路返回航州，不五日，重到青州，休整一夜，次日，崑崙那邊傳來消息，趙飛願意擁戴李無憂為帝，並已起身前往航州晉見。

自此，新楚十四州，全數納入李無憂掌握。

慕容軒和眾將紛紛道賀，李無憂微笑舉杯，只是眉間卻隱隱有絲難解的惆悵，三女知

道他掛懷寒山碧，卻也無以寬解，只有一面陪著他黯黯神傷，一面細心留意寒山碧的消息，靜等一個月過去而已。

次日，在勉勵了一番青州總督之後，李無憂的艦隊浩浩蕩蕩地開赴杭州，而慕容軒作爲國師，也是一路隨行。天下既定，自然一片太平，艦行水上，也是波瀾不興，並無意外之事。一路行來，李無憂雖然強顏歡笑，但人人看出他心中鬱悶難解，也唯餘嘆息而已。

這日午後，李無憂正自分析朱盼盼遞來的情報，期盼找出龜縮的燕狂人的藏身之所，卻有衛兵傳報說慕容軒晉見。

分君臣落座後，慕容軒笑道：「皇上最近愁緒滿懷，可是心上放不下寒姑娘？」

李無憂點頭默認。

慕容軒又道：「陛下的家事，爲人臣子者本不當問，只不過幽蘭早晚是你的人，大家早晚是一家人，有些話，臣不吐不快。」

李無憂淡淡道：「國師有話不妨直言，朕赦你無罪。」

「謝陛下。」慕容軒微微拱了拱手，「當日正大光明殿上，臣就曾經說過，寒姑娘終究是魔道中人，陛下對她傾心本就是大錯一件。皇上何必爲這樣的女子……」

「住口！」李無憂重重一掌將桌子拍成粉碎，人也站了起來，但隨即他又坐了下來。

慕容軒卻不理他，繼續道：「你我共知，倚天劍是當今世上唯一可以抑制破穹刀的神物，其餘的那些所謂神器，與之相比威力都相差甚遠。至於燕狂人的爲人，你更比我瞭解。其實，不論寒姑娘爲人如何，此次你若真是爲她而將倚天劍送與燕狂人，那就等於將好不容易才爲天下贏得的太平拱手讓人，到時候，群魔亂舞，卻再無可以剋制之物，而很有可能我大荒民眾將從此陷入魔族統治的水深火熱，到時候，陛下可就從民族英雄變成千古罪人了。」

李無憂冷冷地盯著慕容軒，一字一頓道：「如、果、被、抓、的、人、是、小、蘭、呢？」

慕容軒淡淡道：「如果是那樣，感情上我會很痛苦，但微臣一樣還是會說這番話。畢竟，比起我整個家族的利益，整個荒人的民族感情來說，便是我自己也可以犧牲，一個女兒……實在微不足道。」

李無憂認真地看了看眼前人良久，終於嘆了口氣，道：「原來你果然比我更像一個小人。但如果我不去赴天柱之約，天下人會說我負情寡義的！到時候，就會失去民心，統一天下的難度將大大增加。」

「燕狂人之所以沒有當時就逼你棄劍，正是想到了這一點。計策不可謂不毒。只不過，無憂，你自己也該知道，所謂輿論，其實大多時候都是愚論，關鍵是看你怎麼引導。從另一方面來說，你這是爲天下而犧牲自己，只要宣傳得當，你自己再在民眾面前多演幾場戲，一切還不是迎刃而解，天下人只會說你大公無私，寒姑娘也可以留下一個捨身成仁的形象，贏得後世愛戴。你說對不對？」

李無憂深深地吸了一口氣，卻沒有再說話。

舟行迅速，不三日，巨艦到達瀾州，於是棄舟登岸，縱馬而行。

前方一攬平川，正是駿馬馳騁之地，五萬大軍展蹄如飛，遠遠看去，蔚爲壯觀。

棄舟之後，李無憂才想起慕容軒那百艘巨艦，頓時想起一直盤根在青、蒼兩州乃至整個新楚的實力該是何等雄厚。

那些艦想來慕容家造來絕非如慕容軒自己所說的爲了運送花花草草那麼簡單，以一艦載五千人計算，百艦則是五十萬之巨。慕容軒將此全數展示給我，無非是投誠之意，這恐怕還只是冰山一角，如果我一意孤行，怕很快會失去這個強大的臂助。

這日正在頭疼，忽然見前方奔馬停止，人仰馬翻，忙勒住絲韁，不時便有士兵回報：「啓稟皇上，前方軍隊忽遇怪事，難以成行。」

「哦？」李無憂皺皺眉，打開了天眼。

那士兵繼續道：「前方本是一片草原，但不知爲何忽然多出了一條橫在路中央的一條河，我們的馬想躍過去，不想才一飛出，立時便變作了一堆白骨，而馬上的人卻似乎撞到一道透明的牆，紛紛被撞了回來……」

「不用說了，朕都看見了。」李無憂擺擺手，「傳朕的命令，大軍原地待命，不要輕舉妄動。」

那士兵忙去了。

李無憂問三女和慕容軒道：「你們可知道有這樣的一門妖術？」

三女都是搖搖頭，但慕容軒卻眉關緊鎖，沉吟道：「這門法術我似乎在哪裏聽過，但一時卻又想不起來究竟是在哪裏……」

「切！真是廢話！還大仙呢！」李無憂不屑哼了一聲，打馬朝前奔去，三女和慕容軒忙策馬相隨。

李無憂早通過天眼看到了那條寬約兩丈的河，只覺得其中陰氣森森，但站到河邊的時候，依舊不禁打了個寒戰。

此時已經是三月初，正是百花齊放，萬物爭春的時節，但這條河裏卻是布滿了堅冰，

而要命的卻是那些堅冰居然在流動。但流動卻又完全不是那種碎冰在河水裏漂浮的那種，而是整個河裏的水都是冰，偏偏這些冰卻在流動。想起士兵們惶急下見到這條河，竟然還有勇氣躍馬去跳，也算是難能可貴了。

但他回過頭去，卻發現士兵們臉上都是一片如同抹粉的白，迅即明白這些人不過是狗急跳牆罷了！

正自好笑，卻聽慕容幽蘭道：「老公，這究竟是什麼河啊？怎麼看上去怪怪的。」

李無憂沒有回答她，但有人回答了：「這條叫做冰河，乃是遠古洪荒之時所有。」

這個美麗的聲音響起的時候，說話的少女卻沒有出來，使得本就如春山新雨般的空靈聲音平添了一份清麗脫俗。

所有的人都驚了一驚，因爲即使是李無憂打開了天眼，一時也搜索不到這少女的蹤跡。

「小妹妹，你在哪裏啊？快出來，姐姐給你棒棒糖吃！」慕容幽蘭使出了殺手鐧。

「呵呵！咱們倆還不知道誰大誰小呢！」那少女笑了起來。

「哼！出來比比不就知道了！」慕容幽蘭當然很不服氣。

「我怕嚇著你！」少女老實道。

「沒事！你聲音這麼好聽，再醜能醜過唐鬼嗎？喂！阿鬼過來！」慕容幽蘭一招手，作為反面範本的唐鬼先生屁顛屁顛跑了過來，點頭哈腰：「蘭姐找我？」

慕容幽蘭一把將唐鬼拉到冰河之前，笑道：「哪，你看你能比這傢伙醜嗎？」

「什麼叫醜啊？」唐鬼大聲抗議，「我這叫面相崢嶸，骨骼清奇！」

這傢伙最近讀書很勤，學會了一個叫「崢嶸」的妙詞，所以是拿到哪裏用到哪裏，比如昨天晚上，他看到一堆狗屎，立時發出感嘆：巧奪天工，多麼崢嶸的一泡狗屎啊！當時噁心得周圍的人一片嘔吐，當然此時也不例外……

「奇倒卻也是有幾分奇，崢嶸嘛，換成猙獰就差不多了！」那少女也笑了起來。

周圍似乎刮起了一陣微風，花草都輕輕地點頭。

「就是就是，猙獰最是貼切了！沒你的事了，一邊玩去！」慕容幽蘭如丟小雞般，一把將唐鬼扔到了隊伍的最後面，後者立時全身骨頭碎了一半，只嚇得旁邊的兄弟陣陣劇汗，但她卻若無其事地拍了拍手，「好了，妹妹，你也看見了！世上明顯比你醜的人多了去，你還怕什麼？出來吧？最多我扮個鬼臉嘛！喵！」說時她真的扮了個貓臉。

「呵呵！你可真有意思！好，看在你的面子上，我就出來見見李無憂。」那少女笑了一笑，眾人立時發現河對面一株野花的一片葉子上的一滴水，陡然在陽光下折射出七彩光芒，然後那滴水從葉子上跳了下來，落到地上時卻已經變成了一個妙齡少女。

眾人目眩神迷，同一時間似乎聞到一陣很淡但直沁心脾的幽香。

「原來是玄宗的滴水穿石術加上了天巫的化朱成碧！」李無憂嘆了口氣，自己是法術交混一道的高手，卻沒有想到別人就在眼前，自己竟然沒有看穿，真是失敗得可以。

但這個念頭才一轉過，他的眼睛卻再也離不開那少女的身體了。

那少女只穿了一件極端尋常的青布道袍，但偏偏曾被李無憂認爲是牛鼻子專用職業套裝的這身衣服落到這少女身上，就有了一種化腐朽爲神奇的意思——那少女穿上這身衣服，身姿竟是說不出的曼妙動人，配上她那張清麗絕俗的臉，更予人不可方物之感。

李無憂輕輕吸了口氣，回過神來，再看旁邊眾兄弟，頓時狠狠罵道：「都把口水給我收起來，也不嫌丟人現眼！」

眾將士慌忙抬起衣袖擦嘴，生怕慢了會被美女瞧不起——早幹嘛去了？

「呀！妹妹你好漂亮！」慕容幽蘭歡喜地叫了起來。

「呵呵，你也不差！」道裝少女笑了起來。

這一笑只如春風拂水，百花吐豔，剛剛才被擦去的口水剎那間再一次地占據了眾將士的嘴角，並一改先前的小橋流水，頓時成了飛流直下三千尺的壯觀。

但這個時候，朱盼盼的眼睛卻亮了起來，指著那少女的背後驚呼起來：「無憂，快看那些花……」

「糟糕！」那少女微微嘆息，望著慕容幽蘭露出了無可奈何的神情。

慕容幽蘭和李無憂等人一樣艱難地將目光從那少女臉上移開，順著朱盼盼的手指看去，立時驚得目瞪口呆——那少女身後遍地的野花，竟然在那少女一笑之際如春雨一般飄了起來，落了下去。

花瓣越飛越多，片刻間，冰河兩岸，滿地的野花都飛了起來，各種顏色的花在空中飛舞、落下，如同下了一場花雨。

冰河裏忽然傳來了水聲，卻不知何時堅冰竟然全數融化開來。

眾人如癡如醉之際，慕容軒心中一動，笑道：「一笑嫣然，萬花羞落，賢侄女原來就是玄宗諸葛小嫣，難怪，難怪，難怪！」

少女朝慕容軒躬身行了一禮，笑道：「慕容前輩果然高明。請恕晚輩失禮。」說完腰肢一擰，輕輕轉過身去，眾人這才回過神來，一時皆是悵然若失。

慕容軒見此大笑：「正該如此！免得這幫小色鬼沒了魂魄。」

這話立時引來慕容幽蘭三女的贊同和包括李無憂在內的眾男士的怒目而視，唐鬼更是極端鄙視地看著老傢伙，小聲嘀咕道：「老王八蛋，裝什麼正經人嘛！你自己年輕時候幹這樣的事還少了嗎？」

李無憂清清嗓子道：「小嫣妹妹，你這大老遠的跑來這裏等我，這個，不知道有什麼要事相商？如果是打算毛遂自薦向我提親，那當然沒什麼問題，不過如果是向我借錢那就免開尊口，當然，彩禮不在此列。」

這話當即又引起了公憤，四女的原因很明顯，而眾將士則是敢怒不敢言，紛紛露出「要不是老子打不過你，你小子早被我打翻在地」的表情。

但冰河的彼面，諸葛小嫣接著說的話卻讓眾人悲痛欲絕：「提親之事，並非不可考慮。皇上可否借一步說話？」

這……這……諸葛小嫣擺明了是對李無憂大有一見鍾情之意，並毫不避嫌地提供獨處的機會！

眾兄弟呼天搶地，唐鬼更是大聲疾呼：「天啊，你還要不要我們活了，爲何美女都成了李無憂的女人？」

（易刀代答：第一，別人長得比你們帥。第二，別人比你有錢。第三，別人武功比你高……第三千九百二十五，因為他是主角！）

李無憂微一沉吟，道：「好！」說時意念一動，已然飛身朝對面掠去，同時倚天劍自動在身周形成一層五彩光罩。

他剛一飛到冰河的上空，眾人立時看見空氣中陣陣藍色的電流在倚天劍的光罩周圍竄動不停，只不過卻是徒勞無功地掙扎著，怎麼也不能穿過光罩進去。

下一刻，李無憂飛到河的對面，藍色的電流消失不見。

「原來這條河也是怕唬的，只要拿把劍說老子要砍你，它就不敢欺負你了！」唐鬼恍然大悟，當即抓起巨劍便要飛過河去，卻被若蝶一掌打了下來。他正自大怒，卻見若蝶手指一揮，他那把巨劍已然飛到河上空，立時被藍色閃電包圍，並迅速改變形狀，掉到河面上時，已變成一堆生銹的爛鐵。

唐鬼臉色慘白，眾人心驚膽戰。

見眾人詢問的目光朝自己射來，慕容軒淡淡道：「這就是諸葛小嫣自創的獨門法術『彈指紅顏老』，凡闖進結界內的任意物體，都立刻會加速其生長或老化過程……」

「哈哈，發財了！」唐鬼大喜，忽然抓起隨軍輜重裏的酒罈，拋進了河裏，然後興高采烈道：「兄弟們，今晚有千年老酒喝了！」

眾人先是愕然，隨即紛紛仿效。

河的對面，李無憂和諸葛小嫣終於近在咫尺，面對面的時候，諸葛小嫣那種美麗更讓人窒息。其實十大美女各有千秋，就李無憂所見，百曉生的排行榜也許更多的是帶有一種個人主觀的色彩在裏面，如果換一個人來排，那一切就又將不同，但不得不承認的一點是，諸葛小嫣的美貌確實和程素衣不相伯仲，難分軒致，將此二人排在榜首應該說是眾望所歸。

「楚王可是看夠了？」在李無憂神思恍惚之際，諸葛小嫣忽然冷冷出語，聲音裏微微帶出了一絲不屑。

「沒夠！」李無憂老實承認，「不過可以開始談正事了！」

諸葛小嫣呆了一呆，最初的時候，她見對面的男人見到自己都紛紛流口水，獨獨唯李無憂沒有，便以爲他與眾不同，只是現在近在咫尺的時候，這個男人一樣目光呆滯，她便大大的不屑，不過她沒有想到李無憂竟然會如此老實的承認，並早已跳出了自己美貌的束縛，一時卻又生佩服——原來這人並非如傳說中那麼不堪，他看自己竟然更多的是欣賞。

這一連串微妙的心理變化，卻也只在剎那間就完成了，當諸葛小嫣再次開口的時候，她的心情又已經是古井不波，因此可以讓她無所畏懼的單刀直入：「李兄，小嫣希望你不要去天柱山。」

「果然！」李無憂聲音開始有些變冷，但目光依舊溫柔，「能不能給我個理由？」

諸葛小嫣平靜道：「我不希望你成魔。」

「成魔？」李無憂愣住，隨即放聲大笑，「原來你們的消息還是如此落後，難道你不知道朕現在是創世神的使者，大荒的救世主嗎？」

「我知道！」諸葛小嫣搖搖頭，「而自你踏入江湖的那一天起，我也開始知道倚天劍就在你手裏。」

這一次，李無憂是真的愣住了。

卻聽諸葛小嫣又道：「你也知道我是玄宗門下，我們玄宗有一門絕技，叫做卜卦，也就是常人說的算命。」

「算命？」李無憂哈哈大笑起來，「青虛子那老牛鼻子自己十次能算準一次就算不錯了，你別告訴我你這個他的七代傳人竟是在我踏入江湖的時候就算到倚天劍在我手，而我也最終將成魔？」

諸葛小嫣卻沒有笑，也沒有半點動怒的意思：「青虛祖師學究天人，於卦相命理一道實有鬼神莫測之能。只不過，隨便洩漏天機，是會遭天譴的，是以一直以來，我玄宗門裏就有一條定律，或者說是魔咒，但凡敢學這卦理一道的人，沒有人可以活過二十歲。」

「說笑！」李無憂搖搖頭，「前幾天還有人跟我說，青虛子那老不死的自己都活了兩百多歲還活蹦亂跳、無病無災的在世上傷天害理，你這東西誆別人還成，我麼，還是省了吧。如果沒什麼別的事，在下告辭了！」

「那不過是鄉野村言，作不得準。」諸葛小嫣淡淡一笑，隨即神情卻變得黯然起來，「其實，青虛祖師雖然創出了這門卦理，自己卻從來沒有真的演算過。你說他十算總有一算是準的，那一算也多半是矇的。而玄宗門下，這兩百年來，也無一人真的練成此門神通。我自幼好強，發誓要能前人所不能，苦苦鑽研了九年，皇天不負，終於在三年前融會貫通，自此前知三千年後知九百年，創下了個小青虛的名頭。」

「呵呵，只是旁人所不知道的是，真的青虛子也遠遠不及你的算術。」李無憂笑了起來，只是情緒裏的震撼，連他自己都瞞不過。

諸葛小嫣淡淡一笑，道：「也可以這麼說吧。學成卦理之後，我幾乎等於掌握了時間的秘密，因此自創了這門彈指紅顏老，取意『紅顏彈指老，剎那芳華』之意，從此無敵於天下。只是到了此時，我才開始後悔。」

李無憂頓時一呆，隨即想起冰河和白骨，點了點頭，如果她能隨意地改變時間，幾乎相當於創世神之力了，要說無敵於天下，那實在是理所當然，只是外界愚人不知，竟然以爲彈指紅顏只是一套取巧的將隱身術和虛空挪移術相結合的法術而已。

擁有蚩尤魔刀的陳羽也竟然沒有取得奪宮戰的勝利，想來是被諸葛小嫣所逼退。同時他也明白，彈指紅顏其實也是諸葛小嫣自況，如果按百曉生的說法，她今年是十八，那麼，也就僅僅還有兩年時光可活，如此一來，當真是彈指紅顏老了。

如果是一個豪氣沖天的男人，寧願如流星一般光芒萬丈而不願碌碌無爲，能有兩年多時間的天下無敵而無怨無悔，只不過諸葛小嫣卻是個青春貌美並且很聰明的小姑娘，少女情懷，要不後悔那才是怪事。

過了良久，諸葛小嫣悠悠續道：「我能改變別人的時間，卻改變不了自己的時間，眼見韶華流逝，卻無可奈何，不知道這算不算人生最大的悲哀。這樣自怨自艾，匆匆過了一年。但今年年初的時候，有一天有個人來找我算命，我推算半日，竟然全無痕跡，之後練功的時候，我發現彈指紅顏失效了，這樣的情形讓我異常惶恐，之後我再不替人算命，而是苦苦思索究竟是哪裏出了問題。久思無果，我決定出去走走，適逢你們新楚舉行英雄大會，我便來湊了湊熱鬧，然後……我就看到了你。」

「原來當日的英雄大會你來了？」李無憂大大的詫異，隨即恍然，那時自己天眼未成，諸葛小嫣又易容隱在人群中，自己是無論如何也發現不了的。

諸葛小嫣點點頭：「當我第一眼看到你的時候，我就發現了乾坤袋，還有裏面的倚天劍，也是從那個時候開始，我的功力又失而復得了。然後我替你算了一卦……很可惜，在命裏，擁有倚天劍的你，居然是個將讓大荒血流成河的大魔頭。」

「你別告訴我，從那個時候開始你就在算計我了？」李無憂嚇了一跳。

「不是算計……」諸葛小嫣搖搖頭，「而是對付。只是沒有理由的，我的彈指紅顏竟然在你身上完全沒有效果。我以爲這是天意，於是我決定逆天改命。在這個時候，我遇到了葉十一和牧先生，還有禪林的人。之後葉兒他們，以及禪林的雲淺禪師對付你的所有的一切，都是受了我的委託。我知道這樣的力量不夠，於是我請來了四宗的年輕精英，我知道你好色，所以特意讓可人和秋兒接近你……只是可惜，可人一則太過高傲，二則竟是對你一見鍾情，最後連她師父的話都不肯聽，怎麼也不願意接近你；至於秋兒，卻是對你假戲真做，搞到最後我求救世龍女出手，她才不得已配合了一下，只是可惜……」

「原來這背後的一切都是你在主使。」李無憂嘆了口氣，一時竟也不知該說什麼才好。

他萬萬沒有料到陸可人一直不肯嫁給自己，並非討厭自己，恰恰相反，竟是對自己太有情意。秋兒背叛自己原來也是情非得已，當真是人算不如天算。

諸葛小嫣又道：「只是可惜她們都失敗了，最後我算到你殺了葉十一，便幫謝驚鴻前輩找到了驚鴻劍，只是可惜他一開始不忍心殺你，而到了最後動手的時候，你的功力已經遠遠超過了他，可謂人算不如天算……連我辛辛苦苦找來的救世龍女，她的青龍最後竟然也被你收了。」

李無憂默然，許多橫亙在心頭的謎團終於一一解開，但他心裏反而卻更堵得慌了，終於，他忍不住問道：「諸葛姑娘，你僅僅憑自己的推算就認定我是魔頭，你自己也知道你的卦相已經可能不準了，難道你就不怕自己錯殺好人？」

諸葛小嫣嘆了口氣，道：「你說得對。這個時候我也開始懷疑自己的推算，然後再次替你卜了一卦，結果卻更讓我大吃一驚，原來之前我一直都錯了，你的命相竟然是神魔雙生相。」

「神魔雙生相？」李無憂吸了口氣。

「顧名思義，擁有這種命相的人，可能會有神和魔兩種命運，換言之，你可能會成爲救世主，同樣你也可能成爲危害眾生的魔。我之前所看到的只是你成魔的一種可能，而後面的一種神相卻沒有看到，爲你帶來那麼多的麻煩，真是抱歉。」說時，諸葛小嫣認真地

朝李無憂鞠了一躬，滿臉誠色。

李無憂苦笑道：「都過去了，那也休提了。」

「這才是大丈夫氣概！」諸葛小嫣點點頭，「說了這麼多前事，我們還是說眼前吧。據我推算，你神魔雙相的交會點就在眼前，更確切的說，就在你去不去天柱山。此時天下人皆知你倚天劍在手，而你所還不知道的是，燕狂人化名司馬青衫的時候，確實曾在禪林中待過，而其輩分更是在雲海之上，和四奇中的菩葉禪師同輩，他利用這個身分，讓雲海禪師於昨日發出了邀請，讓天下江湖各派本月二十二日在天柱山舉行屠魔大會。所要屠的人是誰，正是你那位紅顏知己寒姑娘！」

「他這是怕我不去，逼我現身罷了。」李無憂自然明白。

「不錯。此時他的身分固若金湯，沒有人會相信他就是燕狂人。而我更深信，此次大戰，你若現身，必然是血流成河，從此與天下英雄結怨，此後再無寧日，魔相將占據你的身體，而倚天劍落到燕狂人手中，這個天下也會徹底淪爲修羅世界。」

李無憂淡淡笑了笑，笑得很苦：「換了是你，你的小情人被人抓走了，你會不會去救？」

諸葛小嫣沒有直接回答，而是道：「老吾老以及人之老，愛吾愛以及人之愛，李兄，你應當知道，如果你一意孤行，必然會讓更多的情人生離死別，讓更多的家庭支離破碎。所以，希望你慎重考慮，不要自誤誤人。」

如果是以前，李無憂一定會毫不猶豫地說天下關我屁事，我只要和我喜歡的人在一起就可以，無論是魔是神，只要我們開心就好。但此刻的李無憂已經不是當初那個李無憂，經歷了那麼多事，他成熟了，或者說，已經不像那個像小人也像英雄一樣的李無憂了。

是什麼偷偷地改變了少年的心？寒冰砭人的冰河之旁，李無憂靜靜地佇立，他幾次想張口下一個決定，但嘴唇的黏合處輕輕撕開一條小口，隨即又再次闔上。

曾經年少衝動的時候不會明白什麼叫左右為難，曾經快意恩仇的時候不會明白什麼叫情義兩難。是什麼，讓我如此瞻前顧後？又是什麼，讓我猶豫不決？

自李無憂過河之後，所有的人都看見他和諸葛小嫣在說話，但卻沒有人聽得見那邊任何一個聲音。大家都知道這是諸葛小嫣的法術。現在，所有的人都看著李無憂，那個憂愁滿面的少年，從來沒有一刻，慕容幽蘭、朱盼盼和若蝶，看著少年的臉是如此的心痛，所有的人都知道他一定是在作一個艱難的抉擇，但沒有人幫得了他。

河邊的風彷彿也帶有寒冰，吹在人的臉上，如刀子一般的疼。

李無憂思慮良久，終於還是沒有答案，他幾乎是祈求地對諸葛小嫣也是對自己道：

「容許我再考慮幾天，我不希望自己將來後悔。」

諸葛小嫣暗自輕輕嘆了口氣，因爲她知道無論如何抉擇，李無憂將來都一定會後悔，上蒼總是如此的殘忍，偏要一個人擔當如此多的背負。

但是此刻的她雖然點點頭，卻沒有心軟：「好吧！最後去不去還是在你，我阻攔不了你。不過，如果你不去，我會幫你取下陳國，到時候你一統河西，再一統大荒、古蘭，都是指日可待，而你要的女人，我都會一一幫你找來，即便是我自己，即便是程素衣，也都可以。你自己想想吧！」

說完這句話，諸葛小嫣飄然而去，留下李無憂和他身後那條冰冷但緩緩流動的河。

九日之後，三月十八，李無憂率領無憂軍回到了航州，受到了航州百姓的熱烈歡迎。因爲回來的時候，他一路設置了幾個傳送陣，三日之後，即三月二十一，無憂軍主要將領和各州的總督都紛紛到達京城，接受皇帝的檢閱。

這一天，李無憂在正大光明殿前的廣場裏大擺筵席，款待所有官員和各國前來祝賀他登基的使節，其中還有各地派來的百姓代表。

所有的人歡聚一堂，只見大楚新任天子紅光滿面，春風得意，頻頻舉杯，一時官民同樂，期待四海昇平。

筵席之後，新帝大刀闊斧的改革了朝政，重新分配了官職，雖然有人因此丟官痛哭，但絕大多數人都從中看到了新帝決定要大有作爲的魄力和決心，都是紛紛稱善，便連各國的使節都開始猶豫自己是否該早些向未來天下的明主投靠。

就是在這樣的情形下，新任的大楚左丞相柳隨風和右丞相寒士倫在未央宮見到李無憂的時候，卻是滿臉愁容。

李無憂打趣道：「莫非兩位對自己的新官職都不滿意，而非要就任那個被朕廢掉的太師之位?老實說，朕自幼對所有的太師都沒有好感，因爲所有的小說評書裏，身居這個職位的都是個大壞蛋，所以你們現在就可以死了這條心。」

二人當即都裝出了笑容，卻都是苦的。

柳隨風道：「皇上，寒姑娘的事我們都聽說了，你也不必在我們面前強顏歡笑了。」

寒士倫也道：「就是。皇上，其實我們可以好好談談這個問題，我不相信憑藉我們三人合力，還會想不出一條妙計。」

李無憂笑道：「這件事朕早有主張，哪裏還需要什麼妙計？」

「皇上的意思是?」二人同時詫異問道。

李無憂沒有直接回答，只是淡淡道：「李無憂什麼時候讓你們失望過了？」

柳寒二人走的時候，已經是三更天了。

李無憂呆坐片刻，獨自一人到後花園散心。

月光如水，皎潔純淨，長夜的風，溫柔地落在他的臉上，輕輕柔柔，一如伊人玉手撫摸。李無憂望著月光，怔怔地發呆。

李家集外樹林裏，自己初遇阿碧的時候，也是這般月光，那個時候，看她淺笑嫣然，長髮流雲，白裙如雪。那個時候，她輕輕地倚在我的肩上，吐氣如蘭，軟語吹魂。那個時候，她認真地問我三個問題，我傻傻地答，卻不料竟然就此贏得伊人芳心。潼關前，她出語咄咄，傲視群雄。波哥達峰上，她將我背在背上，然後重重地摔下來，那個時候……

往事如流水一般，靜靜地流過他的心，他盡情地想，眼淚盡情地流。男兒有淚不輕彈，只因未到傷心處。是不是今夜過後，你將淡忘那個人？是不是今夜過後，你再也不會記得這些事？是不是……

你默默地想，無聲地哭，發誓要將那女子的容顏在心中細細雕刻，只望此生不會忘懷，只是……當明日黃花看盡，你是否還會記得昨日餘香繞懷？

有三個足音由遠而近。

李無憂擦乾淚，轉過頭來，嬉皮笑臉道：「不好好睡覺，大半夜地跑出來，是不是著急和老公圓房啊？來來來，每人先讓爲夫親一下。」

有人惱怒地撥開了他的手指。慕容幽蘭淚眼汪汪道：「老公，我聽隨風說，你不會去天柱山救碧姐姐了是嗎？」

李無憂伸出去的手，笨拙地收回，寒聲道：「這件事，你們不要管，我自有主意。」

「你……」慕容幽蘭大怒，「你不去，我去！」說時轉身出去。

「我去將她追回來。」朱盼盼搖搖頭，轉身也去了。

偌大一個花園裏，只剩下了若蝶和李無憂兩個人。

若蝶望著他的臉，悠悠道：「夢蝶，一千年前，也是在天柱峰，你一人獨劍邀鬥天下英雄，睥睨之間，何等氣概！今日，卻怎麼盡都忘記了？」

李無憂似乎不敢看她的眼睛，只是望著頭頂的月亮，苦笑道：「前世我只有你，今世我卻還有天下。我怕我去了，一定會將倚天劍給燕狂人，你知道，我一定會的……」

若蝶輕輕嘆了口氣，她想說什麼，但終究還是什麼也沒有說。她不懂得男人的責任，但她知道這個男人現在很痛苦，那種撕心裂肺的煎熬並不比刀劍加身來得輕鬆。她什麼也沒有再說，無聲地退出了這個院落。

李無憂靜靜地，孤孤單單地站在花園的中央，好心的月光將這煢煢孑立的人兒的背影拉得長長的，橫亙在園子裏怒放的百花之間，誰想，看上去卻顯得更加的寂寥。也不知過了多久，天上的星星眨眨眼睛，和月光一起退縮；朝陽，從東方射了過來，照在院中那人的身上，卻只讓這人覺得說不出的寒意侵犯。

有人輕輕地抱住了他的頭，憐惜道：「小鬼，這又何苦？」

這個聲音，是如此的悅耳，卻又是恍如隔世。淚流滿面的李無憂轉過頭來，撲到那人懷裏，放聲大哭。

紅袖輕輕摸著他的頭，柔聲道：「小鬼，四姐來遲了，讓你受委屈了。」

「姐姐，我是不是做錯了？」

「你沒有做錯，只是沒有做對而已。」

說話那人的聲音本是狂傲不羈，但此刻卻帶出了一絲感傷。

「大哥……二哥，三哥，你們都來了？」李無憂忙離開紅袖的身體，擦了擦眼睛。

大荒四奇終於再履紅塵。

文載道看著他的頭，嘆息道：「你這個傢伙，腦筋怎麼會忽然變得這麼死？倚天劍雖然是神器，但終究不過是一柄劍，即便給了那閹人，他又能怎樣？難道我們五人聯手，再加上糊糊和笨笨那兩個蠢材，還打不過他嗎？」

李無憂幾乎是在一瞬間茅塞頓開，他從來沒有想過，倚天劍本來是可以給燕狂人的。

菩葉笑道：「阿彌陀佛，五弟不是忽然腦筋變死了，只不過是當局者迷，你當年可還不是被菊齋那人搞得神神顛顛的嗎？」

文載道大窘，作聲不得。

卻聽紅袖嘆道：「無憂倒非當局者迷，只不過是受了大哥和三哥的毒害罷了！」

「四妹，這又關我們什麼事了？」青虛子和文載道自然不服氣。

紅袖道：「自入谷那一天起，大哥就一直告誡小鬼，男兒當自強，而三哥後來被小鬼纏得沒東西學了，就讓他自己去觀察天地日月運行自己領悟，並且每次都給他灌輸大丈夫處世凡事都要靠自己，怎麼可以老靠別人教你，是不是你們說的？這些話本來是不錯，只不過你們也知道，這小鬼本來就自幼孤苦，倔強慣了，再被你們兩人一教，潛意識裏就養成了一個孤傲的性子，凡事都有了只考慮自己解決的毛病，而出山之後，這一路順風順水，更讓這小鬼心裏覺得世上之事，他都能擺平。更甚者，由此推理出如果自己擺不平，那就是別人誰也搞不定了。不然這次出事，他怎麼不會想到我們？」

眾人默默一想，都是深以爲然。

李無憂也是暗自警惕，想起上次自己之所以不肯接受謝驚鴻傳功，怕也是受了這種骨子裏的孤傲所影響，隨即卻暗自失笑：「那麼多人都罵老子是小人，原來我才是個大丈夫。哈哈哈哈！」

紅袖忽道：「現在東方已經日出，如果再不走，怕一會兒就趕不及了，到時候有人就要抱怨我們把他媳婦給搞丟了！」

眾人大笑。

李無憂不好意思摸摸頭，卻道：「這個倒不急，天柱山離此不不遠，瞬息可至。」

「瞬息可至？小鬼你是不是高興得過了頭了？」紅袖摸摸李無憂的頭，「這裏到天柱山少說也有萬里，就是我們飛也少說得兩個時辰，再帶上你，還不得三個時辰左右，去晚了，你老婆可被人給宰了！」

李無憂正要說話，忽聽有人大叫道：「老公我不管了，你不去，我自己去救碧姐姐。」

卻是慕容幽蘭闖了進來，而後面跟著無可奈何的朱盼盼和若蝶。

「哈哈！誰說我不去？」李無憂大笑，「雖千萬人，吾往矣！」

「真的？」慕容幽蘭大喜，但隨即卻驚叫起來，「老公，你……你……」

「我我我?我怎麼了?是不是又變帥了很多?」

「無憂，你的頭髮怎麼了?」朱盼盼和若蝶也叫了起來。

「不就是變白了嗎?回去姐姐給他找顆萬年何首烏吃了保管沒事。」紅袖輕描淡寫道。

「呀!這裏怎麼忽然多了四個人?你們是誰啊?你是我老公的姐姐嗎?怎麼你比他還年輕?呀!你好漂亮哦!這位爺爺今年幾歲啊?這位叔叔好像沒吃飽飯的樣子，面黃肌瘦的……」小丫頭這才發現紅袖等人，當即拉著四人問長問短。

李無憂抬起右手，施了個玄光術，右掌立時變得光可鑑人。鏡子裏，那個容顏依稀就是自己，只是一夜之間，三千青絲竟是變得如雪之白。

青虛子擺脫三女糾纏，過來勸道:「別看了!沒事!你看你，一頭銀髮，要多酷有多酷，別人羨慕還羨慕不來呢!幹嘛哭喪著個臉?來，笑一笑。」

李無憂笑笑，道:「大哥，我沒事。你們先在這裏等著，我去辦點事，一會兒就回來。」說時也不待青虛子答應，身形一閃，已然消失不見。

青虛子見他這一閃竟不似遁術也不似隱身術，同時也沒有看見他飛上天，人卻憑空消失不見，只驚得目瞪口呆。

第九章　正邪之爭

下一刻，李無憂已然出現在大荒之東的東海中央的一座大山之巔。

「師父，弟子來了！」李無憂輕輕朝對面的白衣人鞠了一躬。

靜坐中的天外散人睜開眼睛，臉上露出不信神色：「我的靈覺少說可以達千丈之外，怎麼竟……你是怎麼來的？」

李無憂笑道：「我剛是從天界來的。」

「天界？」天外散人身軀巨震，一把抓住李無憂的手，「你找到天界了？你已經突破萬道歸真，成仙了？不，不，你氣根明顯不足，還沒有。」

李無憂笑道：「師父，如今我已經不修仙，弟子已經開始修神了。只不過目前功力尚淺，還沒有真的成神，不過因爲某位大神的恩賜，已經可以自由出入天界了。」

「啊！修神？」天外散人呆了一呆，隨即卻嘆了口氣，「原來我之前所走的路，都是錯的，難怪修煉了這麼多年依舊沒成正果。」

李無憂笑了笑，道：「走錯路不要緊，及時回頭就是。您老人家想不想去天界看看？」

「廢話！」天外散人第一次地罵開了。

李無憂哈哈大笑，道：「師父，老實說，你這個樣子比較有趣些。」

「少來消遣老子，還不快帶路！」天外散人罵了一句，自己也忍不住笑了起來。

李無憂不答，只是詭異地一笑。

知徒莫若師，天外散人當即道：「臭小子，你有什麼條件？」

「要去可以！不過師父你得先答應幫我一個忙。」

「什麼忙？如果可以的話，老身能不能去看看？」忽然一人接口道。

話音方落，山中某個仙氣繚繞的山洞裏飛出一個風華絕代的美女來。

李無憂看這美女似曾眼熟，但瞧她年紀不過十八九歲的樣子，居然自稱老身，大覺古怪，忽然心中一動，頓時想起前世認識的一個人來，當即大笑道：

「我道是誰，原來是碧波仙子啊！難怪我師父才幾天不見，氣色竟然好了很多，原來是和人雙修去了，哈哈，只羨鴛鴦不羨仙，你們是又是鴛鴦又成仙，也太爽了點！」

「這小子是誰？」碧波仙子大奇。

「可不就是夢蝶那臭小子轉世的嗎？」天外散人沒好氣道。

「呀！原來是莊夢蝶，好小子，難得你們師徒今生還能團圓，可喜可賀啊！」碧波仙子叫了起來。

「託福託福！」李無憂拱手，笑容可掬，因爲他知道自己又拉了一個強助。

他當即將事情簡略說了，自然天界的事只是略略一提便掠過，調足了二人的胃口。

天外散人聽完，和碧波仙子對望一眼，沉吟道：「看來這件事我們不插手，問題會變得更加複雜。」後者點點頭，笑道：「我們一把老骨頭，也該鬆一鬆了。」

李無憂大喜，當即掐個神訣，三人立時進入了天界，然後下一刻，三人便已經出現在新楚皇宮裏。

紅袖四人正和三女說得熱乎，忽見到李無憂和一對俊男美女憑空冒出來，都是嚇了一跳。三女隨即纏了上來。

紅袖看不透這一男一女的深淺，笑道：「小鬼，怎麼一會兒不見，你又去哪兒拐帶了這麼漂亮個妹妹和個帥帥的小弟弟回來？」

天外散人和碧波仙子修煉日久，年紀卻越發年輕。

二人正處在從天界穿越的震驚之中，一時都是沒回過神來，李無憂吐吐舌頭，道：

「四姐，這個漂亮妹妹和弟弟你可認不得，人家是我師父師母，年紀比你還大好多倍。」

「真的假的？你什麼時候又拜師了？」紅袖不信，便要動手試探，旁邊的若蝶卻認出了白衣人，嚇了一跳，當即拉住她，勸道：「這個白衣人是千載之前倚天劍的上任傳人，相公上一世的師父。」

「不是吧？千年劍仙！」紅袖四人大驚。

天外散人這時終於回過神來，對紅袖淡淡笑道：「小丫頭，好久不見，你可是越發年輕漂亮了！」

紅袖更驚：「你什麼時候見過我？」

「嘿嘿，事情是這樣的……」李無憂長話短說，將自己的前世以及當日天外散人一直潛伏在倚天劍裏的事情簡略說了。

紅袖四人只如聽天書，青虛子更是咋舌道：「小子，你說你是莊夢蝶轉世，那你豈不是反過來成了我們的前輩了？」

「嘿嘿，大家平輩論交就好。」李無憂心情大好，得意笑了起來。

「哼！你還得意了你，不管你前世怎樣，這一世你始終還是我小弟！」紅袖狠狠敲了一下他的頭，某人雖不是十分疼，卻還是很配合地齜牙咧嘴，逗得眾人都笑了起來。

李無憂對眾人道：「姐姐、師父你們先等一下，我先交代她們一點事情。」說時將慕容幽蘭三女拉到了外廳，認真道：「我知道你們想陪我去天柱山，不過此行凶險異常，對頭並非只有燕狂人一個，你們本事雖都不錯，但卻幫不上忙，你們留在宮裏等我好消息吧。」

三女都是不願，卻一時找不到話來反駁。

末了，慕容幽蘭眼珠一轉，道：「只是如果我們三人不在你身邊，若是燕狂人故伎重施，再找人來抓我們去，你再救一次，豈非麻煩？」

李無憂聞言頓時愕然，眾女立時洋洋得意。李無憂心中一動，忽然笑道：「這樣好了。我送你們去一個地方，保證普天之下只有我一人才能夠找到的。」

「什麼地方？」三女大奇。

李無憂笑笑，意念一動，火鳳金烏立時被召喚了出來。

李無憂道：「金烏，天界風景不錯，我三位夫人很想去旅遊一下，你能不能當當嚮導？」

金烏笑道：「謹遵大神旨意。」

「什麼？你叫我大神？」李無憂大奇。

金烏解釋道：「你是赤炎大神的臨終傳人，又是當世唯一的一個練成天神訣的人，所以你自動繼承了創世神遺留下來的神位，從今以後，你就是天界的主人了。」

李無憂聞言哈哈大笑，道：「奶奶的，從今往後，天上地下唯我獨尊了，是不是這麼個意思？」

「白癡！」眾女齊聲鄙視。

「切！這輩子我還第一次聽見有人罵我白癡！」李無憂很鬱悶，隨手一甩，四女和他立時進了天界。

李無憂將四人扔到天機星之後，返身出來的時候，卻正看到柳隨風、寒士倫、王定和唐鬼等一干將領被朱太監引著走了進來。

柳隨風見李無憂還在宮裏，只道他果然是放棄了寒山碧，唏噓不已。

那知李無憂卻道：「你們幾個先回去，有什麼事，隨風、世倫你們先幫我處理了，其他的等我從天柱山回來再說。」

柳隨風又喜又驚：「你還是要去天柱？不過現在還來得及嗎？」

李無憂知道解釋不清楚，只是淡淡笑道：「放心吧，只要老子一天沒說放棄，燕老兒怎麼也不敢傷阿碧一根寒毛的。」

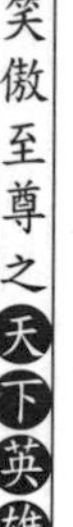

眾人對望一眼，都緩緩點了點頭。

臨別時，風蕭蕭人心寒，眾人都說了些馬到功成的話，唯有唐鬼自知此次李無憂是無論如何也不會再帶自己同去了，當即不無哽咽道：「老大，沒有我在你身邊的時候，你千萬不要想別的男人啊！」

好好的一句話，這廝偏能說得曖昧異常，直讓李無憂恨得牙癢癢，旁邊的人都是忍俊不禁，悲壯氣氛一掃而空。

回到後花園時，四奇和天外散人夫婦也已準備妥當，問起糊糊和笨笨二人怎還未到，紅袖道：「要全聽你這小鬼的話，出了問題怎辦？我們未來此地之前，已經讓他們先去天柱山下等著了。」

李無憂心頭感動，但他和四奇感情甚篤，也不廢話，只笑道：「如此甚好。那個，大哥、二哥、三哥、四姐，你們功力稍弱些，一會兒記得不要睜開眼睛，否則嚇成白癡，小弟恕不賠償。」

紅袖瞪了他一眼：「就你廢話多，快點開始，讓姐姐也見識一下這一年你都學到了什麼厲害的法術。」

「你馬上就會見識到了！」李無憂笑笑，正要動手施法，忽然一拍腦袋，驚叫道：

「哎呀！不好，我忘了一件最重要的事！」

「什麼事？」眾人皆是吃了一驚。

「我忘記自己沒有去過天柱山。」

眾人絕倒。

末了，紅袖道：「姐姐我去過，要不要我給你引路？」

李無憂嘻嘻一笑：「引路倒不必了，不過姐姐，逼不得已，小弟要借你腦中經驗，少不得要得罪一下。姐姐莫怪。」

眾人都知道李無憂可能要施展一種窺視別人記憶的法術，紛紛露出凝重神情。

紅袖嘆了口氣，大方道：「姐姐那點陳年爛穀子的事，你要看儘管看就是。」

李無憂笑道：「呵呵，不用那樣。當我手按在你頭上的時候，你只需要想著從這裏前往天柱山的路線就可以了。當然，如果你要想你的老情人是誰，小弟也當仁不讓地一併接收了。」

「廢話還真多！來吧！」紅袖輕輕閉上眼睛。李無憂將右手放到她頭上，同時玄心大法使出，剎那間無數景象紛至遝來。

下一刻，只聽李無憂嘿嘿一笑，眾人再睜眼時，眼前已是一片璀璨星空。

「啊！」天外散人與碧波仙子雖然之前就已經見過來過一次，但上次卻因李無憂急於趕路，是以只是輕輕一瞥，此時再次見到天界景象時，也和四奇一樣驚叫了起來。

「小鬼，這裏莫非竟是天上？」紅袖驚了一驚後，終於冷靜下來。

「呵呵，還是姐姐聰明！」李無憂笑了笑，手一揮，眾人已經落到天機星上。站在陌生的星星上，仰望星海燦爛，眾人一時皆是心曠神怡。

「嗚呼！乘虛御風，星海浩渺，日月之行，宇宙之初……若能身於此處，方不負光陰流年。」文載道輕搖羽扇，搖頭晃腦吟道。

眾人皆是心有戚戚，紛紛生出此心。須知絕世高手修煉的最終目的並非是與人鬥，而是與天爭，最後需借修爲破碎虛空，飛升天界。此時讓眾人處身此地，誰能不動心？

李無憂見此暗自竊笑，卻也不點破。

只聽菩葉道：「阿彌陀佛！五弟，此處既是天界，爲何不見西方如來？」

李無憂笑道：「大師，空既是色，色即是空，你著相了。」

菩葉愣了一愣，隨即恍然大悟，合十微笑，一時全身金光粲然，足下突然生出一朵五彩蓮花，竟然是立地成佛了。

「了不起！小和尙，沒想到你竟然比我們還先登神界！」天外散人唏噓不已。他早在千載之前就已和四奇一樣修煉到了金仙之境，聖人之極，只是卻一直差最後一步突破，不能進入神位，萬萬料不到，這小和尚竟是最有慧根，才一進入天界就悟通了神位之秘。

大荒自古修煉者，登堂入室的，法師分小仙位、大仙位、金仙位，而武者則有真人、賢人和聖人三級，而法師和武者最後的進階都是神位，亦即真的登仙，只是千百年來，這些進入神位的高手都只在傳說中，並無人真的見過，沒有想到此刻菩葉竟然在剎那間立地成佛，登入神位。眾人見之都是不甚唏噓。

但下一刻，菩葉卻詫異道：「五弟，怎麼我進入神位之後，反而看不清你的深淺了？」

李無憂嘿嘿一笑，道：「這件事以後再跟你們解釋，我包管你們都能進入神位就是。現在快跟我去救人要緊。」眾人大喜，點頭稱善。

李無憂一掐神訣，眾人便飛到了第二顆傳送星天玄上，如是反覆，剎那間眾人便落到了出口，李無憂默默計算方位，道聲大家小心，眾人只覺眼前一花，已經破天而出，眼前一柱擎天，直貫霄漢，果已到了天柱山下。

「誅仙結界！」碧波仙子才一落地，忽然驚叫了起來。

「果然是誅仙！」天外散人也跟著失聲叫了出來。

李無憂天眼見到整座天柱山似乎已經爲一層若有若無的藍色光罩所包圍，感受到上面強大的壓力，頓時也變了臉色，忙問道：「師父，什麼是誅仙？」

天外散人嘆了口氣，正要說話，忽聽一人接道：「誅仙結界乃是東海龍族最強攻擊性結界，任何意圖闖進闖出的人、仙、神、佛，都無一避免地會被結界所誅殺，李無憂，你們還是回去吧！」

話音落時，秦清兒和諸葛小嫣自結界裏走了出來，二人的身後還跟著一群全身仙氣繚繞的俊男美女。

「又是你們！」李無憂長長地嘆了口氣。

「還有我們呢！」又一個悅耳的女聲輕輕笑道，李無憂抬眼望去，卻見程素衣從旁邊一個山峰落了下來，而走在她身前的，是一位比她年紀稍大兩歲但看來比她還要淡雅如仙的女子。

從這女子的氣質，李無憂已經猜出她是誰了，果然，文載道激動道：「阿菊……你也來了。」

淡如菊笑道：「你們能來，我爲什麼就不能來？」

「我不……不是那個意思……只……只不過……」平時教訓起李無憂一板一眼的文載

道竟然結巴起來，這直讓旁邊的李無憂唏噓不已，心想：難怪你追了兩百多年都沒搞定這女人，原來是有這個致命缺點，失敗，失敗中的失敗。

「見過淡前輩！」秦清兒和諸葛小嫣忙朝淡如菊行了一禮。

「兩位客氣了！」淡如菊拱拱手，和程素衣一起徑直走到了二女身旁。

卻聽諸葛小嫣嘆了口氣，道：「李兄，我算到你終於還是會走上魔道，是以讓清兒從東海帶來了誅仙結界。不瞞你說，燕狂人和他手下的牛鬼蛇神早兩個時辰已然在山上，而隨著這個結界的慢慢收緊，山上的所有生物都會灰飛煙滅。燕狂人縱有破穹刀，也是無法破開結界，只能慢慢等死，就不勞李兄親自上山一趟了。」

李無憂冷冷道：「阿碧也在上面是吧？」

諸葛小嫣道：「自然是在上面。不過，除開淡前輩和程姑娘外，我身後這些，都是龍族的精英，每一人都是蓬萊仙島修煉了至少千年的高手，雖然你有倚天劍在手，但他們任何一人都足以將你困住，我勸你還是莫要妄動，逆天而行。」

「哈哈！何謂逆天而行？」李無憂身邊一人陡然怒極反笑，大踏步走出來，指著諸葛小嫣道：「你這小丫頭哪裏來的？簡直不知所謂，胡言亂語！你憑什麼說無憂上山救人就是逆天而行？」

「前輩是？」諸葛小嫣皺皺眉，她不明白江湖中竟然還有不知道她諸葛小嫣的人，而這個人一身的氣勢竟壓得修成彈指紅顏的她幾乎氣都喘不過來，而沒來由的，這人竟然看上去頗有幾分眼熟。

「你別管我是誰？只管回答我的話。」諸葛小嫣被他氣勢壓得一窒，道：「晚輩是根據我玄宗門青虛祖師留下的卦理推算而出，李兄身具神魔雙生相，此次乃是他一生最重要的轉捩點，若是當真上了山，那便永墮魔道，天下再無寧日，而如果他不上山，就會是拯救蒼生的大聖人，實是萬民之福。」

「青虛子傳下的？狗屁，哈哈，哈哈哈！他本身都是狗屁不如，傳下來的卦理豈非更是狗屁不通，你竟然拿著當寶？」那人放聲大笑。

諸葛小嫣頓時大怒，她生平之中，最敬佩的人就是青虛子，最是聽不得旁人說半句祖師壞話，聽到眼前這人竟然大罵青虛子，當即冷哼道：「如此閣下就怪不得我心狠手辣了！」玉指一屈，驟然彈出一道紅光，正中那人胸口。

「什麼！」下一刻，諸葛小嫣只驚得目瞪口呆，踉蹌退了兩步。

她縱橫天下，從來沒有失手的彈指紅顏落到那人身上，後者非但沒有如她所料的變成一堆千年之後的白骨，更是一點反應都沒有。

淡如菊輕輕嘆了口氣，道：「小嫣，難道你還沒看出來，你眼前這位就是李無憂的授業大哥，你玄宗門的開山祖師青虛子嗎？」

「授業大哥……祖……師！」諸葛小嫣望著青虛子，這才想起這人果然和玄宗門內的祖師塑像很有幾分相似，立時委頓在地。

秦清兒一時也是愣住，她所有的信念中，有一半是來自諸葛小嫣的卦理支持，如今連創造卦理的人都說卦理本身是狗屁，而他本人更是傳授李無憂武術的人，這……如何扯得清那許多糾葛？

卻聽淡如菊道：「清兒不必如此。不管李無憂是不是魔相，倚天劍卻是當今世上唯一可以和破穹刀、蚩尤刀等物抗衡的神器，無論如何不能讓它落入燕狂人之手。」

秦清兒點點頭，過去將諸葛小嫣扶了起來，道：「李兄，各位前輩，今日之事，事關天下，恕清兒得罪了！」說時，纖手一揮，身後龍族高手閃電一般，帶起無數幻影朝李無憂眾人衝了過來。

「五弟，你和你天外前輩先走！這裏我們替你擋著！」紅袖朝李無憂疾呼一聲，拔出了她昔年的成名兵刃釵頭鳳，與碧波仙子、青虛子等人一起朝眾龍族高手撲去。

「小子，我們走吧！」天外散人對李無憂說了一聲，當即便要飛身朝山上掠去。

「過了我這關再說吧！」人影一閃間，淡如菊已經到了二人跟前。

「哈哈！菊美人，你有咱們兩兄弟伺候呢！」話聲落時，糊糊真人和笨笨上人自天空落了下來，站在了三人中間。

李無憂鬆了口氣，道：「你們兩個怎麼才來？咦！你們搶了哪家的母豬，怎麼被人狂毆得臉上青一塊紫一塊的？」

「唉，別提了！路上堵車！給人撞的！」滿臉是傷痕的糊糊真人答道：「最近也不知道從哪裏冒出些仙界高手，老在天空飛來飛去的，飛行技術又不好，一個不小心就撞到你身上來，你也知道我們出家人都慈悲爲懷，不忍運氣護體怕傷了他們，所以只好被他們撞得鼻青臉腫的了……」

「……」眼見糊糊和笨笨纏住了淡如菊，天外散人催李無憂快點上山，後者嘻嘻笑道：「皇帝不急太監急，等我做點事情再上去不遲。」說時也不看師父紫脹的臉，自乾坤袋裏摸出一把菩提葉子來。

「你要做什麼？」天外散人不解。

「嘿嘿！我要讓這些不知天高地厚的仙人知道什麼叫天外有天，仙外有神，讓他們以後再也不敢和我們神界爲敵！」李無憂冷冷笑時，陡然將那把菩提葉子鋪天蓋地一般撒了出去。

正在爭鬥中的眾人見到那些如箭般射來的葉子，第一個感覺就是來了暗器，有慌忙閃躲的，也有立時提刀劍去擋的，一時忙個不亦樂乎，但哪裏曉得那些葉子根本就沒有朝著人去的，而是迅疾在空中地上占據了無數個位置，而整個葉子所籠罩的地方都迅疾變得漆黑一片，每一片葉子都變成了一顆顆星星，場中的人不是覺得自己身體有如被億萬斤的巨山壓住，動彈不得，就是不由自主地如流星一般動了起來，無論自己如何運氣，都是再也停不下來。

天外散人只看得又驚又佩，道：「這似乎是一種陣法？」

「嘿嘿！不錯，這就是昔年創世神親創的星羅天機陣法，奶奶的，他們是仙，老子可是神，這下子有夠他們受得了。」李無憂陰陰地笑了起來。

「可……問題是，好像你那四位師父還有我妻子都還在陣中吧？」天外散人覺得自己不得不好心提醒這忘乎所以的小子一下。

「知道。」李無憂點點頭，「不過，如果不將他們也困在其中，此陣的動力就不夠，嗯，簡單點說，這個陣法本身的威力大小是在於被困人本身的力量大小，被困的人越多，力量越大，那陣法本身的力量也就越大。」

「算了吧你小子！陣法最大威力來自天地之間。我看你是想報這些年被四奇修理的大仇，此時順便假公濟私，我那可憐的老婆不過是被殃及的池魚而已。」天外散人滿臉怒容，毫不留情地揭露事實真相。

「嘿！師父你這人就是這麼愛說實話，不過……我喜歡。」李無憂乾笑著，忽然看見老傢伙憤怒的雙眼中竟然閃著一絲狡黠的光，隨即也是恍然大悟，「老子看你對我修理你老婆非但沒有一點不滿，甚至還是非常感激老子，對不？」

「嘿！話是你說的，我可沒承認。」

「瞭解，大家都是男人嘛！」兩個惡棍對視一笑。

下一刻，李無憂和天外散人齊飛而起，直如流星一般朝山頂投去，但到得山頂之時，天外散人卻忽然消失不見，李無憂眼見要撞到誅仙結界，陡然神氣貫注倚天劍，掄劍劈下，只聽得「轟」的一聲驚天動地的巨響，似乎整個天柱山方圓八百里都爲之一顫，而倚天之鋒，無人可與爭，只見得天柱山周圍藍光閃得一閃，隨即消失不見。

山頂早聚了密密麻麻的人，眼見得李無憂這驚天動地的一劍，先是驚呼，隨即卻如方得自由的籠中鳥般歡呼雀躍起來，當即便有不少人飛上飛下，一時只見群魔亂舞，場面煞是壯觀。

當即便有一人高呼道：「李無憂，你可真夠意思！不早不晚，剛剛午時三刻，你若再晚來片刻，你的美人可就成了我手下眾兄弟胯下之物了，哈哈！」

李無憂冷眉瞧去，說話那人正是站在天柱最高絕頂處的燕狂人，寒山碧正被一根奇怪的繩索綁縛在他身側，而圍繞著燕狂人的，除了江湖上有來歷的魔頭之外，另外幾人則更是名聲赫赫：任冷、柳青青、文九淵、任獨行，當然，最讓李無憂心頭一顫的卻是他命中的剋星陳羽，竟然丟下後院起火的家，不遠萬里地前來捧場。

在燕狂人這撥人的下面不遠處，江湖其餘三大宗門的掌門太虛子、龍吟嘯和燕飄飄也帶著門下精銳弟子，浩浩蕩蕩的幾百人，正對燕狂人虎視眈眈，見到李無憂來了，立時轉移視線，紛紛將他鎖定。

李無憂眼見這些人身上竟然殺氣騰騰，霎時明白過來。正道中人並非都是蠢材，這些人顯然也都搞清楚了燕狂人的身分，定然是來阻撓自己送劍的。

他呆了一呆，隨即又想到，山下那些人倒也心狠，知道有同道在山上，竟然也下得了手，布下誅仙結界，到時候燕狂人可能會掛掉，而這些正道眾人怕也會死得一個不留，若是這些人知道真相，不知會作何感想。

千萬人中，沉思的李無憂忽然望向了寒山碧，正與後者望過來的目光撞到一起，剎那間，只將後者心中的歡喜和埋怨看了個淋漓盡致。

「李無憂，快將倚天劍呈上來！」燕狂人大笑著，有恃無恐地望著天下英雄。

「李無憂，你不要被妖女所迷，趕快帶著劍下山去！」正道中人紛紛高喝。

「滾，臭牛鼻子，死禿驢，蕩婦們，李無憂要獻劍救老婆，乃是大仁大義，關你們什麼鳥事，都快快下山去吧！」

「就是，就是！」魔道中人高聲呼喊。兩幫人吵成一片，只差沒立即拔劍相向。

下一刻，李無憂再不看寒山碧一眼，手持倚天劍，一步一步朝燕狂人走去。

「阿彌陀佛，施主回頭是岸！」正道人群中，忽有兩個白眉白鬚的僧人高宣一聲佛號，同時大步跨了出來。

「雲海、雲淺，兩位師侄，你們是存心攪我好事麼？」燕狂人勃然大怒。

「燕施主，閣下既已入魔道，又如何還是我佛門中人？」雲海和尚氣度雍容，言辭之間並不見鋒芒，卻端的有一種說不出的大佛法力，讓人不敢仰視。

燕狂人哼了哼，心念一轉，不再理會二人，反是對李無憂道：「李無憂，不要管他們，快將倚天劍給我呈上來。」

「兩位請讓開。」李無憂眉毛一挑，挺劍上前。

「大義當前，捨身飼鷹了吧！」雲海、雲淺二人輕輕嘆息一聲，齊出一掌，朝李無憂拍來，這兩掌平平無奇，非但沒有隨掌透出燦爛金光，甚至連一絲掌風也未帶起。

但山頂的絕頂高手們卻都是同時吸了口涼氣，心中將李無憂易地而處，暗想這兩掌若是拍向自己，叫我如何能夠躲閃？

這兩掌非是招數精妙，而是一掌遞出，便有一種一往無回的氣勢。禪林寺最精妙的武功都是需以大慈悲精神才能發出其威力所在，便如最普通的羅漢拳，只要出拳的僧人心中抱定與敵偕亡的宗旨，出拳時就有捨身爲蒼生的覺悟，那這一拳的威力便足以驚天動地。

事實上，佛法修爲到了雲海二人的境界，再使出這樣的兩掌，實可是讓天地變色。所以，燕狂人看到兩人使出這兩招大慈悲掌時，只氣得驚叫一聲，不甘地悲呼了一聲。

「乓！」「乓！」兩聲脆響，這兩掌毫無意外地打在了李無憂的左右胸上，同一時間，中掌的人悲呼一聲「兩位大師走好」，五彩劍光一閃，倚天劍已不分先後地自兩人腰間掃過。

下一刻，四段屍身倒地，李無憂支劍在地，口中哇的吐出一口鮮血來。

「什麼?!」所有的人驚呼不絕。

只不過一個回合，威震天下的禪林寺兩大神僧就被李無憂分屍四截，而他自己只不過吐了一口血而已。一時間，山頂風雲失色，人人屏住呼吸，臉上均是不可置信之色。李無憂支著劍，站了起來，正道人群不由自主地退了一步。

他冷冷地掃了眾人一眼，恨聲道：「今日之事，神擋殺神，佛擋誅佛！」步履蹣跚地向前走去，人群紛紛閃開，不敢直視。

「哈哈！對，就是這樣！這才不愧是能打敗我燕狂人的李無憂！」絕頂之上，燕狂人放聲大笑，卻誰也不知他是在嘲笑李無憂，還是在嘲笑整個天下。

「站住！」忽有一人站了出來，擋住了去路。

「龍吟嘯！」李無憂瞇縫著眼，內裏寒光四射，彷彿一隻受傷的野狼，兇狠而孤獨。

但他說這句話的時候，身體忍不住輕輕地顫抖了一下，方才那兩掌卻是打斷了他胸前天神之骨的三根肋骨，刺進了心臟，痛楚由內而外，他雖然堅忍地承受，但每一步都是痛透全身，這一張口說話，更是牽動內氣，痛不欲生，如非他飽經患難，此刻早已不支倒地。

龍吟嘯當了掌門之後，成熟了許多，卻也有擔待了許多，他望著李無憂道：「李兄，你已受了嚴重內傷，還是下山去吧！兩位祖師之仇，龍吟嘯若是不死，改日定會登門拜訪！」

李無憂聽清楚了他的話，這人竟然是要替自己的殺師仇人擋住燕狂人和山上群魔！他又驚又佩地望著眼前這個男子漢，忽然流出了一滴熱淚，沉聲道：「我不想殺你，你走開。」

「我不入地獄，誰入地獄？」龍吟嘯長嘆一聲，拔出了背上長刀。

「如此，成全你！」李無憂一聲巨吼，眾人只看見一道彩虹樣的光閃過，龍吟嘯已然倒下，臨死之時，那人握刀的五指依舊骨節緊凸。

「這人是魔鬼！」有人高聲驚呼，人群如鳥獸散。便是太虛子和燕飄飄也是駭然失色，隨著人流退了開去。

沒有人再敢擋他的路，他卻走得步步維艱。血在身前身後，一路逶迤。百步之外，寒山碧靜靜地望著他，拚命想忍住鼻子裏冒出的酸意，卻陡然發現眼前早已淚光婆娑。

「魔王，李無憂武功深不可測，請讓屬下幫你接下倚天劍吧！」絕頂之上，任冷忽然對燕狂人說道。

「如此小事，怎能勞動任左使，屬下去就可以了！」柳青青慌忙相爭。

「倚天劍啊！」燕狂人輕輕地感嘆，擺了擺手，「這樣吧，你們一起去，誰先拿到，朕就算他大功一件。」

「謝魔王！」兩個人大喜，同時飛身而出。

身後，陳羽對燕狂人輕輕笑道：「魔王真是好心計。」

「怎麼說？」燕狂人裝傻。

「此時但凡有膽色的人都已看出李無憂是強弩之末，此刻上前，十有八九可以奪得倚天劍，只不過麼，困獸猶鬥，其銳破天，這兩人只想將倚天劍據爲己有，卻怎麼也想不到自己已經成了魔王您的馬前卒。」

「收益總是和風險成正比的嘛！」燕狂人大笑，而他笑聲落下的時候，任冷和柳青青已經橫屍當場。李無憂甚至只用了一劍，就劃開了兩個人的胸膛。

這一次，望著幾乎難以站穩的李無憂，沒有人再敢上前。

倚天見出，無與爭鋒。李無憂終於走到了燕狂人三丈之外。

燕狂人道：「好了，就這裏了！將手離開倚天劍！」

李無憂嘶啞著嗓子，道：「你先將人放了！」

「將劍給我，我就放人。」

「我憑什麼相信你？」李無憂冷笑。

燕狂人笑了起來：「你覺得你現在這個樣子，我還會怕你？」

「你如果不怕我，就先將人放了。」

「嘿嘿！」燕狂人笑得很奸詐的樣子，「當然，我上次被你打怕了，還是相信絕對安全最好。你別無選擇，只可以賭一次我的信用。」

李無憂默然。

「無憂，他是騙你的！你不要聽他的。」太虛子叫了起來。

「哪裏來的蒼蠅這麼聒噪？陳羽，幫我將他趕下山去。」燕狂人皺眉道。

「是！」陳羽閃身，落到了太虛子身邊，兩個人交上了手，太虛子很快落了下風，燕飄飄無奈上前幫忙。

燕狂人道：「任獨行！我數到三，如果李無憂還不交出倚天劍，你就儘管將寒山碧給我殺了！」

「是！」任獨行拔出了長劍，架在了寒山碧的脖子上。

由始至終，寒山碧都沒有說一句廢話，她只是靜靜地望著李無憂。

「一。」

「不用數了！」李無憂輕輕吸了口氣，將倚天劍捧在了雙手中。

燕狂人大喜，伸手虛虛一抓，倚天劍緩緩飛到了他手中。另一隻手，他拿出了破穹刀。一時間，刀劍相輝，光芒萬丈，只刺得山頂眾人雙眼迷離，幾乎都閉上了眼睛。

爭鬥中的陳羽和太虛子等人紛紛停下了手。

「哈哈哈哈，我終於得到了倚天破穹！」燕狂人放聲大笑，只震得群山亂顫，風雲變色。

「放了阿碧！」笑聲裏，響起李無憂低沉但堅定的聲音。

燕狂人停下笑聲，望著任獨行，持劍的手輕輕抬起，而隨著他的手起來，李無憂的心也隨之懸起，他只希望燕狂人擺擺手，說放了她，但那手裏的劍卻輕輕地在空中向下一劃：「任獨行！殺了寒山碧！」

「不！」李無憂無助地伸出了雙手，大聲地吼叫，同一時間，劍光在寒山碧的身上閃了一閃。但他舉起的雙手終於停在了空中，沒有落下。

他看得清清楚楚，那一道劍光閃落下的方位卻是緊縛著寒山碧的繩子，而同一時間，任獨行身法一轉，已經帶得寒山碧脫出了燕狂人三丈，落到了他的身前。

「任獨行，你竟然幫你的殺師仇人！你竟然背叛我！」手持著倚天破穹兩大神器的燕狂人覺得不可置信。

任獨行淡淡一笑，說了一番讓所有人都目瞪口呆的話：「燕狂人，江湖中人雖然稱我們爲魔道，那只不過是說我們行事的手段狠辣，武術和你們魔族有淵源，而我終究是大荒子民，你卻是古蘭魔族。大丈夫有所爲，有所不爲。我們之前是沒有看穿古長天的身分才會投入血衣魔教，即便是我師父，在臨死之前，怕想到的還是得到倚天劍之後就可以堂堂正正地反叛你。至於李無憂，殺師之仇，我早晚會找他報，但卻不是今日。今日的我和他，都只是一個普通的大荒人，而你……卻是魔族的奸細。」

這一番話並不慷慨激昂，但擲地有聲。「啪！」「啪！」「啪！」三聲清脆的掌聲響起，眾人回頭看去，陳羽笑嘻嘻地走了上來，笑道：「任兄，江湖中人曾經對咱們倆這魔道傳人送了個名號，叫『邪羽魔劍』，老實說，我一直對你很有些看不起，直到今日，我才知道自己能和你齊名實在是僥倖得很。沒說的，你是條好漢子。」

二人兩手互握，相視一笑。所有圍繞在燕狂人身邊的江湖知名的魔頭們，互相看了看，都慚愧地低下了頭，下一刻，都義無反顧地飛離了燕狂人。

「所有正道弟子聽好了，今日之事，乃是我大荒和古蘭魔族之事，所有各人恩怨暫且擱在一旁，以擊殺燕狂人爲第一要務！」太虛子大聲道。

「誓殺燕狂人，衛我大荒！」李無憂舉起的手剛剛就沒有落下，因爲他已經被寒山碧給抱得死死的，此時倒好，直接就握拳大叫起來。

「誓殺燕狂人，衛我大荒！」絕頂之上，除開燕狂人，所有人都跟著大叫起來。

然後，正道的大俠們和魔道的牛鬼蛇神們擊掌相慶，為成功結成同盟而幸福地擁抱流淚——真是的，一把破穹刀已經夠恐怖了，再加上倚天劍，不結盟老子還有得活嗎？

「好，好，好！這樣才有意思！」忽聽燕狂人放聲大笑起來，「如此一來，老子殺光你們也不會有什麼內疚之感了。不過嘛，在你們死之前，朕讓你們看一樣東西。哈哈哈哈！」

「不要讓他刀劍合一！」一人高聲呼道。

但卻已經遲了。倚天劍和破穹刀，自上古時候就血氣相仇的兩個死對頭，已經被燕狂人合到了一起。黑色的刀光和五彩的劍氣合到了一處，綻放出一種幾乎無人見過的光芒。

「是神光！」李無憂驚叫了起來。沒錯，這正是神氣之光。

「阿彌陀佛！善哉！善哉！」宣著佛號，古圓和尚從天而降，落到了李無憂的身旁。

燕狂人似乎認識古圓，老朋友一樣笑了起來：「你來遲了，神使！」

「是，我來遲了！」古圓輕輕嘆了口氣。

下一刻，燕狂人將那合而為一的倚天破穹猛地插進了地下的土地，霎時地動山搖，整個天柱峰都顫抖了起來。

「山要崩了！大家快離開這裏！」古圓大聲疾呼。

各種光華頓時如流星一般四處射出。

李無憂也強撐著一口氣和寒山碧飛離了山頂，同時他運起一口神氣，解開了山下的星羅天機陣，脫陣而出的紅袖等人也頓時感應到了周圍的巨變，慌忙間也是四處飛開。

只聽得一聲驚天動地的巨響，高達九千丈，方圓八百里的天柱山，便在倚天破穹插進峰頂的下一刻轟然倒塌下去。同一時間，一道水桶粗的耀眼神光光柱從地底直沖霄漢。

「砰！」的一聲巨響，地動山搖，天柱砸到了地面上。

塵土飛揚而起，鳥獸這才懂得逃跑，一時間，天地說不出的熱鬧。

所有的高手都是越飛越高，躲避這這場巨大的災難。也不知過了多久，天地終於歸於沉靜，那道神光卻依舊耀目。眾人凝目看去，在天柱斷裂的地方，是一塊上面刻滿了古怪符號的巨大玉石，神光正是從那塊玉石上射出來的。

「阻止他！」見到燕狂人大笑著將倚天破穹朝那塊玉石劈去，古圓高聲叫著，飛身朝燕狂人撲去。

但這個剛剛覺醒的和尚，這個孤獨的和尚，他並沒有回應者，大道崩潰前，只剩下他孤零零地義無反顧地衝向自己的宿命——不，還有一個人。

李無憂放開了寒山碧的手，衝了過去。只不過，這個時候才想起要阻止燕狂人已經太晚了，倚天破穹之威，天地間根本無人可擋——所以李無憂飛身去阻止的卻是古圓。

在倚天破穹的神光幾乎要掃中古圓的僧袍的時候，李無憂一把將他拉了回來，神光沿著原來的軌跡，射中了九千丈下那塊玉石，無聲無息。

眾目睽睽之下，玉石自中間平平整整地分開，隨即七道黑光沖天而起。

「七魔獸啊！」古圓悲呼一聲，卻無能爲力。

第七封印打開，當年創世神親自封印的七大魔獸重現人間，冰火紫龍，雪衣孔雀，沙獸赤蟒……即便在前六封印出來後已經死掉的也重新復活，七道黑光沖天飛起，落到燕狂人身邊。

「哈哈哈，七魔獸終於重現人間，各位，你們的日子到頭了。」群獸包圍裏，燕狂人放聲大笑。

諸葛小嫣輕輕嘆息一聲，擺脫青虛子，飛到李無憂身邊，道：「李無憂，這下你滿意了？」

李無憂淡淡一笑：「這有什麼了不起的嗎？」意念一動，四大聖獸，連天界的火鳳也在瞬間被他召喚了出來。

他轉頭對寒山碧道：「阿碧你看，以一隻聖獸對付兩頭魔獸計算，我們還是大占優勢的！老傢伙搞這麼多把戲原來就是爲了召喚七魔獸，真無聊啊！好了，好了，沒戲看了，大家有事沒事的回家抱老婆睡覺了！」

回頭卻見眾人全然沒有要走的意思，不禁怒道：「媽的，神仙打架，凡人遭殃，沒事還留在這做什麼？還不快滾！」

這一次，正邪兩道自認功力差的人終於如夢初醒，紛紛御風飛走，場中留下的，最少都是任獨行那一級別的高手。

「想走？哪那麼容易？老子還等著你們餵魔獸呢！」燕狂人一陣狂笑，左手中忽然多了一個酒壺，念道：「醉裏乾坤大，浮生日月長。日月壺，將那些人給我收進來。」

他話音才一落，正自飛走的諸人立時覺得全身被一股巨力吸引，身不由己地倒飛回來。

「等你很久了！」李無憂也是一陣大笑，忽然將身上的乾坤袋解了下來，朗聲道：「天地無極，乾坤借法，收！」

燕狂人正自一呆，手中的日月壺已經脫手飛出，直直地落進乾坤袋裏。那些被吸回的人，如夢大赦，逃命一般霎時飛得無影無蹤。

第十章　問天下誰是英雄

「呀！乾坤袋竟然有這個功能，我以前怎麼沒發現？」青虛子大喜，上前一把搶過乾坤袋把玩起來，其餘三奇也是好奇之極，上前細細把玩。

卻不知上次進入天界的時候，李無憂曾經在赤炎的巢穴裏見過有關上古九器的記載，上面除開倚天劍、破穹刀和蚩尤刀的記載有些模糊之外，其餘六器的力量屬性等都無一不全，當時他即發現乾坤袋除了裝東西之外其實另有妙用，而且是日月壺的剋星，只是他一直沒有參透，直到今天看見燕狂人使用日月壺，這才恍然大悟，於是如法炮製，果然將日月壺收入乾坤袋中。

日月壺本是燕狂人克制四獸的法寶，此時眼見李無憂竟然將其收歸自己，當即是驚了一驚，不過隨即卻放聲笑了起來：「好你個李無憂，原來你還留了一手！不過，今日咱們倒是試試看，究竟是你那四聖獸厲害還是我的七魔獸厲害！」

「我靠！這還用比嗎？很明顯你那幾個傢伙是因爲品質差，所以才生產那麼多想以數量取勝，哪像我們四聖獸，都是精華裏的精華，雖然數量少，但一個頂兩個，兩個勝十，我勸你還是早點投降吧，免得浪費大家的表情。」李無憂對於吹噓和諷刺這兩種可以從氣勢上先壓倒敵人的法寶的使用，一向是不遺餘力。

「對，對！說得好啊！李無憂，我們支持你！」眾人一片大笑跟著起哄。

「那也要比過才知道。」燕狂人輕輕哼了一聲，十指頓時一陣亂顫，七大魔獸結成一個奇怪的陣形朝李無憂眾人射來。

「李無憂，你先頂著，我從精神上支持你……」聲音卻漸漸遠了，有人已經嚇得屁滾尿流，遁出了十丈之外。

「靠！還高手呢！」李無憂不屑地哼了一聲，輕輕甩了個響指，四聖獸以一個正方形的陣形朝魔獸迎了上去。

「七魔獸，給我宰了對面那些畜生！」燕狂人雙手張開，面目猙獰，配上一襲長袍，像極了古蘭深山野林裏專門騙人錢財的巫師。

只不過，他手下那七隻魔獸卻並不是騙人的傢伙，立時結成了一條直線陣形，虎視著朝李無憂諸人衝來，而隔了老遠，後者眾人便已經感受到了魔獸身上那霸道無匹的強橫力量，都是驚了一驚。一隻魔獸，也許還可以應付，但如此多的魔獸聚集到一起，便是碧波

仙子和龍族的仙人也不敢說自己能全身而退。

「四相之陣！」李無憂手一揮，四大聖獸立時將平行的站位變作了空間四點的任意分布，但這看似毫無作用的改變卻收到了立竿見影的效果，首當其衝的七魔獸之首的天鶴才一突入四點的空間，頓時彷彿撞到了一層無形的牆，速度為之一滯，而後面的減速不及，險些將牠撞翻，陣形頓時一亂，隨即便陷入了四聖獸的陣形包圍之中。

「攻擊！」李無憂下令。一時間冰風雪雨，烈火金陽，電閃雷鳴，總之，人所能想到的和想不到的攻擊手段都被群獸完美地演繹了出來。只不過，四相陣卻發揮了它應有的威力，數量占優的七魔獸陣形潰敗，頓時陷入了人多被人欺的窘境。

燕狂人大驚失色，他只是隱約知道第七封印打開會有七魔獸復活，卻哪裏知道自古以來，四聖獸單一隻的力量固然比一隻魔獸來的強，但就整體而言，四聖獸其實和七魔獸是實力相當，而所有的魔獸和聖獸團體作戰其實都有相應的陣法輔助，勝敗的關鍵就在於陣法的使用上，李無憂在赤炎那裏找到了陣法的秘訣，而他卻是什麼都不知道，哪裏會有不吃大虧的道理。

大荒諸人眼見事不關己，而李無憂卻獲得了暫時的優勢，都紛紛又跑了回來，大聲吶喊叫好。不過片刻工夫，七魔獸便被四聖獸打得傷痕累累，慘不忍睹。

下一刻，青龍尾巴一甩，正好掃中了天鶴的翅膀，後者慘叫一聲，落荒而逃。其餘魔獸眼見老大都閃了，都是從善如流，紛紛仿效。四聖獸得意大叫，各自選中一隻可憐的魔獸追了過去，於是整個世界立時清靜了。

「哈哈哈！有意思。」燕狂人忽然又大笑起來。

「老傢伙，你是被打擊得瘋了？所以笑得那麼囂張？」李無憂試探著問。

「我笑你們這幫蠢材，剛剛那麼好的機會不逃走，現在麼，可是來不及了！」燕狂人說時，重新舉起了已經合而爲一的倚天破穹。

眾人這才想起真正厲害的並不是七魔獸，而是這把非刀非劍但又亦刀亦劍的神器，合上古兩大至強神器爲一的神器。此時再想逃，卻已經遲了。

「李無憂，明年今日就是你的祭日！」燕狂人說這句話時，倚天破穹挾帶著十餘丈長的神光當頭劈下。

「阿碧閃開！」李無憂一掌將寒山碧推開，拔出無憂劍，橫架上去。

「無憂快閃！」四奇大叫著，紛紛使出生平之力上前營救。

卻已經遲了，但聽得「鏗！」的一聲鈍響，神光已經劈中無憂劍。

只是，下一刻，大驚失色的卻是燕狂人，這一挾帶了兩大神器威力的一劈，竟然沒有

劈斷無憂劍，而剛剛還傷勢頗重的李無憂被這一劈反似精神了許多，倒是他自己竟被無憂劍上的反震之力給震得倒退一步，當即面如土色，顫聲道：「你……你手中那是什麼神器？」

「原來最厲害的神器竟是在李兄手裏，難怪你方才有恃無恐地將倚天劍交給燕狂人。」陳羽恍然大悟。

諸葛小嫣也嘆了口氣，道：「是小嫣失算了。李無憂從來不肯吃虧，又怎麼會心甘情願將神劍送人？原來是早有打算。倒是可惜了禪林高僧和龍師兄……」

「阿彌陀佛，有勞諸葛姑娘掛懷，貧僧罪過罪過！」忽有一個聲音響起，諸葛小嫣身邊忽然現出三個人影來，赫然正是剛剛死掉的雲海、雲淺和龍吟嘯。

「大師，你們沒有死？」眾人大奇，接著便是一片歡騰。

「嘿，他們沒有死有人鼓掌，我們沒死不知道會不會有人開心呢？」又一個聲音落下時候，任冷和柳青青的身影顯現出來。

「師父……你……太好了……」任獨行喜極而泣，竟是哽咽地說不出話來。

任冷看了他一眼，嘆道：「獨行，枉師父活了這麼大歲數，見識還不及你，真是慚愧啊！」

「師父，你別這麼說，獨行的一切都是你教的。只不過倚天劍乃是人人欲得的重寶，你被它迷了心智，也沒什麼大不了的。」任獨行忙安慰。

任冷和柳青青互望一眼，都是滿臉慚色。

「無憂，你怎麼做到的？」寒山碧好奇之餘，也是激動不已。她自己殺人如麻，對幾人的死並不掛懷，只是怕李無憂多結冤仇，如今見眾人復活，自然是說不出的歡喜。

這是所有人都想問的，便是燕狂人也忘記了剛才李無憂那神奇一架，露出詢問神色。

只聽雲淺嘆道：「阿彌陀佛，如非親身經歷，貧僧也不相信世上竟有如此神功，方才我明明被砍成了兩段，但除了不能動彈外，全無痛苦，而且神智依然清晰，兩段身體的感覺依然存在，到方才天柱倒塌之時，兩部分身體卻再次合而為一復活過來，真是奇怪，奇怪！」

眾人都是嘖嘖稱奇，眼光全集中到了李無憂身上。

「兀那禿驢，怎在此亂放臭屁？」李無憂尚未說話，忽有一人大聲罵道，「肉身是空，神智是空，感覺也是空，一切皆空，你又在這裏說什麼死去活來？」

「啊！」雲海和雲淺循聲望去，說話那人竟是傳已往生多年的師叔菩葉，立時如遭雷擊，下一刻，卻都是合眼微笑，身上射出湛然神光。再睜開眼時，合十道：「多謝師叔點

化！」

「阿彌陀佛！」菩葉也是合十微笑。一時間，眾人都沐浴在佛法之中，全身說不出的爽快。

「李無憂，你到底做了什麼手腳？再不說，某家劈了你。」燕狂人對這些佛法之類並不感興趣，他鬱悶的是自己竟然眼睜睜地被別人耍了，同時也對李無憂生出一種前所未有的恐懼。

李無憂嘆了口氣，道：「沒看到大家現在正沉浸在大慈悲佛法的感召之下嗎？動不動就要砍人，你們古蘭魔人就是沒修養，枉你還在禪林寺潛伏那麼多年。哎呀，好了好了，老子說了！免得你老拿你那死魚眼睛瞪我。」

眾人聽到李無憂終於要揭穿謎底，都露出凝重神色。

只見李無憂正色說道：「事實呢，是這樣的……那個，誰給我一口水喝，說了這麼多話，又吐了那麼多血，嗓子都啞了……」

「快說！」眾人怒不可遏，忍無可忍地丟出了行走江湖必備的兩大法寶：爛番茄和臭雞蛋。

「好，我說！我說！」眾怒難犯，李無憂決定坦白從寬，「事實上，解釋很簡單。我是神嘛，自然是會各種各樣的神功了。其中有一種我最近學會的分屍封魂神功，簡而言之，這種神功的威力，就是可以將一個人任意地大卸八塊，但只要在出招的同時，將他的魂魄封在其中一段身體裏，以後就可以將其復活。至於魂魄這種東西，複雜得很，你們不理解，我也不理解，給面子的就別問了。」

眾人聞言，都是嘆為觀止。卻不知天界並沒有什麼分屍封魂神功，只不過上次赤炎替李無憂脫胎換骨的時候，曾經用九陽火幫他融化掉全身的骨骼，而他的肉體並沒有任何的損傷，那個時候他就知道了九陽火有保護身體的奇效，剛才在動手之時，就暗自將九陽火融入了倚天劍氣之中。因為他出劍極快，中劍人的血脈和筋骨都尚未來得及作出被破壞反應的一瞬間，已經被他的九陽火像冰一樣給封住，之後他念咒將其復原，同時抽取九陽火，兩截身體便重新結合，眾人便只如做了一場夢，好像自始至終沒有被利劍擊中身體一樣。

「老子不是說這個！這幾個廢物的死活關某家屁事！」燕狂人憤怒不已，「老子是問為何你手中那把破銅爛鐵竟然可以擋住我倚天破穹合璧之力，難道天下當真有第十神器？」

李無憂憐憫地看了他一眼，道：「老小子，你知道不知道九為極數，便是神造東西，也斷斷不敢造第十件，天下怎麼會有第十神器？」

「那……難道你給我的倚天劍是假的，你手中那把才是？但……這怎麼可能？」燕狂人更加迷惑。

「靠！你以爲老子不想給你假的？但你老傢伙眼睛賊亮賊亮的，難道會看不出來？再說了，倚天劍若是假的，你憑什麼劈開天柱山，解開第七封印？」

「那，這究竟是怎麼回事？」諸葛小嫣忙問道。除開燕狂人，大概她是最關心這件事的了。

李無憂正色道：「不知道你們有沒有聽過一句話？叫『縱笑今古，天地鬼神盡虛妄故可恃唯我；橫眉乾坤，聖賢哲達皆糞土而君子自強』？」

這一句話，聽上去似曾相識，也讓人熱血沸騰，卻幾乎沒有人聽過，眾人都是緩緩搖了搖頭。唯有寒山碧道：「這話不是天刀的總綱嗎？」

李無憂迅快地親了她一口，笑道：「還是我老婆聰明！哈哈！其實呢，老闍，你有沒有聽過並不要緊，要緊的是，你要明白天地鬼神盡虛妄，所有的神啊鬼啊，包括這個天地都是假的，那麼，所有的神器也都是假的，無一可恃！人，唯一可以依靠的還是自己。所以古人才說君子自強。當然這話肯定是過頭了，不過道理總是對的。比起神器來，還是自己可靠些。雖然我手中的不是神器，但因為用的人本身有神的境界，那麼，它也就是神器了。老閹人，你明白了嗎？」

「你……你是說，你已經達到了神的境界？所以才可以憑一把凡鐵，和我相對抗？」燕狂人這才恍然大悟。

李無憂拽拽道：「事實如此，我也不想否認。其實我二哥，還有雲海、雲淺兩人也剛剛都達到了神境，不信你劈他們一下試試？看他們擋不擋得住你！」

「嘿，燕大俠不要當真，這孩子就是喜歡開玩笑！」菩葉等人大恐，見燕狂人真有要動刀的意思，慌忙躲到了李無憂身後。開玩笑，貧僧剛剛才晉入神級，可不想就這麼掛掉。

「嘿！你看他們不願意，我也沒辦法是不？」李無憂一攤手，「好了，該講的都講過了，老閹，放馬過來吧。早點解決你，大家好早些回去吃飯，老子肚子早咕咕叫了。」

「好！這才有意思！」燕狂人不愧有狂人之稱，眼見李無憂竟然擁有如此強橫的實力，反而激發了狂性，鬥志滿滿，「某家今天倒要看看所謂的神位高手究竟能否敵得過神器！」話音才一落，人影一閃，已攻到了李無憂身前。

李無憂推開寒山碧，橫劍架住，而兩人交手所產生的巨大的餘波，更是將李無憂身後除開菩葉三人外的眾人不由自主地又推出去十丈之遙，且去勢不止。

兩人這次一交上手，直可說是天地變色。兩人身法本已極快，再加上李無憂是神氣貫劍，而燕狂人則是融合了兩大神器的威力，更加非同凡響，這一鬥上，漫天都是二人的身影，而罡風更是震得亂雲飛渡，日月無光。

鬥了幾十回合，李無憂卻漸漸不支，身法開始凝滯。原來他神氣本只是初成，並不能如元氣那樣從外界吸取，之前又耗力挪移紅袖等人，此刻更是非要全力貫注到無憂劍上才能擋住倚天破穹之威，消耗更比往常快了十倍，此時終於接近油盡燈枯。

燕狂人見此大笑：「哈哈，原來神位高手也不過爾爾！」忽然手上用力，倚天破穹神光更盛，陡然朝李無憂肋下刺去。

這一擊快如電閃，李無憂神氣不足，元氣卻是一直充盈，見此慌忙施開大虛空挪移躲閃，但不想燕狂人這次竟在倚天破穹之上運上了吸勁，使得他身法頓時慢了百倍不止，刀劍正從肋下直刺而過。

「無憂！」眾人大驚，菩葉三人更是慌忙撲上相救。

「去你的！」李無憂只疼得齜牙咧嘴，運起殘存功力，無憂劍帶起一蓬神光，正正地砍在倚天破穹的劍刃（**刀背**）上，只聽得哧地一聲，倚天破穹已然劃破李無憂肋骨，朝下再無可擋，劃出了他體外。同一時間，兩人左掌各出一掌相較，功力相若，頓時被各自彈開五丈。青虛子等人慌忙上前抱住李無憂，幫他止血，運功療傷。

只是那被神器所傷之處，血卻是怎麼也止不住，只急得眾人團團轉。李無憂輕輕推開眾人，就在空中盤膝坐下，一線神光頓時從丹田射出，走遍全身，傷口處的血終於慢慢止息。

他剛剛定下心神，便見對面的燕狂人左手持刀，右手持劍，大笑道：「好，好好！李無憂，你果然了不起，竟然拚著受我一劍，也將我倚天破穹合璧給震裂了。只不過，小子，你難道不明白我可以將他們再合攏嗎？」

「是嗎？」李無憂嘿嘿笑了起來。

燕狂人忽然覺得不妥，卻已經遲了，只見白光一閃，他右手的倚天劍忽然不受他控制的一個倒轉，硬生生削下了他的手腕，正是劇痛攻心，劍勢卻不止，橫著一拉，劍光再次將他左腕也給削了下來。下一刻，破穹刀和倚天劍同時自他斷掉的手裏掉了出來，眾人只見得白影一閃，天外散人已經自倚天劍裏跳了出來，並一把抓住了倚天劍。

眾人都是大驚，誰也沒有料到神器倚天劍裏竟然也能藏住人。

唯有四奇卻是恍然大悟，原來李無憂之所以最後會去找天外散人，並非是因為怕自己四人力量不夠，而是想到了這招劍裏藏人。他早就打算好了，他雖然將倚天劍交到了燕狂人手裏，其實與在他自己手裏並無區別，並且還可以隨時要燕狂人的命，只不過之前他也

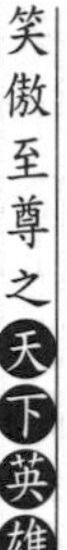

想看看燕狂人究竟在搞什麼鬼，才一直沒有讓天外散人動手，而任獨行要不是忽然背叛，怕也早已死在倚天劍下。

至於後來李無憂不得不和燕狂人相搏，想是因爲刀劍合在一起之後，強如天外散人怕也被其合力所壓制，不能出手幫忙，最後李無憂才不得不忍著失去性命的危險讓燕狂人刺中，以打斷刀劍的聯合吧。

天外散人拿到了倚天劍，同時伸出左手去拿破穹刀，但巨變驟生，那本是下墜的破穹刀卻陡然一折，以電光之速朝他射來，後者大驚，慌忙一橫倚天劍堪堪架住，而刀劍一觸之後，破穹刀化作一道黑色閃電射出五丈之外，落到一個人的手裏。

那人卻是個誰也沒有見過的黑衣少年。

破穹刀到了他手裏，迅疾化作一道細細的黑線，射入手心，再也不見。眾人目瞪口呆，李無憂和天外散人卻是同時吸了口涼氣：這少年分明已經和破穹刀融爲一體了。

「皇上！」劇痛中的燕狂人忽然驚叫了起來。

皇上？所有的人都吃了一驚，這少年究竟是何方來路，竟連燕狂人也要叫他皇上？莫非血衣魔教本身竟是隸屬於另外一個規模更大的魔教？

「沒用的東西！」黑衣少年嘆了口氣，忽然斬出一掌。

「不！」燕狂人驚叫一聲，卻怎麼也躲不過那一掌所帶出的黑光，頓時屍首異處，朝地上落去。

黑衣少年彷彿做了一件微不足道的小事，咧嘴露出兩排雪白的牙齒，笑道：「在下古蘭古風，見過各位大荒的英雄好漢。」

「你就是古風？」李無憂、淡如菊和程素衣都失聲叫了起來。古蘭的新帝就是叫古風。這個名字別人不知道，他們幾個卻是早已如雷貫耳。

「呀！看來各位竟然還聽說過我，呵呵，可真是叫人不好意思。」古風笑了起來，「沒錯，小弟就是古蘭的新任帝君，今天是來給各位打打招呼，順便將上次丟失在這裏的一點東西帶走。打擾之處，還望見諒。」

「丟失？未見得吧！」這個時候，李無憂已經暫時壓制住了傷勢，在寒山碧的攙扶下站了起來，朗聲道：「我一直就奇怪，破穹刀出世之後，我明明看見它是朝南方飛去，之後再無任何波動，怎麼也不該忽然到了古長天的手裏。原來是閣下親自從古蘭送過來交給他的。」

「呵！早聽說我的鄰居李無憂陛下英明過人，今日一見果然名不虛傳。」古風笑了笑，隨即露出悵然神色，「只是可惜今日來得匆忙，未曾備有水酒，真是憾事。不過，想李兄也是豪爽之人，斷不會怪責於我。這樣吧，來日沙場相逢，小弟再與李兄把酒言歡。今日就此別過，望李兄好好珍惜身體，到時切莫讓我失望才好。」

李無憂淡淡道：「希望到時候閣下也不要讓我失望。」

語罷，二人相視一笑，兩位絕代之強者，就這樣，注定了一生的糾纏。

這個時候，忽聽一陣獸鳴鳥叫之聲傳來，七隻帶傷的魔獸先後飛到了古風身邊，而四聖獸則排好陣形趕了過來。古風淡淡一笑，雙手交叉，做了個奇怪的手勢，那些魔獸都是低低點了一下頭，忙按其指點排好，四聖獸才一趕到，立時發現這個新陣勢竟然讓眾魔獸互相爲援，而通過陣勢的威力，每個魔獸的實力竟彷彿有了提升，一時再不敢輕舉妄動。

「回來吧！」李無憂招招手，四聖獸有秩序地退到了他身邊。

「小弟告辭，李兄保重！」古風拱手作別。

「好走不送，後會有期！」李無憂也拱拱手。

「哈哈！好，後會有期！」古風也明顯聽懂了李無憂話裏的挑戰意味，大笑一陣，帶著七魔獸乘風遠去。

「無憂，爲何不趁此機會將這人殺了？」寒山碧不解，卻同時道出了許多人的心聲。

今日此地高手雲集，正是誅殺此人的最好時機，同時也爲大荒解除了一巨大隱患。

李無憂望著古風遠去的背影，輕輕嘆了口氣：「此人實力深不可測，如果我沒有看錯，他應當是自上古以來，蚩尤之後，三千年裏第一個真正邁入魔道的高手！」

眾人頓失血色。

古風既走，燕狂人也已死去，本是水火不容的正邪兩道眼見外敵入侵就在頃刻，也是失去了捨命相搏的興致，自然曲終人散，大家拱拱手，紛紛道聲請了，各自消散。

而今日之後，血衣魔教也終於作鳥獸散，再也不復存在，而身爲魔教主要骨幹的任冷和柳青青兩人經此一戰，終於明白人外有人天外有天，自此厭倦了江湖生涯，雙雙橫渡東海，去世外桃源隱居，淡泊名利之後，兩人竟然慢慢對彼此重新有了感覺，十年之後竟成了一對神仙眷侶。

臨別之時，陳羽似乎不勝惋惜地對李無憂道：「李兄，本以爲你我兄弟很快會在沙場相見，萬料不到你和我一樣後院起火，真是讓人扼腕。」

李無憂正色道：「陳兄，你也別太難過。一年之後，我必然將九龍旗插上貴國大都城頭，而古蘭那邊絕對過了不雲天山一步，你信是不信？」

陳羽認真看了他一眼，忽然笑了起來：「如此甚好。那我到時候就在大都最好的酒樓

風儀樓煮酒相待。」

「一言爲定。」

「一言爲定！」陳羽大笑著轉身離去。

只是當一年之後，他剛剛以慘烈的代價攻破大都平息內戰，卻萬萬沒有料到李無憂已掃平蕭國和西琦兩國，三十萬大軍強渡南角天關，如神兵從天而降，將他困在孤城之中，不得不在風儀樓上煮酒投降，從此歸附楚國，被李無憂封爲羽王。之後他帶領李無憂引自東海的飛龍部隊戰無不勝，爲李無憂平息河東兩國，立下赫赫戰功，並在之後的十年人魔大戰中，成爲人族不可或缺的一名超級猛將。

陳羽既走，古圓亦起身告辭。李無憂笑道：「大師，我一直不清楚，你們文殊洞究竟是什麼門派，立場總是詭異得很？」

古圓笑道：「其實你早該猜出來了，我文殊一派其實是創世神一脈，一直以維護他留下來的『和平』宗旨爲己任。上次在封狼山初見你的時候，貧僧見你暗裏殺氣太重，本不想救你，只不過一來是陳王子的要求，二則，貧僧想試試，也許施主的菩薩心腸能夠讓一切逆轉也未可知。如今看來，貧僧倒是賭對了，希望施主以後能以天下蒼生爲重。」

李無憂笑道：「老子一向是以美女爲重的。蒼生爲重？那也不是不可以，不過你最好先多拿幾個美女來賄賂我，那就一切好說……」

「無憂！」紅袖急忙呵斥。

「嘿，我隨便說說罷了！」李無憂嚇了一跳。

「呵呵！貧僧記下了！」古圓笑笑，轉身去了。

緊接著，秦清兒上前喃喃道：「李兄，之前的事……」

「算了！」李無憂大度地擺擺手，「人誰不犯錯誤？更何況你還是個美女，有特權的嘛！前事一筆勾銷吧！」

「耶！就知道你最可愛了！」秦清兒大喜，狠狠地親了李無憂一口，只將她身後的龍族仙人看得目瞪口呆。但她卻全然不顧，指著青龍道：「那麼，青龍是不是也可以還給我了？」

李無憂被這丫頭這一吻正搞得哭笑不得，聞言忙道：「可以，可以！你只要問問牠，牠要是願意跟你走，我就放了牠。」

秦清兒忙上前親熱地摸著青龍的頭，道：「青龍！青龍，跟我回家吧？」

不想青龍竟然開口道：「不回，不回！跟著你一點意思都沒有，東海那些低等級龍全都是公的，只能採用元子分裂繁殖。和李無憂在一起，還有火鳳姐姐、白虎妹妹陪我呢！」

「噗！」正摸出一瓶佛玉汁猛灌的李無憂頓時噴了對面的菩葉和尚一臉，忙道歉不迭，最後道：「原來你這老傢伙已經會說話了。小白怎麼竟然是個女的？」

一陣光華亂閃，四聖獸竟然紛紛現出人形。阿俊和金烏造型未變，只是看上去更加靈氣逼人，而小白果然是個身著白衣的嬌滴滴的小姑娘，倒是青龍則是一個老頭模樣，皺紋滿臉。

只見小白不滿地瞪了李無憂一眼，道：「主人，人家都和你睡過那麼多次了！竟然還不知道我是女生，你這主人可算是夠失敗的了！」

這話很是曖昧，直接影響到了一旁寒山碧的心情，李無憂頓時覺得遭遇到了生命中最冷的寒冬，忙賠不是：「是，是，是，都是主人我的錯。改天我請你吃黃金大餐，這總行了吧？」

「不行！就知道吃，太沒誠意了。」小白撇撇嘴。

「那大姐你想怎麼樣嘛？」李無憂覺得自己很受傷也很失敗。

「嗯，我要……我要……哈哈，我想到了。主人，我要像小蘭姐姐一樣，領一支軍隊！」

「不會吧！」李無憂大驚失色。

「呀！太好了！李大哥，我也要領一支軍隊，你不會厚此薄彼吧？」阿俊跟著叫了起來。

金烏和青龍對視一眼，望著李無憂嘿嘿地笑。圍觀眾人見四獸如此有趣，也跟著一起笑了起來。

笑聲裏，未來李無憂對抗古蘭魔族的主力，無憂軍的四聖軍團就這麼當仁不讓地成立了，而四聖（**修煉成人後，獸字理所當然地被去掉了**）也在未來的歲月裏，和陳羽的飛龍軍團一起，成爲多次挽狂瀾於既倒的英雄。

眼見秦清兒神情失望，李無憂笑道：「沒關係！青龍我不能還給你，不過有一個人……如果我把他送給你，你一定會喜歡。」

「夢書？」秦清兒頓時眼前一亮。但話一出口，她立知壞了，果然，龍族仙人中便有一個年紀最輕的少女皺眉道：「清兒，你是本代龍女，擔負著天下興衰使命，怎可跟凡人有兒女私情？」

李無憂立時看不過去了：「你哪位啊？」

秦清兒忙道：「這是青萍長老，也是我師父。」

「原來你就是青萍！嗚嗚，我想得你好苦啊！」糊糊真人忙竄了過來，放聲大哭。

「閣下是？」青萍滿臉疑惑。

「落風吹去青萍老，浮生年年誰知愁？青萍，你不認得我了？我是浮生啊！」糊糊真人淚流滿面。

「你……你……」青萍哽咽難語，緊緊抱住糊糊真人，放聲大哭。

「他們這是？」李無憂大惑不解，忙問秦清兒。

秦清兒嘿嘿一笑，道：「我師父是素衣姐姐之前的那一代的龍女，當年也來過大荒的……難怪糊糊這老傢伙第一次見面看到我手上的手鍊就猜出我是龍女，還問我師父是誰，原來……我看她以後還怎麼教訓我！」

李無憂恍然，也會意地笑了起來，隨即卻想到一事，轉頭緩緩飛到紅袖身邊，嘻嘻笑道：「四姐，原來你們龍族也和我們凡人一樣有情的，你看，是不是給大哥一次機會？」

「什麼機會？小鬼你瞎說什麼？」紅袖難得的臉紅起來。

「嘿！你還裝什麼裝嘛？先前我吸取你記憶的時候，已經不小心看到了大哥年輕時候的影子，那麼玉樹臨風，那麼溫柔多情！哈哈！」李無憂大笑。

「真的？」青虛子大喜，「阿袖你……瞞得我好苦！」

「臭小子！你居然還真的偷看，氣死我了！」紅袖佯怒，舉手就打。

李無憂哈哈大笑，身形一閃已經躲了開去，笑道：「我雖然是個小人，但絕對是言而有信的，我剛不過詐你一詐，你看，你自己現形了吧？」

紅袖氣結，卻無暇追趕，因爲這個時候，青虛子已經纏了上來，而菩葉和文載道更是促狹之極，上來左一句右一句的非要問個明白。衆人鬧成一團，一時說不出的熱鬧。

末了，糊糊真人過來，搔搔頭皮，不無苦惱地對李無憂道：「無憂，青萍說她們龍族的女子不能嫁來大荒，這可怎麼是好？」

「你個笨蛋！她不能嫁過來，你不能自己到他們那邊去娶她？」

「可是，那邊只有一片大海，很悶的耶！」

李無憂嘿嘿一笑：「這個好辦……如此如此這般。」

糊糊真人聞言大喜，而可憐的龍族衆人完全沒有覺察到，已經有人要開今後數千年裏一直不能禁絕的拐帶龍女風俗，而罪魁禍首就是眼前這個看來很有些稀里糊塗的某人。

商議已定，當下糊糊真人和龍族仙人衆人一起返回東海，而李無憂則向青萍保證說，以後天下大事都將由他和天界一手遮天，請龍族和仙界的人就不要插手了，青萍剛才已經見識過李無憂星羅天機陣和倚天劍的威力，當即點頭說自己會向族人說明。

另一方面，因爲從此大荒不再需要龍女插手，秦清兒的使命也終於結束，之後，她終於和聞訊趕回楚國的夜夢書正大光明地在一起了。後來夜夢書憑藉他出眾的才華和一口伶牙俐齒，多次在神魔之戰中綻放光芒，甚至還有一次，李無憂的性命都是被他憑藉三寸不爛之舌從古風手裏奪了過來，後世的史書稱他爲「口裏乾坤」。

龍族的人走後，天外散人和碧波仙子也一併向李無憂告辭。

李無憂忙道：「師父師母，徒兒一直十分掛念你們兩位老人家，這一別卻不知何年才能相見。反正哪裏修煉都是一樣，不如你們去天界隱居吧，我想到了那裏，你們應該可以更快地領悟到神境。」

天外散人遲疑道：「這個不太好吧？畢竟我們還沒修煉到神境，就飛升天界。」

李無憂大笑：「如今你徒弟就是天界唯一的大神，又有什麼好不好的了？再說，那裏現在的大活人加起來也不過三個，還都是你認識的。」

「誰？哦，我知道了，是那三個小丫頭。原來你將她們藏到那裏去了，難怪剛來的時候一轉眼就不見了……好吧！我們去那裏，你看怎樣，碧波？」

碧波仙子溫柔道：「你去哪裏，我都跟著。」兩人雙手互握，相視一笑。

李無憂大喜，隨即對紅袖四人道：「大哥、二哥、三哥、四姐，這個你們都看到了，我師父都捧場了，沒有理由你們不去的吧？」

四人對望一眼，什麼廢話沒有，都答應了下來。禪林的雲海和雲淺得悟大道，又聽菩葉說起天界如何，都是堅持不再回禪林寺而要和菩葉一起去天界，只剩下龍吟嘯一人孤身返回方丈山。

眼見龍吟嘯寂寞的背影漸行漸遠，寒山碧很有些感慨：「無憂，其實說起來，當今天下，真的要有一個人算是英雄的話，龍吟嘯倒真的算一個。」

李無憂想起這人的種種作為和胸襟，點了點頭，隨即卻搖了搖頭，道：「滄海橫流方顯英雄本色。不畏強暴，敢於直面恐懼，確然是個英雄，只是這個小人當道的亂世，當真還需要英雄嗎？」

眾人互相望望，都是輕輕點了點頭。唯有寒山碧道：「無憂，這話就不對了。在我心中，你也是個大大的英雄呢！」

「我？」李無憂失笑，「我才懶得當什麼英雄。有人早將我定義成小人了，我要改行當英雄，豈不是要讓大家失望？再說，自古英雄皆慘死，老子還想多活幾年，和你們生幾個大胖小子呢！」

寒山碧嗔怒著假意要打，四奇諸人都是放聲笑了起來。

正自說笑，忽見下方一道翠綠光華射出，直透上九千丈天空，依舊奪目異常。

眾人皆是高手，俱看得清楚，那道光華正是從方才裂開的封印玉石間透出，不禁好奇異常，紛紛展開身法飛了下去。

落下去時，才發現那團東西竟然是一塊尋常書冊大小的琥珀。李無憂見眾人都沒有要取的意思，也不客氣，一把抓了起來，但見那琥珀透明如玉，通體翠綠，唯有正中央有一塊模糊物體，難以辨認。李無憂穿示眾人，細細研究，都是無解。

天外散人道：「想是創世神留給你這新任大神的禮物，你先收起來吧，以後慢慢研究就是。」

眾人深以為然，李無憂當即收了。

休息一陣，李無憂元氣恢復後，打開天界入口，一行人飛了進去。

李無憂當即帶著眾人遊覽了一遍七大傳送星，天外散人等人一見之下都是大開眼界，嘆為觀止，各自擇了一星，留了下來，李無憂在每人的記憶裏都打入一份《天神訣》入門篇，任他們修煉，之後找到慕容幽蘭等人，和寒山碧一起出了天界，回到皇宮。

一年之後。

大楚皇宮。

這天，李無憂正和周公探討泡妞學問，忽覺身畔氣機牽動，頓時一躍而起，將本打算偷襲他的慕容幽蘭抱入懷裏，狠狠親了幾下。後者大是不服，問道：「為何以前每次都能扭到你耳朵，最近半年卻怎麼也不成了？」

李無憂笑道：「你莫非不知道最近半年我的功力突飛猛進，已達到大神位了嗎？」

慕容幽蘭一把推開他，撇撇嘴，黯然道：「我看是因爲你不再疼小蘭了。我知道，以前你都是故意讓我扭到的，現在不疼我了，所以不讓我扭了，對是不對？」說時大聲哭了起來。

李無憂見這丫頭說哭就哭的本事是越來越大，卻無可奈何，只得道：「好了，好了，老公讓你扭一下還不成嗎？」

「你說的！不可反悔哦？」小丫頭果然止住了哭聲，隔著指縫怯怯地問。

「大丈夫一言既出，駟馬難追！」

「哈哈！太好了！」慕容幽蘭大喜，飛身撲了過來，但不想李無憂身體一旋，人已經落到了她身後，再次攔腰將她抱住。

「嗚嗚！你耍賴！」慕容幽蘭再次哭了起來，但這次卻是怎麼也擠不出眼淚了。

「哈哈！全世界都知道我是小人，不是大丈夫。你還信我？不是自己找煩惱嗎？」李無憂哈哈大笑，再次親了小丫頭兩下。

「小蘭，怎樣？姐姐說過你鬥不過他的吧？」一襲紅綢長裙的寒山碧笑著，和也是一樣紅衣的朱盼盼與若蝶走了進來。

「算了！看來我們以後要天天被這傢伙欺負了，我的命怎麼那麼苦哦！」慕容幽蘭帶著哭腔，自跑出去換新衣了，只將李無憂晾在那裏哭笑不得。

半個時辰之後，所有的賓客都齊集新落成的正大光明殿裏。

自當日大殿破損之後，直到今日才重新修建而成。主持人紅袖高聲宣布新郎新娘入殿，李無憂和蓋著紅紗的四女走進殿來。

殿裏高朋滿座，每一人都是名動一方的大人物，但與河西眾人不是喜氣洋洋就是垂頭喪氣不同，河東兩國的代表人物則是滿臉堆笑，但眼中卻隱有憂色，因爲這一年來，李無憂在一面抵抗魔族入侵的情形下，一面強勢統一大荒，剛剛滅了河西最後一個國家陳國，兵鋒直指河東兩國。此時人人皆知李無憂是大荒四奇的結拜兄弟，無憂軍和李無憂本人又所向披靡，河西納入他版圖不過早晚間事。

紅袖剛剛要叫新郎新娘交拜天地，忽聽殿外太監大聲道：「古圓禪師到，賀禮……賀禮……美女四個！」

「嘩！」滿座譁然。

李無憂更是哭笑不得，上次在天柱山的時候自己不過說說，沒想到這和尚還真是實心眼，真的帶了四個美女來當賀禮。當下柳隨風代替李無憂迎了出來，看到那四名美女時，卻是作聲不得，竟然呆在當場。

李無憂在裏面等得不耐，大聲笑道：「隨風，你不是被那四個美人纏住了腳，走不動了吧？要不行，朕就將她們都賜給你了。」

「李無憂，你敢！」有人嬌笑著走了進來。

李無憂定眼一看，只嚇得一哆嗦，進來的不是別人，卻是諸葛小嫣。在她身後，跟著程素衣和陸可人，而最後一人，竟然是葉秋兒。

時光的流水彷彿在剎那間凝固成一朵冰花，褪色，慢慢凋謝。

李無憂望著葉秋兒跨進門，彷彿自這裏離開時候模樣。

「呵，不歡迎我來？還是不希望你的新娘裏有我？」葉秋兒輕輕地笑。

「呵呵！歡迎，都歡迎！」李無憂笑，迎了上去。

當夜，洞房花燭。

李無憂站在院子裏，望著八個房間裏的燈火，舉棋難定。

「原來女人多了，也是一件煩事。」李無憂感慨不已。

剛剛鬧完新房的唐鬼見此，嘿嘿笑道：「老大，小弟有個法子可以讓你沒那麼辛苦。」

「哦?快快說來。」李無憂頓時對這廝刮目相看。

「你挑一個，其他的小弟我辛苦一點，一一幫你擺平……」話音未落，說話的人已經被李無憂扔進天界的某個星球的食人部落裏去了。

「到底該先進哪一個呢？」李無憂猶豫不決。

「你哪一個都別想進。」忽然一個女聲響起，刹那之間，李無憂發現自己再也不能動彈，全身再也找不出一絲力氣，無論是神氣、元氣還是力氣，都在刹那間被抽了個乾淨……要命的東西竟然是當初在第七封印裏得到的琥珀。

「你到底是誰?快放了我。」李無憂在心中大叫。

「難道你沒聽說過我?我叫風起！」那個聲音在他心中笑道。

「是你！創世神的相好！」李無憂大驚失色，終於想起關於封印之秘裏，確實有一條說第七封印揭開之後，有創世神的相好會現身。當時太過大意，萬萬沒有料到那個琥珀裏封印的竟然就是風起，而且是比所有人加起來都厲害的女人。但她再厲害……也終究是個女人。

李無憂心中道：「你想怎樣？」

「是這樣的……今日離你一統天下已經不遠，能否說出當今天下第一的英雄人物，機會三次，若能與我心中所想一致，就將你功力還你，而我也將永遠消失，如若你三次還說不中，你自己將永遠消失。」

李無憂知道這女人被封印了三千多年，一定被寂寞煎熬得很變態，斷不能以常理推斷，默然良久，終於心中說道：「天下人人說我李無憂是小人，但只有我自己才知道，我經歷了多少，我失去了多少，得到了多少。如果不是我李無憂，大荒今日已經處於魔族鐵蹄蹂躪之下。從這個意義上說，天下第一的英雄，李無憂當之無愧。」

「切！你那麼多奇遇，那麼多豔遇，常人要是有你的遇合，早做出了更多英雄事蹟，那像你過得那麼窩囊，三天兩頭被人揍，被女人欺負，究竟誰是你父母都搞不清楚。你要算英雄，那這個天下就沒有英雄了。還有兩次機會。」

李無憂暗暗罵了一聲，心念一動，忽道：「還有一個人，你要說他不是天下第一英雄，那就耍賴了。《異界至尊》作者易刀，這個男人，頂著千萬人的責罵，熬過寒暑，硬是把肉麻當有趣，無聊當搞笑，死拉硬扯，將這本書寫滿了百多萬字，難道還不是天下第一英雄？」

「哼，你自己不都說了，這男人無聊得緊，算什麼英雄，最後一次機會！」

「老乞婆，你耍賴！」

「老娘就是耍賴，你又能怎樣？」

「老子……不能怎樣。」

「別磨蹭了，最後一次機會。」

李無憂思慮良久，心中一動，笑道：「我最後說這人，卻是正在看本書的人，試問如此無聊，東拉西扯，瞎掰亂搞，中間還夾雜那麼多晦澀陰暗，並且從頭到尾不夾雜帶色顏料，如此爆笑的一部書，他居然一讀到底，這份勇氣，如何不讓人佩服，你說他是不是天下第一英雄？」

《笑傲至尊》全書完。

易刀另一搞笑巨著《爆笑英雄》即將出版敬請期待！

笑破蒼穹 ⑧亂世真龍 (原名：笑傲至尊)

作　　者：易 刀
發 行 人：陳曉林
出 版 所：風雲時代出版股份有限公司
地　　址：105台北市民生東路五段178號7樓之3
風雲書網：http://www.eastbooks.com.tw
官方部落格：http://eastbooks.pixnet.net/blog
信　　箱：h7560949@ms15.hinet.net
郵撥帳號：12043291
服務專線：(02)27560949
傳眞專線：(02)27653799
執行主編：朱墨菲
美術編輯：吳宗潔

法律顧問：永然法律事務所　　李永然律師
　　　　　北辰著作權事務所　蕭雄淋律師
版權授權：蔡雷平
初版換封：2015年5月

ISBN：978-986-352-130-3

總 經 銷：成信文化事業股份有限公司
地　　址：新北市新店區中正路四維巷二弄2號4樓
電　　話：(02)2219-2080

行政院新聞局局版台業字第3595號
營利事業統一編號22759935

定 價：280元　特價：199元

國 家 圖 書 館 出 版 品 預 行 編 目 資 料

笑破蒼穹 / 易刀著. — 初版. —
臺北市 : 風雲時代, 2014.12
冊 ; 　公分

ISBN 978-986-352-130-3 (第8冊：平裝)—

857.9　　　103024454

有華人的地方就有
龍人的作品